VÄRMLAND

KLARÄLV

ASKBY

BORKASVIK

ÄLVSBORG

VÄNERN

DALSLAND

WESTGÖTALAND

GÖTAÄLV

HALAND

KATTEGAT

GÖTABURG

RAINER W. GRIMM wurde 1964 in
Gelsenkirchen / Nordrhein -Westfalen, als zweiter Sohn, in eine
Bergmannsfamilie geboren und lebt auch heute noch mit seiner Familie
und seinen beiden Katzen im längst wieder ergrünten Ruhrgebiet.
Erst mit fünfunddreißig Jahren, entdeckte der gelernte Handwerker seine
Liebe zur Schriftstellerei.
Als unabhängiger Autor veröffentlicht er seitdem seine historischen
Geschichten und Romane, die meist von den Wikingern erzählen.

Rainer W. Grimm

Jarlsblut - Saga

Der sechste Band

historischer Roman

Bibliografische Information Der Deutschen Bibliothek:
Die Deutsche Bibliothek verzeichnet diese Publikation in der Deutschen Nationalbibliografie; detaillierte bibliografische Daten sind im Internet über http://dnb.ddb.de abrufbar.

Herstellung und Verlag: BoD – Books on Demand,
Norderstedt
Covergestaltung: Siglinde Lítilvölva, RWG
Titelgestaltung, Layout: RWG
ISBN: 9-783-7543-0711-3

Inhaltsverzeichnis

1. DER WEG NACH NORDEN

A sgrim stand, in einen mit Fell besetzten Umhang gehüllt, am Vordersteven und sah auf den aufgewühlten See hinaus. Der Wind zerrte an seinen schwarzen Haaren, die ihm lang über die Schultern fielen. Leichter Nieselregen durchnässte seine Kleidung. Er zeigte nach Norden. „Dort rüber!", rief er laut über das Deck. „Dort müssen wir hin!"
Der Steuermann des Seestürmers nickte, und drückte die Ruderstange von sich. Sofort neigte sich der Vordersteven in die Richtung, die der Hauptmann Jarl[1] Brekas befohlen hatte.

Eher gelangweilt stand der Posten auf dem hohen Aussichtsturm, den man am Hafen erbaut hatte. Er sah auf den Vänern[2] hinaus, und plötzlich erblickte er ein Schiff, das von Süden kommend, auf Askby zu steuerte. Er griff nach dem Signalhorn, das an einem der Pfosten mit einer Lederkordel befestigt war, und blies kräftig hinein. Der Klang des Horns ließ die Menschen, die im Hafen ihrer Arbeit nachgingen, aufmerksam werden. Sofort liefen sie zu den Anlegestegen.
Der breite Steg führte über den Strand, teilte sich dann zu beiden Seiten entlang der Uferkante. Von hier führten zwei Anlegestege in den See hinaus, sodass mindestens drei Schiffe Platz fanden. An einen der Stege ruderten die Männer den Seestürmer. Der andere Steg war von der einen

---

[1] Jarl – Graf /Earl
[2] Vänern - Vänersee ist ein See im Südwesten des heutigen Schweden, gelegen zwischen den historischen Provinzen Dalsland, Vermland und Västergötland

7

Seite mit der Schnigge³, und von der anderen mit dem Knarr⁴ des Jarls belegt. Die Rahe mit dem zusammengerollten Segel der Schnigge, lag nun auf dem Gestell, das längs des Schiffes angebracht war und dazu diente diese und die Ruderpinne aufzunehmen. Man konnte auch eine große Plane darüber spannen, um so ein Zelt auf dem Schiff zu errichten.

Einer der Männer warf das Tau auf den Anlegesteg, wo es ein anderer in Empfang nahm, und an einem der Pfosten befestigte. Neben den Neugierigen waren aber auch Krieger in den Hafen geeilt, denn bei unbekannten Schiffen war man doch misstrauisch. Auch Jarl Einar kam mit einigen Männern zum Anlegesteg, um die Fremden zu begrüßen. Er kam den langen, mit Holzplanken belegten Weg hinunter, gefolgt von Raban und Olaf. „Kennst du die Kerle?", fragte der große Sachse seinen Jarl, und dieser schüttelte den Kopf.

„Nein, aber sie tragen das Banner König Ragnars am Mast. Ich denke, er hat sie geschickt." Mit dieser Antwort gaben sich die beiden Krieger zufrieden. Außerdem würden sie sowieso gleich erfahren wer die Fremden waren, und was sie in Askby wollten.

Es war Bogtyr, der auf den Jarl zu kam und sprach: „Es sind Männer von Jarl Breka. Sie wollen mit dir reden!" Da nickte Einar nur, und trat auf den Anlegesteg. Bogtyr zeigte auf Asgrim. „Er ist der Schiffsführer!" Und nach einigen Schritten sprach er zu dem Mann mit dem kurzgeschorenen Bart: „Ich bin Jarl Einar! Herr über Askby!"

„Sei gegrüßt, Jarl! Ich bin Asgrim, gesandt von Jarl Breka", stellte sich der Schiffsführer vor. „Es gibt Befehle vom König!"

Da sah Einar den Olaf an, und wandte sich wieder dem Asgrim zu. „Dann seid uns Willkommen. Gehen wir in die

---

³ Schnigge – schnelle, schlanke Kriegsschiffe mit bis zu 40 Riemen
⁴ Knarr, Knorr - dickbauchiges Handelsschiff der Nordleute

Methalle, bevor wir völlig durchnässt sind", schlug der Jarl vor, denn der dünne Nieselregen, der seid dem frühen Morgen aus den grauen Wolken fiel, durchdrang jeden Fetzen Stoff.

Der rothaarige Bogtyr hatte den Befehl erhalten, die Mannschaft der Schnigge zur Methalle zu führen. Und Raban sollte den Mägden sagen, dass sie ein Mahl für die Gäste herrichten sollten. So ging dieser vorran. Als der Zug der Männer dann das große Gebäude erreichte, staunten die Besucher nicht schlecht. Prachtvoll stand die neuerbaute Methalle vor ihnen. Die überstehenden Enden des Giebels, zeigten die Köpfe von Drachen, und über dem feinbeschnitzten Eingang hing ein Rundschild in den Farben des Jarl Einar. Auch die große Esche auf dem Platz vor der Halle, hatte die Aufmerksamkeit des Asgrim geweckt. Der Stamm war mit den Gesichtern der Götter verziert, und doch lebte der Baum. „Es scheint, in deinem Gefolge gibt es viele gute Handwerker", sprach der Bote des Breka zu dem Jarl, und dieser nickte stolz. Bogtyr trat voran und öffnete die beiden Flügel der Pforte, so dass die Männer eintreten konnten.

Auch in der Halle staunten die Männer von der Götaburg nicht schlecht. In der Feuerstelle, die sich über zwei Manneslängen entfernt des Podestes befand, brannte ein wärmendes Feuer. Ein Sklave hatte den Auftrag dafür zu sorgen, dass dieses nicht erlosch. Auf dem Podest standen drei Hochstühle, was Asgrim doch ein wenig verwunderte. Doch er zügelte seine Neugier.

Die Mägde und Sklavinnen liefen emsig durch die Halle. Sie verteilten hölzerne Schalen und Löffel auf den Tischen, und brachten auch Becher und Krüge mit Bier.

Jarl Einar nahm an einem der Tische Platz, was den Boten verwunderte, denn er hatte seinen Platz eigentlich auf dem Podest. Doch schon der fehlende Tisch vor den Hochstühlen, deutete darauf, dass dieser Jarl wenig Wert darauf zu legen schien, über seiner Gefolgschaft zu sitzen.

„Nun nehmt schon Platz", forderte Einar die Gäste, und auch seine eigenen Männer auf. „Lasst es euch schmecken." Dann wandte er sich dem Asgrim zu. „Und du wirst mir von Breka erzählen. Wie ist es meinem Freund ergangen?" Nach einer Weile des Stühle rückens, kehrte endlich Ruhe ein. Der Jarl hob den Arm und rief die Mägde heran. Diese begannen damit, die Mahlzeit aufzutischen. Eine würzige Grütze, mehrere Platten mit gebratenem Fleisch, große Mengen an Fisch, so wie die Nordleute ihn gerne aßen, und frischgebackenes Brot brachten sie heran. Und die Männer und Frauen griffen zu. Sie waren tatsächlich hungrig, und sie waren durchnässt und durchgefroren. Nun aber konnten sie ihre Mägen füllen, und sie fühlten, wie ihre Kleidung in der warmen Halle zu trocknen begann.

Erst nachdem die Gesellschaft ihren ersten Heißhunger gestillt hatte, richtete Jarl Einar sein Wort an Asgrim.

„Nun erzähle! Was ist der Grund deiner Reise?" Asgrim schluckte, damit sein Mund gelehrt wurde, und er legte das Stück Brot beiseite, welches er in der Hand hielt, und von dem er kleine Portionen abriss, um sie in seinem Mund verschwinden zu lassen. „Der König sucht nach Verbündeten. Er befürchtet, dass König Horik[5] keine Ruhe geben wird", begann der Schiffsführer aus der Götaburg.

„Und auch der Gautenkönig wird danach streben seine Minen und sein Land zurückzugewinnen."

---

[5] Horik I. – gest. 854 n.Chr., König über Jütland und Schonen, ab 826/827 mutmaßlich als alleiniger dänischer Herrscher über Teile des heutigen Dänemark und Schonen.

„Und was habe ich damit zu tun?" Einar sah den Asgrim fragend an. „Dich hat der König als Unterhändler ausgewählt. Wir werden gemeinsam dafür sorgen, dass König Ragnar[6] nicht allein auf dem Schlachtfeld stehen wird." Jarl Einar strich sich nachdenklich durch seinen Bart.

„Warum gerade ich?"

„Weil du den König, zu dem wir reisen werden, am besten kennst." Da stutzte Einar, denn es schoß ihm ein Name durch seinen Kopf. Grjotgard Herlaugsson[7]! Der König des Trøndelag[8] sollte der Verbündete König Ragnars werden?

„Es ist der Trøndnerkönig zu dem wir reisen", sagte Asgrim ohne zu ahnen, was nun kommen würde. Jarl Einar sprang wütend auf, und rief: „Was hat sich Ragnar dabei gedacht? Er weiß genau, dass ich diesen Hundsfott erschlage, wenn ich ihm begegne! Und was ist in Breka gefahren? Er weiß ganz genau, was geschehen wird, wenn ich in das Trøndelag zurückkehre!"

Der Bote aus der Götaburg sah den Jarl erstaunt an, doch er blieb ruhig. Als ginge ihn die Angelegenheit nichts an, sagte er: „Deine Geschichte kenne ich nicht, Jarl Einar, und außerdem bin ich nur der Überbringer dieser Nachricht."

Er steckte sich ein Stück Brot in den Mund, und begann zu kauen. Einar sah den Mann mit dem kurzgeschorenen Bart und dem braunen, schulterlangen Haar erstaunt an. Und seine Wut verflog. Asgrim hatte Recht!

Einar nahm wieder Platz. „Du musst entschuldigen, mein Zorn ist mit mir durchgegangen. Ich liege mit dem Herlaugsson in Fehde, musst du wissen." Und dann begann

---

[6] Ragnar Sigurdsson – gelebt in der 1. Hälfte des 9. Jahrhunderts, Sohn des dänischen Kleinkönigs Sigurd Hring
[7] Grjotgard Herlaugsson – 790 – 867 König von Tröndelag
[8] Trøndelag – Gau im Westnorwegen

11

er seine Geschichte von dem Zwist mit dem Trøndnerkönig zu erzählen.

Anfangs ließ Asgrim dies äußerst desinteressiert über sich ergehen. Doch je mehr der Jarl erzählte, umso aufmerksamer hörte der Hauptmann aus der Götaburg zu. Und als Einar geendet hatte, nickte er und sagte: „Ich kann deine Bedenken nun verstehen, Jarl Einar. Doch wir reisen als Unterhändler zu diesem König, und wenn er nicht mit Ragnar Krieg führen will, wird er uns unsere Unversehrtheit garantieren." Jetzt war es Einar der staunte, denn ihm wurde bei der Wahl der Worte gewahr, dieser Asgrim war ein schlauer Mann. Es schien ihm, dass Breka eine gute Wahl getroffen hatte. Er sah den Asgrim an, und begann zu lachen. „Gut, wir werden in das Trøndelag segeln." Dann stieß er sein Messer in ein großes Stück Fleisch.

Einige Tage vergingen, denn die Reisevorbereitungen brauchten ihre Zeit. Jarl Einar hatte sich eine gute Mannschaft zusammengestellt. Gestandene Krieger, auf die sich der Jarl immer verlassen konnte.

So nahm er fünfunddreißig Männer an Bord. Und diesmal waren keine Kriegerinnen in seiner Gefolgschaft, was besonders die Schildmaid Ilva verstimmte. Sie war ein schönes Weib, von schlanker Statur und mit langem, blondem Haar. Sie war die Mutter von Einars sechs Winter zählender Tochter Thorvi, und sie war seine Konkubine, seine Zweitfrau. Seine erste Frau war Alma, einstmals eine sächsische Sklavin. Doch die schwarzgelockte Schönheit hatte das Herz des Jarls gewonnen, und wurde seine Jarlsgemahlin. Und sie akzeptierte auch Ilva als Teil der Sippe, die ihre Freundin geworden war. Sie schenkte ihm im Frühjahr den langersehnten Sohn, dem Einar den Namen Ulf gab.

Es würde zwar etwas eng auf dem Wellenwolf, aber er wollte in der Lage sein, dem Herlaugsson die Stirn zu bieten. Als die Bewohner von Askby sich am Abend in der Methalle trafen, kamen auch einige der Männer des Breka, um sich die Zeit zu vertreiben. Unter ihnen war auch Asgrim, der zu dem Jarl und seiner Familie trat. „Du wirst nicht unter deinem eigenen Banner segeln, Jarl Einar", sprach er zu dem Jarl, der an einem der Tische saß, und mit Olaf und Kjelt würfelte. Er hob seinen Kopf und sah Asgrim an. „Werde ich nicht?", fragte er ein wenig lallend, denn er hatte schon einige Becher heißen Met getrunken. „Nein, das wirst du nicht!" Asgrim reichte Jarl Einar das Banner des Königs. „Es ist der Befehl König Ragnars, dass wir unter seinem Banner segeln. Es wird uns vor Angriffen des Trøndners schützen." Einar war an der Reihe. Er nahm die Würfel auf und warf sie in einen ledernen Becher. „Gib es dem Bogtyr, er ist mein Stevenhauptmann." Dann ließ er den Becher auf die Tischplatte knallen.

*

Im Oktober des Jahres 833 nach der Geburt des Christen, stachen die beiden Schniggen Wellenwolf und Seestürmer im Auftrag ihres Königs Ragnar Sigurdsson in den großen See. Es war kalt an diesem Morgen, und es regnete. Kein schönes Wetter, um auf das Meer hinaus zu segeln. Und die Männer ahnten, was sie oben im Norden erwarten würde, denn für die meisten Männer auf dem Wellenwolf war es immer noch ihre Heimat. Höchstwahrscheinlich fiel dort bereits der erste Schnee. Also hatten sich alle mit wärmender Kleidung eingedeckt, und Einar hatte auch befohlen, in die Stauräume Decken und trockenes Holz zu schaffen.

Die beiden Schnellsegler hatten den riesigen See von Osten nach Westen durchfahren, und nun erblickten sie die Wasserfälle an der Mündung der Götaälv[9]. Nur ein Stück weiter südlich, befand sich die Fahrrinne, die es ermöglichte in den Fluß zu segeln.

Drei Tage befuhren sie den einstigen Grenzfluss zwischen dem Reich König Ragnars und dem Haland, welches zum Herrschaftsgebiet des Gautenkönigs gehörte. Nun aber, nach dem Krieg im Sommer, war Halland, genau wie Teile von Westgötaland, im Besitz König Ragnars.

Als sie dann an Backbord den Hafen der Götaburg passierten, wussten sie, dass die Mündung in das Kattegat[10] nicht mehr weit war. Seit ihrer Abfahrt in Askby hatte es geregnet, doch nun schien sich das Wetter zu beruhigen. Es wurde zwar merklich kälter, doch es blieb trocken. Und nach mehr als fünf Tagen stießen die Kiele der beiden Schniggen endlich in die salzigen Fluten des Meeres.

Sie setzten Kurs nach Norden. Segelten entlang der Küste von Ranrike[11], und später weiter nördlich von Vingulmark, bis sie die Mündung des großen Fjordes von Vestfold erreichten. Nun nahmen sie Kurs nach Westen, hinein in das Skagerrak[12]. Die Gefahr war nun groß den Schiffen des Horik zu begegnen, denn dieser kontrollierte die Küste Jütlands[13] im Süden des Skagerraks. Und der Herrscher der Dänen war nicht gut auf Ragnar, den König von Ranrike,

---

[9] Götaälv – Grenzfluß zwischen der norwegischen Ranrike und dem Dänischen Götaland

[10] Kattegat – das Meer zwischen dem nördlichen Jütland und dem Götaland

[11] Ranrike – Gau in Südnorwegen (heute Schweden) Grenzland zum Götaland

[12] Skagerrak – Teil der Nordsee zwischen der Nordküste Jütland und der Südküste Norwegens

[13] Jütland – westlicher Teil Dänemarks, erstreckt sich von der Grenze zum Reich der Deutschen bis zum Limfjord

zu sprechen. Schließlich hatte dieser sich einem Bündnis mit König Horik verweigert. So hielten sie sich von der dänischen Küste fern.

Sie passierten Kap Lindesnes[14], einen beliebten Handelsplatz, und umsegelten die südliche Spitze von Hardanger, um das Nordmeer zu erreichen. Mit Kurs hinauf in den Norden, segelten sie in Sichtweite des Ufers, bis sie nach elf Tagen das Trøndelag erreichten. Bald öffneten sich vor ihnen mehrere Fjorde, und Jarl Einar wusste, dass sie an der Mündung des großen Ladefjordes angekommen waren. Der Jarl selbst stand an der Reling und brüllte gegen den Wind an, dass der Seestürmer ihnen folgen sollte. Kjelt, der Steuermann des Wellenwolfes kannte natürlich den Weg durch die Meeresarme dorthin, wo einmal ihre Heimat gewesen war. Bald schon wurde die Fahrrinne breiter und breiter, und irgendwann tat sich vor ihnen der große Fjord auf, in den sie hineinsegelten. „Binde einen weißen Lappen an den den Mast", befahl Bogtyr dem Thure, der wegen seiner scharfen Augen der Ausguck des Wellenwolfs war. Er war es gewohnt auf der Rahe zu sitzen. Und er wusste am besten, wie man den Mast besteigt. Wie eine Katze huschte der junge Kerl den Mast hinauf, und tat, was der Stevenhautmann mit dem roten Haar ihm befohlen hatte. Jetzt segelten sie nach Steuerbord und hielten sich an der Küste. Mit Kurs Südosten, denn dort lag die Königsstadt Lade[15].

Olaf, der mit Einar und Thoke auf dem Heckstand an der Reling stand, und auf die Küste sah, die immer näher kam,

---

[14] Kap Lindesnes – großer Handelsplatz in der Provinz Agder

[15] Lade – Königsstadt im Trøndelag, von König Olaf Tryggvasson in Nidaros umbenannt und erweitert, heute ein Stadtteil von Trondheim

sagte plötzlich: „Wo wir doch schon einmal hier sind, sollten wir unsere alte Insel einen Besuch abstatten."

„Wir sind nicht zum Kämpfen hier, Mann", entgegnete der Schiffszimmermann Thoke. Doch Einar fand diesen Einfall gar nicht so schlecht, und grinste zustimmend. „Ja, statten wir dem schönen Thorsti einen Besuch ab", rief Olaf lachend. Ihm gefiel die Vorstellung das Gesicht des Mannes zu sehen, der Jarl Einar hintergangen und ihm seinen Titel und sein Weib gestohlen hatte. Obwohl er Letzteres als weniger schlimm empfand, denn eigentlich war es ein Segen der Götter gewesen.

Alwara, die Base des Ladekönigs, war alles andere als ein gutes Weib. Und diese zur Gemahlin zu nehmen, war wohl Jarl Einars größter Fehler. All dies war nun lange Zeit her, doch der Stachel hintergangen und vertrieben worden zu sein, steckte noch tief in Jarl Einars Fleisch. Darum würde die Begegnung mit König Grjotgard alles andere als ein freudiges Wiedersehen werden. Einzig auf den Anblick der Königin freute sich Einar, denn diese war ihm immer wohlgesonnen.

Nicht weit vor der Mündung der Nidälv, dem westlich von Lade gelegenen Fluss, der zum Hafen der Königsstadt führte, ließ Einar das Segel einholen und die Ruderpinne zu Wasser. Und als Asgrim auf dem Seestürmer dies sah, folgte er dem Beispiel des Jarls von Askby. So erreichten die beiden Schniggen den Hafen von Lade.

Die Königsstadt lag ein wenig landeinwärts, doch von der Flussseite aus, war es nicht so weit, wie von der Küste des Fjordes.

Auch hier gab es einen Ausguck im Hafen, der den Fluss gut überblicken konnte, und die ankommenden Schiffe früh erkannte. Wenn Einar ehrlich war, musste er zugeben, dass er den Einfall für den Ausguck hier abgeschaut hatte.

Der Mann in dem hölzernen Turm war ein erfahrener Krieger, und er kannte die meisten Banner der Jarls und Könige. Und so kannte er auch das Rabenbanner des Königs von Ranrike, und er wusste, dass dieser ein Feind der Trøndner war. Sofort schickte er einen Boten in die Stadt, der den Hauptmann der Wache alarmieren sollte. Er hätte auch in das Horn stoßen können, doch dies schien ihm übertrieben, in Anbetracht der weißen Flaggen an den Masten.

Es dauerte nicht lange, und noch ehe die beiden Schiffe im Hafen anlegten, kamen Krieger an den Anlegesteg.

„Was wollt ihr?", brüllte ein Hauptmann den Seglern entgegen. Bogtyr, der am Vordersteven stand, antwortete nicht weniger laut: „Wir sind Unterhändler von König Ragnar Sigurdsson! Unser Jarl will mit König Grjotgard sprechen!"

„Gut! Legt an, aber verlasst eure Schiffe nicht!", befahl der Krieger des Ladekönigs, und so kamen die beiden Schniggen längsseits. Einige Männer fingen die Taue, und befestigten sie an den Pollern. Wieder wurde ein Bote losgeschickt. Dieses mal zum Palast, um dem König von den Unterhändlern zu berichten.

„Schiffe des Königs von Ranrike, sagst du", sprach Grjotgard, der mit seinem Weib und den Kindern an einem Tisch saß. Der König fuhr sich mit der Hand nachdenklich durch den Bart. „Gut, bring sie in die Halle. Fünf Mann, nicht mehr!" Der Krieger nickte, wandte sich ab und ging. Königin Andur sah ihren Gemahl fragend an. „Was können die hier wollen?" Der König zuckte mit den Achseln. „Was weiß ich? Ragnar, der Dreckskerl hat doch gekriegt was er wollte." Und die Erinnerungen an den Krieg im Sommer waren wieder present. Vor allem an den Verlust der Silbermine und den Verrat des Gautenkönigs Hrotger.

Mit diesem hatte der Trøndner ein Bündnis geschlossen, um die Minen in Haland zu verteidigen. Doch dieser hatte seine Truppen zurückgehalten, und so musste Grjotgard die Flucht antreten. Ohne seine Flotte, denn diese hatte König Ragnar in den Fluten des Kattegats versenkt.

„Die Mine ist verloren, warum dann den Krieg mit König Ragnar weiterführen?", sprach Königin Andur ruhig auf ihren Gemahl ein. „Was geht uns das Land der Gauten an?" Da nickte Grjotgard Herlaugsson, und zeigte sich einsichtig. Was in der letzten Zeit eigentlich nicht oft vorkam. Andur hatte aber eine beruhigende Wirkung auf den König, und in ihrer Gegenwart schien auch sein Verstand gut zu arbeiten. Er liebte sein Weib, und er tat alles, um Andur glücklich zu machen. So war ihr Einfluss auf den König gross.

Die Spannung auf den beiden Schiffen war zum zerreissen gespannt. Obwohl sie unter der weißen Flagge in den Hafen gerudert waren, mussten sie jederzeit mit einem Angriff rechnen. Schließlich konnte niemand wissen, wie sich der Ladekönig entscheiden würde. Aus diesem Grund lagen den Männern, von denen die meisten auf ihren Seekisten[16] saßen, ihre Schwerter, Äxte und Speere zu Füßen.
Nicht weit der Anlegestege befand sich eine Kaschemme, so wie es in vielen Häfen üblich war.
Das Langhaus unterschied sich deutlich von den anderen Hütten und Häusern die im Hafen standen. Es war weitaus größer, und eine zweiflügelige Tür, auf der Längsseite stand weit offen. In dieser Kaschemme trafen und vergnügten sich die Seefahrer. Meist jene, die die Stadt Lade nicht betreten durften. Doch es gab auch Männer aus der Stadt, die es in den Hafen zog. Krieger des Ladekönigs, die Abstand von ihren Befehlshabern suchten, wenn sie sich vergnügten.

---

[16] Seekiste – diente zum Verstauen der Habseligkeiten, die ein Seefahrer mit an Bord nahm. Wurde als Ruderbank genutzt.

Wenn man aus dem Langhaus trat, konnte man den tiefergelegenen Hafen gut überblicken. Der schwarzbärtige Kerl, der aus der Kaschemme trat, sah in den Hafen hinab, und riss überrascht seine Augen auf. Er beugte den Kopf vor und kniff nun die Augen zusammen, um schärfer sehen zu können. „Das kann doch nicht möglich sein", brummte er leise. Wurde dann aber laut. „Wie, bei Odin, kommt dieser Hundeschiss hierher?" Sofort lief er mit schnellen Schritten zum Hafen hinunter, dabei zog er sein Schwert aus der Scheide.

Kaum hatte er den Anlegesteg erreicht, grollte seine Stimme den Kriegern der Wache entgegen. „Bei allen Göttern, macht Platz, Kerle!"

Er drängte sich durch die Krieger, bis er vor dem Wellenwolf stand. „Einar, du Scheißkerl, komm her und zeig dich! Und vergiss dein Schwert nicht!"

Der Gerufene war in ein Gespräch mit seinem Steuermann und seinem Stevenhauptmann vertieft, als er die drohende Stimme vernahm. Er wandte sich um, und sah in das Gesicht Borkells, des Schwarzen. Der Hauptmann des Ladekönigs, war damals einer derjenigen, der seine Absetzung als Jarl von Tautra voran getrieben hatte. Und er war der erbitterte Gegner in Einars Kampf gegen König Grjotgard.

Wie es schien, hatte Borkell es immer nicht verwunden, dass es ihm nicht gelungen war, den einstigen Jarl von Tautra zur Strecke zu bringen. Schlimmer noch!

Die Niederlage im Haland, nagte an dem Hauptmann des Ladekönigs, wie die Raben an den Knochen eines Toten.

„Borkell, der Schwarze!", rief Jarl Einar gespielt freundlich, und lehnte sich ruhig auf die Reling.

„Du Mistkerl, komm her, und ich werde dich zu den Göttern schicken", fauchte Borkell angriffslustig. Da lachte Jarl Einar auf. Er zeigte zu dem Mast hinauf, wo die weiße Fahne hing, die seit den Zeiten der Römer als

Parlamentärsflagge diente, und meist Unversehrtheit garantierte. „Ich bin als Unterhändler hier, und nicht um dich zu erschlagen. Dein Glück, Schwarzhaar! Danke den Göttern!" Nun schien Borkell kurz davor zu sein, vor Wut zu platzen. „Hör auf zu schwatzen und komm her, Mann", forderte er den Jarl zum Kampf, doch dieser blieb weiterhin unbeeindruckt. „Du musst dich gedulden, denn noch darf ich mein Schiff nicht verlassen."

„Rede nicht dumm daher", keifte Borkell, doch da trat der Hauptmann der Wache neben ihn. „Solange der König nicht sein Einverständnis gegeben hat, bleiben die Kerle wo sie sind." Da fuhr Borkell diesen wütend an. „Ich will nur den einen, die anderen sind mir gleich!"

„Schluß jetzt Stevenhauptmann! Oder soll ich dich dem König melden?" Dem Hauptmann war es nun zu dumm geworden. „Verschwinde von hier, oder ich lege dich in Ketten!" Sofort traten drei Männer vor, und Borkell gab sich geschlagen. „Glaube nur nicht, dass du mir entkommst, Einar Thordsson!"

Olaf trat neben seinen Jarl. „Was willst du tun, wenn dieser Dreckskerl keine Ruhe gibt?", fragte er ein wenig besorgt. Er wusste, dass es der Auftrag als Unterhändler, dem Jarl unmöglich machte gegen Borkell zu kämpfen. Würde er diesen gar töten, hätten sie den Schutz der weißen Flagge eingebüßt. „Ich werde versuchen, ihm aus dem Weg zu gehen. Hoffen wir, dass dies gelingt." Da wandte Olaf seinen Blick dem Borkell nach. „Doch der Tag wird kommen, da werden wir diesen Hundsfott zur Strecke bringen!" Er nickte, und mit ernstem Blick sah Einar dem Borkell nach, der den Anlegesteg fluchend verließ.

Es war bereits zur Mittagszeit, als endlich der Bote in den Hafen zurückkam, und die Entscheidung des Königs überbrachte. Und während die Besatzungen der beiden

Schniggen, und auch die Krieger der Stadtwache, sich zu langweilen begannen, forderte der Bote den Jarl aus Ranrike auf, ihm zu folgen. So machte sich Jarl Einar mit Asgrim, einem Mann aus dessen Besatzung, seinen eigenen Kriegern Olaf und Thoke, auf den Weg zur Burg von Lade.

*

2. AUGE IN AUGE

Lange ließ der Ladekönig die Unterhändler aus Ranrike warten. Sie wurden allerdings während dieser Zeit gut bewirtet. Brot und gebratenes Fleisch, Lauchstangen und Zwiebeln, sowie eine Suppe hatte man ihnen aufgetischt. So saßen sie nun in der Methalle von Lade und warteten auf den König. Und Jarl Einar musste zugeben, dass er ein wenig nervös war. „Ist das Gerücht wahr, dass der Trøndnerkönig dich hasst?", fragte Asgrim kauend. Einen kurzen Moment sah der Jarl den Krieger aus der Götaburg an. „Ja, das ist wohl so!" Da mischte sich Olaf ein, und sprach ein wenig vorlaut: „Unser Jarl war einmal ein Gesippe des Grjotgard, doch der König und Einars damaliges Weib Alwara haben unseren Jarl übel hintergangen." Ein unfreundlicher Blick traf den großen blondgelockten Kerl, und dieser schwieg. „Ein Gesippe?", fragte Asgrim, und sah den Jarl an. Doch dieser kam nicht dazu ihm zu antworten. Die große Pforte wurde geöffnet, und einige Krieger traten ein, die sich vor dem Podest aufstellten, auf dem die Hochstühle des Königspaares standen. Und dann erschienen König Grjotgard Herlaugsson und sein Weib Andur in der Halle. Ohne die Gäste zu beachten, ging der König zu seinem Hochstuhl. Anders aber die Königin!

Als sie Jarl Einar erkannte, entfuhr ihr ein kleiner Freudenschrei, und sofort ging sie auf den einstigen Trøndner zu. „Einar! Welch schöne Überraschung!" Sie trat heran, und umarmte den Jarl sogar, was diesen sehr erstaunte. Natürlich wusste er, dass die Königin ihm immer wohl gesonnen war. Und er wusste auch, dass Andur die Base Alwara nicht mochte, ja sie sogar ein wenig hasste. Dass sie aber so erfreut über seinen Anblick sein würde, hatte er nicht ahnen können. „Auch mich freut es dich zu sehen, Königin. Es ist eine lange Zeit vergangen", sprach er ruhig. Nun aber hatte auch Grjotgard erkannt, wer da in seiner Methalle stand. „Bei allen Göttern!", brüllte er zornig, und zeigte auf Jarl Einar. „Los, ergreift den Kerl!" Doch da erhob Andur ihre Stimme, noch bevor die fünf Unterhändler ihre Schwerter ziehen konnten. „Bist du jetzt völlig von Sinnen, Grjotgard? Du hast diesen Männern das Gastrecht gewährt!"

„Aber da wusste ich nicht, welche Schlangenbrut sich in mein Haus gewagt hat", fauchte der König sein Weib an. Nun ergriff Asgrim das Wort. „König der Trøndner, wir sind Gesandte von König Ragnar Sigurdsson, und du solltest dir anhören, was wir zu sagen haben. Es könnte zu deinem Vorteil sein."

„Das ist mir egal! Soviele Winter warte ich schon darauf, diesen Kerl endlich in die Hände zu bekommen", keifte der König uneinsichtig. „Jetzt wirst du mir nicht mehr entkommen!" Sein wütender Blick traf Einar, der bisher geschwiegen hatte. Der König war auf die fünf Männer und sein Weib zu gegangen. Doch er warte einen großen Abstand. Die Krieger seiner Wache blieben stets an seiner Seite. „Nun, wo ich jetzt weiß, wer ihr seid, wäre ich doch dumm, würde ich euch wieder ziehen lassen." Da aber trat Andur dicht neben Einar. „Zieh dein Messer", flüsterte sie, und der Jarl blickte sie erschrocken an. Niemals wäre er auf den Gedanken gekommen, der Andur ein Leid anzutun. Doch diese drängte ihn ohne dass der König dies bemerkte.

„Wenn das so ist", sprach Einar ruhig, zog dabei sein Saxmesser[17], ergriff Andur und riss diese an sich. „Du lässt mir keine Wahl, König Grjotgard. Setze dich auf deinen

---

[17] Saxmesser – Messer mit einer einschneidigen Klinge, die zur oberen Kante spitz zuläuft

Hochstuhl und schicke deine Krieger fort!" Entsetzt sah Grjotgard den Einar an. Dann brüllte er: „Was wagst du dich? Du missbrauchst das Gastrecht." Da lachte Einar laut auf. „Du selbst hast doch das Gastrecht gebrochen, und du lässt mir keine andere Wahl, um den Frieden zu wahren", rief der Jarls aus Ranrike verärgert. „Was bist du nur für ein hinterhältiger Kerl, König Grjotgard!" Da hob der König seine Hand. „Los, ihr habt ihn gehört! Verschwindet!" Die Männer sahen den König ungläubig an.

„Aber…", stotterte einer der Krieger, doch der König schrie ihn an. „Raus mit euch!" Da folgten sie dem Befehl, und verließen die Halle.

„Wage es nicht, meinem Weib ein Haar zu krümmen." Er wandte sich um, und ging zu seinem Hochstuhl auf dem er Platz nahm. Die Unterhändler und Königin Andur folgten ihm. „Wenn meinem Weib etwas geschieht, wird keiner von euch mit dem Leben davon kommen", keifte der König, und bemerkte dabei gar nicht, dass Andur längst wieder frei war, und Einar sein Messer weggesteckt hatte.

„Ich verspreche dir, Einar, du wirst…", erst jetzt sah er was vor sich ging. Andur blickte ihren Gemahl lächelnd an, und betrat das Podest um sich ebenfalls auf ihren Hochstuhl zu setzen. „Beruhige dich, mein Gemahl. Du ließest uns keine andere Wahl!"

Verärgert sah er sein Weib an, begehrte aber nicht auf.

„Nun gut! Ich habe verstanden", sagte er kleinlaut. „Wenn es der Wunsch meiner Gemahlin ist, euch zuzuhören, werde ich dies tun."

„König Grjotgard", sprach nun Einar, „ich kam nicht an deinen Hof um zu sterben. Ich reise unter der weißen Flagge, und sollte uns hier ein Leid geschehen, werden die Schiffe König Ragnars im Frühjahr hierher kommen, um Lade dem Erdboden gleich zu machen. Doch nun genug der Drohungen." Er trat einen Schritt vor. „Auch ich war wenig erfreut, als mein König mich für diese Aufgabe erwählte. Doch nun bin ich hier." Er wandte sich der Königin zu. „Ich danke dir, Königin Andur. Es kann sein, dass du mit deiner mutigen Tat einen Krieg verhindert hast." Dann wandte er sich Asgrim zu. „Dieser hier ist Asgrim, und er hat dir etwas zu sagen." Nun trat der Bote des Breka vor. „Sei mir gegrüßt, König des Trøndelag! König Ragnar lädt dich zu Verhandlungen nach Älvsborg in den Svanefjord. Mein König will den leidigen Zwist zwischen unseren Stämmen beenden, und er bietet dir sogar ein Bündnis gegen König Horik an."

„Ein Bündnis? Ist der Kerl verrückt?", lachte Grjotgard hämisch auf. „Das ist er mitnichten", sprach nun Jarl Einar.

„War es nicht so, dass dich der Gautenkönig Hrotger in Stich ließ, im letzten Sommer?" Da stutzte der König der Trøndner, und nun hörte er dem Einar schweigend zu.

„Auch König Horik hat sich in eurem Bündnis nicht bewährt. Und nun bietet dir König Ragnar Frieden an. Nur dir!"

„Der Dreckskerl hat meine Flotte versenkt", maulte der König, doch Einar hielt dagegen. „Warst du es nicht, der versuchte König Ragnar zu täuschen, um ihm in den Rücken zu fallen?" Da wurde Grjotgard wieder kleinlaut.

„Mein Gemahl, du solltest abwegen, was für unser Volk das Beste ist", redete Andur nun auf den König ein. „Du hast schon einmal den Fehler begangen, dich auf die falsche Seite zu stellen." König Grjotgard hatte die Anspielung auf seine Fehde mit Jarl Einar durchaus verstanden. Als dieser noch Jarl auf der Insel Tautra war, erhielt der König jedes Jahr die Abgaben, denn Einar war ein Wikingfahrer, und auch sonst blühte die Insel. Der Reichtum wuchs!
Doch nun unter seiner Base Alwara und ihrem Gemahl Thorsti blieben die Abgaben meist aus. Die Insel schaffte es

gerade so, seine Bewohner zu ernähren, und der Jarl hielt mehr vom Saufen und Herumhuren, als von der Raubfahrt. So sah er Andur unfreundlich an, sagte aber nichts. Für einen Moment herrschte Ruhe, dann fragte Grjotgard. „Was bietet mir der Kerl, wenn ich mich auf seine Seite schlage?" Jarl Einar sah den König an. „Ich kann dir nicht genau sagen wieviel er dir geben will, aber es wird ein Teil der Einnahmen seiner Silberminen sein." Dass der Jarl nun von der verlorenen Mine zu sprechen begann, reizte den Trøndnerkönig aufs Neue. „Du sprichts von meiner Mine", schnauzte er den Unterhändler an, doch Jarl Einar wusste den Vorwurf zu entkräften. „Die Silberminen liegen auf dem Land meines Herrn. Haland[18] gehört nun zu Ranrike, und somit auch die Silberminen."
Da fuhr der König hoch. „Schluß jetzt! Geht! Ich muss nachdenken und mich beraten." Da ergriff Asgrim wieder das Wort. „König Grjotgard, es wird nötig sein, uns hinaus zu begleiten. Ich vermute, dass uns vor der Tür deine Krieger erwarten." Da nickte Grjotgard und trat von dem Podest herunter. Tatsächlich hatten sich vor der Tür viele Krieger des Königs gesammelt. Sie hatten nicht gewusst, wie sie sich verhalten sollten. Das Königspaar war schließlich in der Gewalt der Fremden gewesen. Ein Sturm auf die Halle, hätte diesen aber sicher das Leben gekostet. So taten sie nichts!
Als sie aber ihren König sahen, der die Tür öffnete, und der ihnen befahl die Gäste ziehen zu lassen, entspannte sich die Lage.

Kaum hatten die Gäste, und auch Königin Andur, die Methalle in Richtung Hafen verlassen, ließ der König nach einem seiner Krieger rufen. Und der Hauptmann kam

---

[18] Haland und Schonen – südwestliche Gaue im heutigen Schweden, damals zum Reich der Dänen gehörig

26

schnell. „Höre mir gut zu, Borkell", begann Grjotgard streng. „Wenn dieser Einar denkt, er kann hier einfach so reinspazieren, und ungeschoren wieder heimsegeln hat er sich geirrt." Da begann Borkell zufrieden zu grinsen. „Was befiehlst du mir, Grjotgard?" Für einen kurzen Augenblick sah der König seinen Hauptmann böse an, doch er blieb ruhig. „Die Kerle werden noch einmal in die Methalle zurückkehren. Und dann werden sie ihre Schiffe nicht mehr erreichen! Verstehst du mich?" Nickend sah der schwarzbärtige Krieger seinen König an. „Ich hoffe, du willst ihn nicht lebend."

Da schüttelte Grjotgard seinen Kopf. „Ich will, dass es endlich mit dem Kerl ein Ende hat!" Da nickte Borkell zufrieden. Die beiden Männer glaubten sich unbeobachtet, denn die Sklavin hinter der geöffneten Tür, zu einer der hinteren Kammern, hatten die sie nicht bemerkt.

Am Abend, als die Familie des Königs am wärmenden Feuer saß, sprach Andur zu ihrem Gemahl. „Ein Anteil am Silber der Mine ist doch besser als gar nichts." Sie lächelte ihren Gemahl an, und dieser schwieg. „Die Silbermine ist für uns verloren. Aber es scheint, dass die Götter es gut mit dir meinen, mein Grjotgard." Der König sah seinen Sohn Sigurd an, der inzwischen dreizehn Winter zählte. „Was denkst du?", fragte der König, und sein Sohn antwortete: „Mutter hat Recht! Wenig ist besser als Nichts!" Grjotgard senkte sein Haupt. „Und was denkst du?" Seine Tochter Eira hatte ihrem Vater gar nicht zu gehört, und erschrak ein wenig. Sie zählte einen Winter mehr an Jahren, und stand dem König sehr nah. „Sie sind unsere Feinde! Warum sollten wir mit ihnen ein Bündnis eingehen?"

„Weil es unseren Verlust mindern wird", antwortete Königin Andur ihrer Tochter unfreundlich. Dann wandte sie sich wieder ihrem Gemahl zu. „Wenn es stimmt, was Einar gesagt hat, und Horik wird König aller Dänen, dann wird er auch für uns zur Gefahr." Nun horchte der König auf. Soweit hatte er nicht gedacht, denn es hatte schon immer Kämpfe um die Ländereien im Süden gegeben. Vestfold, Vingulmark und auch Ranrike, wurden oft von dänischen Königen begehrt. Und was, wenn sich Horik nicht damit begnügen würde? Würde der Däne den Schritt nach Norden wagen? Plötzlich erhob sich Grjotgard und rief: „Ich werde es tun!"

Zwei langweilige Tage waren vergangen, seit dem ersten Zusammentreffen mit dem König der Trøndner. Man hatte den Gästen verboten den Hafen zu verlassen, und so blieb ihnen nur zu warten. Unter der Plane, die sie auf dem Wellenwolf gespannt hatten, brannte in einem großen ehernen Topf ein Feuer, und an diesem saß Jarl Einar mit einigen seiner Männer. „Raban, du weißt was du zu tun hast", sprach Einar zu dem großen Sachsen. „Ich verlasse mich auf dich." Der Sachse nickte. „Mache dir keine Sorgen. Alles wird geschehen, wie du es willst!"
Am späten Nachmittag desselben Tages, standen die fünf Männer wieder in der großen Methalle, und warteten auf den Ladekönig. Und dieser kam!
Mit seiner gesammten Familie trat er ein. Er und sein Weib nahmen auf den Hochstühlen platz. Eira begab sich in eine der hinteren Kammern, wo sich einige Sklavinnen aufhielten. Sigurd, der Sohn des Königs, setzte sich auf die Stufen des Podestes. Einar trat vor den jungen Burschen.
„Du bist Sigurd", stellte er fest. „Du bist fast schon ein Mann! Ich erinnere mich an dich, als du noch ein kleiner Knabe warst."
„Erwartest du etwa, dass ich mich an dich erinnere?", sprach dieser frech, und Einar beendete das Gespräch mit dem Knaben. Nachdem man die üblichen Begrüßungsworte

ausgetauscht hatte, bat König Grjotgard die Gäste an den Tisch, und gemeinsam mit der Königsfamilie nahmen sie ein Mahl ein. Plötzlich sprach Grjotgard: „Lange habe ich mir über euer Angebot Gedanken gemacht. Vielleicht sollte ich die Einladung König Ragnars annehmen und mich auf Verhandlungen einlassen."

Jarl Einar musste erst einmal schlucken, um Antworten zu können. „Ich weiß, dass du keinen besonderen Wert auf meine Meinung legst, doch ich kann dir nur dazu raten. Ich habe Ragnar als ehrenhaften und aufrechten Mann kennengelernt." Dabei sah er den König vorwurfsvoll an. Dieser aber tat, als hätte er die Anspielung überhört.

„Obwohl ich es als Brüskierung empfinde, dass mir Ragnar ausgerechnet den Mann schickt, mit dem ich in Fehde liege, bin ich bereit mit ihm in Verhandlungen zu treten", sprach Grjotgard ruhig. „Ich bin also bereit die Einladung König Ragnars anzunehmen. Sage deinem Herrn, dass ich im Frühjahr nach Ranrike segeln werde. Aber sage Ragnar, ein Bündnis mit mir bekommt er nicht geschenkt!" Er erhob sich, und ging zu seinem Hochstuhl, auf den er sich setzte.

Jetzt trat, unbemerkt von Grjotgard, eine Sklavin zu der Königin. Sie beugte sich zu deren Ohr und berichtete, was sie zwei Abende zuvor gehört hatte. Da nickte Andur und schickte die Sklavin fort. Dann erhob auch sie sich und verließ den Tisch. Sie betrat ebenfalls das Podest. Und dann platzte es aus ihr heraus. „Du tust es ja wieder!", tadelte sie ihren Gemahl, so leise, dass man es am Tisch nicht hören konnte. „Was tue ich wieder?", fragte der König verwirrt.

„Du hintergehst Einar! Ich weiß von deinem Plan, ihm den Borkell auf den Hals zu hetzen", warf die Königin ihrem Gemahl verärgert vor.

Borkell! Ihn hatte der Trøndnerkönig ganz vergessen. Jetzt wurde dem Grjotgard gewahr, dass ein Attentat alle Verhandlungen mit Ragnar Sigurdsson zu nichte machen würden. „Los, holt mir Hauptmann Stikjar her. Aber schnell!" Dann zog sich Grjotgard zurück.

Doch die Königin blieb noch in der Methalle, nahm wieder an dem Tisch platz, und sprach mit Jarl Einar. Die Königin versicherte dem Jarl, dass sie an der Intrige gegen ihn, nicht beteiligt war. Doch dies hatte Einar sowieso immer bezweifelt.Und dann sprach Andur von dem, was auf Tautra geschah. Davon, dass Alwara und ihr Gemahl Thorsti schon lange in Streit lebten, dass der Jarl dem Suff verfallen war, und Alwara eigentlich auf der Insel herrschte. Das erstaunte Einar, doch Mitleid konnte er für seinen alten Weggefährten keines aufbringen. Und Jarl Einar war den Göttern dankbar, dass dieser Kelch an ihm vorüber gezogen war. Die leidige Geschichte mit der Alwara hatte er längst verdrängt. Ihm ging es gut mit seinen beiden Frauen Alma und Ilva. Das Land auf dem sie nun lebten, war nicht so karg wie auf Tautra, und so war das Leben einfacher geworden.

Noch eine Weile sprachen sie, und ließen sich bewirten. Dann aber verabschiedeten sich die Männer von der Königin und den Kindern des Grjotgard, und verließen die Halle. Sie hatten ihre Aufgabe erfüllt

Es war bereits dunkel, als sich die fünf Männer auf den Weg zum Hafen machten. Kälte zog an ihren Beinen empor, und es hatte leicht zu schneien begonnen. Eigentlich waren Einar und Asgrim mit dem Ergebnis der Verhandlungen durchaus zufrieden. Einar hatte eigentlich mit größerem Widerstand von König Grjotgards Seite gerechnet. Aber dies war sicher der wohlwollenden Haltung der Königin zu verdanken. Und da der König ihnen freien Abzug zugesagt hatte, fühlten sie sich sicher. Dies aber waren sie mitnichten!

Der Weg durch die holzbeplankten Gassen von Lade, die sich nun langsam mit Schnee bedeckten, vorbei an den Hütten und Häusern der Bewohner, war nur spärlich beleuchtet. Und nicht weit des Hafens, im Schatten eines tief heruntergezogenen Daches, saßen zehn Krieger und warteten. „Und denkt daran, dieser Dreckskerl Einar ist für mich. Wer ihn anrührt, bekommt Ärger mit mir!", grunzte Borkell drohend. „Und jetzt haltet alle das Maul." Diese Bemerkung war eigentlich überflüssig gewesen, denn Borkell war der einzige der sprach.

Nun drang der Klang der Schritte auf den hölzernen Planken, und Stimmen an ihre Ohren. Und diese wurden lauter. Weit konnten die Ranriki[19] nicht mehr von dem Haus, unter dessen Dach sich die Angreifer versteckten, entfernt sein. Und dann sah Borkell, als er vorsichtig um die Ecke lugte, den verhassten Jarl. Er ging mit einem anderen Kerl voran. Gut für Borkell! Nun war es soweit! Noch einen kurzen Augenblick, dann würde der Kerl seine Klinge zu spüren bekommen. Langsam zog Borkell sein Schwert aus der ledernen Scheide.

„Wer da?", fragte plötzlich der letzte Mann in der Reihe der Krieger unter dem Dachvorsprung. „Ich bin es, Stigjar, Hauptmann der Stadtwache!"

„Mann, was willst du?", ranzte der Krieger den Hauptmann an. „Befehl vom König! Ihr sollt sie ziehen lassen!" Und da wurde plötzlich Borkell aufmerksam. „Ihr sollt das Maul halten, habe ich befohlen!" Da flüsterte der Mann den Befehl in das Ohr seines Nebenmannes und dieser tat es ihm gleich. So erreichte die Nachricht den Borkell. „Was hast du da gesagt?" Er verließ seinen Platz, und trat zu dem Boten.

„Der König befiehlt, ihr sollt sie ziehen lassen!"

Die Wut stieg in Borkell auf. „Was soll das? Ist der Kerl jetzt verrückt geworden?" Er überlegte einen Moment, und nickte dann, als wolle er sich seine Gedanken bestätigen.

---

[19] Ranriki – alter Name der Bewohner des Gaus Ranrike

„Andur! Dies kann nur das Werk der Andur sein!" Doch da wurde der Hauptmann der Stadtwache ärgerlich. „Rede nicht so abfällig von unserer Königin, Borkell!"
„Was geschieht sonst?", fragte der wütende Schwarze herausfordernd. „Dann werde ich dich beim König melden", drohte Stigjar. Da wollte Borkell sein Schwert ziehen, doch ehe er sich versah, lagen mehrere Klingen an seiner Brust und seinem Hals. Einer der Männer, der mit Borkell auf diese Mission geschickt wurde, sah den Stevenhauptmann der königlichen Skaid[20] an, und sprach: „Lass es gut sein, Borkell! Der König hat es befohlen!" So zogen sich die Krieger zurück, ohne dass die fünf Männer aus Ranrike den Hinterhalt bemerkt hätten. Nur Borkell blieb unter dem Dach zurück, und sah, wie die Männer an ihm vorbei marschierten. Zähneknirrschend grunzte er: „Du wirst mir nicht entkommen!"

Mehr als ein voller Mond war vergangen, seit sie den Vänern verlassen hatten. Und nun erlebten sie hier oben im Norden den Wintereinbruch. Auf den Schiffen waren die Planen als Zelte aufgespannt, unter denen die Männer Schutz vor dem fallenden Schnee fanden.
Die Feuer brannten in den Feuerkörben, und wärmten die Wartenden. Der größte Teil der Besatzungen schlief bereits, als die fünf Männer in der Nacht ihre Schiffe erreichten.
„Morgen, bei Sonnenaufgang, werden wir ablegen", befahl Jarl Einar. „Wir müssen in den Süden, bevor der Fjord zu friert." Der Schiffsführer des Seestürmers nickte zustimmend. „Wir werden bereit sein!"

*

---

[20] Skaid – Langschiff mit bis zu sechzig Riemen

Ihr Vorhaben die Insel Tautra zu besuchen, ließen die Gäste aus Ranrike Angesichts des einsetzenden Winterwetters fallen. Und so verließen die beiden Schniggen den großen Fjord von Lade, um in den Süden zurück zu segeln.

Die Nachricht, dass Jarl Einar, der einstige Jarl der Insel Tautra, in Lade weilte, hatte sich trotzdem bis an den Sitz des Jarls von Tautra nach Sørhamna herumgesprochen. Ein Händler aus Lade hatte die Nachricht auf die Insel gebracht. „Er ist hier!" Alwara war in die Halle des großen Hauses gestürzt. Hier in der Methalle lebte Thorsti, der eigentliche Jarl, während sein Weib, die Base des Königs, im Jarlshaus wohnte. Nach wie vor war das Verhältnis des Paares zerrüttet. Daran hatte auch der Zusammenhalt bei dem Attentat des Stendar nichts geändert.
„Was schreist du hier so rum?", entgegnete Thorsti seinem Weib verärgert. Es war noch früh, zumindest für den Jarl, denn er hatte in der letzten Nacht, wie so oft, dem Met gefrönt. Darum saß er ein wenig angeschlagen an einem der Tische. „Er ist hier!", wiederholte die Frau mit dem langen, blonden Haar, die der König von Lade vor vielen Jahren, dem Jarl Einar zum Weib gegeben hatte. „Einar ist hier!"
Da hob Thorsti seinen Kopf und sah sein Weib an. „Jarl Einar ist auf Tautra?"
„Nicht auf Tautra, du versoffener Kerl! Er ist in Lade, am Hof König Grjotgards!" Alwara schien diese Nachricht mehr als nur zu beunruhigen.
„Das ist unmöglich", antwortete Thorsti, und kratzte sich seinen Bart. „Der König würde Einar auf der Stelle töten lassen. Nein, was sollte er auch da?"
„Und doch ist Jarl Einar hier im Fjord!", beharrte Alwara auf ihre Worte. „Was will der Kerl in Lade?"
Thorsti wandte sich einer Sklavin zu. „Bring mir Wasser", befahl er. Das Mädchen nickte und verschwand. „Ich kann

das nur schwer glauben", sprach Thorsti mit kratziger Stimme. „Und nun glaubst du, er wird auch hierher kommen?" Alwara nickte. „Wenn König Grjotgard ihn nicht getötet hat, dann gibt es einen Grund dafür."

„Na und! Wir sind Gesippen des Königs. Einar würde keinen Angriff wagen." Jarl Thorsti erhob sich, trat auf Alwara zu, und sah sie eindringlich an. Dann griff er ihr langsam an ihre Brust. Doch Alwara schlug seine Hand weg. „Was soll das?"

„Stelle dich nicht so an! Du bist immer noch mein Weib!", beschwerte sich Thorsti verärgert. Jedoch wusste er genau, dass Alwara nicht mehr gewillt war, mit ihm das Schlaflager zu teilen. Manchmal aber überkam es den Jarl. Besonders wenn sein Verstand vom Met und Bier noch vernebelt war.

„Werde nüchtern, Thorsti", tadelte sie den Mann, der einst der Schönling genannt worden war. „Und wasche dich. Du stinkst!" Sie wandte sich ab, um zu gehen. „Und denke daran, Jarl Einar ist im Ladefjord. Sammle deine Krieger!" Während Alwara die Halle verließ, trat Rotger ein. Er war einer der Krieger, die Thorsti seit einiger Zeit um sich sammelte, wenn es darum ging sich zu beraten. Rotger war noch recht jung, doch er hatte sich als verlässlich erwiesen. Besonders als es darum ging, gegen den drohenden Aufstand des Stendar vorzugehen.

„Meine Jarlswürde ist in Gefahr", begann Thorsti zu sprechen, und Rotger sah ihn fragend an. „Es wird erzählt, dass Jarl Einar in Lade weilt!" Rotger wusste immer noch nicht, wovon sein Jarl sprach. Und Thorsti erkannte dies.

„Einst war ich sein Gefolgsmann, und er war der Jarl von Tautra. Auch war Alwara sein Weib!" Nun begann Rotger zu verstehen. „Und du glaubst, nach so langer Zeit…?"

„Das er sich Alwara zurückholen will?", entgegnete Thorsti. „Oh nein! Ganz sicher nicht!" Er erhob sich, zog seine Tunika über den Kopf, und warf diese achtlos von sich. Dann machte er sich auf den Weg durch die weit geöffnete Tür. Und Rotger folgte ihm.

„Aber ich habe den Verdacht, dass König Grjotgard ihn wieder als Jarl auf Tautra einsetzen will. Aus welchem Grund, sollte Einar sonst hierher kommen. Grjotgard ist eigentlich sein Feind." Er trat an das große Wasserfass, zerschlug das Eis auf der Oberfläche, und stülpte dann seinen Kopf in das Eiswasser. Die eisige Kälte durchströmte seinen ganzen Körper, und ließ diesen erschaudern. Rotger reichte dem Jarl ein Tuch, welches an einem Nagel neben dem Fass gehangen hatte. Obwohl dieses selbst eisig kalt und steif gefroren war.

Thorsti sah den Mann ein wenig irritiert an. „Was soll ich mit dem Brett?" Er schüttelte seinen Kopf, warf dem Rotger das Tuch zurück, und ging zurück in die Methalle. Der junge Krieger hängte das Tuch wieder an den Nagel und folgte dem Jarl. „Und was gedenkst du nun zu tun?" Thorsti nahm wieder Platz, und in seinen Gedanken kämpfte er bereits um seine Herrschaft als Jarl. „Bring mir etwas zu essen!", rief er einer Sklavin entgegen, und forderte Rotger dann auf sich ebenfalls zu setzen. „Du wirst nach Lade rudern, und in Erfahrung bringen was Jarl Einar hier will. Und ich werde derweil dafür sorgen, dass es auf Tautra nur noch einen Jarl gibt." Er hatte erkannt, dass ein geteiltes Tautra, ein zerstrittenes Jarlspaar, der Insel mehr Schaden zu fügte, als jeder Eindringling.

So geschah es! Rotger führte den Befehl des Jarls aus, und begab sich nach Lade. Thorsti selbst rief einige Tage später, seine Krieger in die Halle.

Die meisten von ihnen, verbrachten ihre Abende sowieso an diesem Ort. Hier fand sich immer Gesellschaft für ein Würfelspielchen und einen Becher Bier. Er rief die Männer an seinen Tisch, und als diese sich versammelt hatten, sprach er: „Ich will, dass ihr mir die Gefolgschaft meines Weibes bringt. Einen nach dem anderen."

„Wozu soll das gut sein?", fragte einer der Männer. Da begann Thorsti zu grinsen. „Nun, weil ich ihnen erklären werde, wer der Herr auf dieser Insel ist!" Jetzt verstanden die Krieger. „Jarl Einar ist zurückgekehrt", fuhr Thorsti fort. „Ich weiß nicht warum, aber ich werde vorbereitet sein. Und darum brauche ich alle Krieger dieser Insel!"

Und schon am nächsten Tag geschah, was Thorsti befohlen hatte.

Der erste, der den Männern des Jarl Thorsti in ihre Hände fiel, war Yngvar. Er war ein junger Kerl, kräftig gebaut und einst ein Freund des Rotger. Doch der Streit zwischen dem Jarlspaar, hatte auch die beiden Freunde entzweit, da die Versprechungen der Alwara bei Yngvar auf fruchtbaren Boden gefallen waren.

Yngvar lungerte gelangweilt vor dem Haus der Alwara herum, denn dort erhoffte er sich, von dieser bemerkt zu werden. Ihm war zu Ohren gekommen, dass Alwara sich des Öfteren mal einen jungen Kerl auf ihr Schlaflager hohlte, und dieser Kerl wollte Yngvar sein.

Plötzlich lugte jemand um die Ecke des Hauses. Es war ein Krieger namens Birk! Auch er war einst ein Kamerad des Yngvar, zählte aber schon seit einiger Zeit zur Gefolgschaft des Thorsti. Das Gesicht bemerkte Yngvar natürlich, und fragte unfreundlich: „Was willst du denn hier? Du hast hier nichts mehr zu suchen!"

„Warum so unfreundlich, alter Freund?", entgegnete Birk grinsend. „Hast du schon das Loch in der Wand entdeckt?"

„Was für ein Loch?", wurde Yngvar nun neugierig. „Das in der Wand. Das zu Alwaras Schlafkammer", warf Birk den Köder aus, und Yngvar schien diesen zu schlucken. „Du bist verrückt", sträubte sich die Beute noch ein wenig, und

Birk ließ ihm Zeit. „Na gut, wenn du meinst!" Und plötzlich war der Krieger des Thorsti wieder um die Hausecke verschwunden.

„Ein Loch in der Wand." Nun begann der Kampf in Yngvars Kopf. Sein Stolz hielt ihn zurück, doch seine geile Neugier auf den Körper der schönen Jarlsgattin, riss ihn fort. Er löste sich von der Wand, an der er lehnte, und verschwand um die Ecke des Hauses. Die Ernüchterung aber war groß, als er in das grinsende Gesicht des Birk und der anderen Männer sah. Jetzt wusste er, es würde keinen Blick auf auf den schönen, nackten Körper der Alwara geben. Und dann griffen kräftige Hände nach ihm.

Zu einem handlichen Paket verschnürrt, schleppten die Männer den Krieger der blondgelockten Anführerin in die Methalle. „Ah, ein Besucher!", rief der Jarl erfreut, der auf seinem Hochstuhl saß. „Dann mal her mit ihm!" Unsanft ließen sie Yngvar vor dem Jarl zu Boden fallen. Mit einer Handbewegung befahl Thorsti die Fesseln zu lösen. „Nun, du fragst dich sicher, warum du hier bist?" Ein wenig verstört sah Yngvar den Jarl an. „Was soll das? Ich bin ein Krieger der Alwara! Lass mich gehen!" Da erhob sich Thorsti und trat von dem Podest. „Richtig! Und genau damit hat es jetzt ein Ende!" Da runzelte Yngvar die Stirn, doch der Jarl sprach weiter. „Du bist ein Gefolgsmann der Alwara, sagst du. Doch auf dieser Insel bin ich der Jarl, nicht Alwara!" Thorsti ergriff die Schultern des Mannes, und half ihm auf die Beine. „Unsere Insel wird bedroht, und ich brauche jeden Mann, um meine Herrschaft zu verteidigen. Ich kann es nicht mehr dulden, dass sich die Krieger der Alwara anschließen. Das verstehst du doch?" Jarl Thorsti wandte sich ab, betrat das Podest und nahm wieder Platz. „Du musst mir jetzt und hier den Gefolgschaftseid leisten", sprach er streng. Da schüttelte

Yngvar heftig seinen Kopf. „Das kann ich nicht! Ich habe schon der Alwara den Eid geschworen. Die Götter würden mich strafen!"

„Wenn es die Götter nicht tun, tue ich es", entgegnete Thorsti ärgerlich. „Entweder du schließt dich mir an, oder du verlässt die Insel. Sofort!"

„Aber mein Eid gegenüber der Alwara", jammerte Yngvar, doch da ergriff Birk das Wort. „Bist du schon lange so begriffsstutzig, Mann? Die Herrschaft der Alwara ist beendet. Sie wird keine Gefolgschaft mehr haben, und muss sich ihrem Gemahl unterwerfen!"

Der Yngvar sah den Jarl an, und dieser nickte. „So ist es! In wenigen Tagen, wird Alwara nur noch mein Weib sein. Oder tot!"

„Es sei denn, du willst ihr vorausgehen?", fragte Birk grinsend, und zog sein Schwert ein Stück aus der Scheide. Da nickte Yngvar dem Jarl zu, und legte den Schwur der Gefolgschaft ab.

Genau wie dem Yngvar, erging es allen Kriegern der Alwara. Und keiner wagte es, dem Jarl zu widersprechen. Alle wurden sie Krieger des Jarl Thorsti. Und am dritten Tag brachten die Männer die Jarlsgattin selbst in die gutgefüllte große Halle. Sie zeterte, und die Anwesenden lachten, als man sie vor den Jarl Thorsti auf seinem Hochstuhl schleppte. In ihr Nachtgewand gekleidet, mit halbentblößter Brust kam dieser Gang der stolzen und hochmütigen Frau einem Spießrutenlauf gleich. Als sie den Podest erreichten, wurde Alwara etwas ruhiger.

„Was erlaubst du dir?", keifte sie den Jarl auf dem Hochstuhl an. Und dann fiel ihr Blick auf ihren eigenen Hochstuhl, der neben dem des Thorsti stand. Dies war schon lange nicht mehr so gewesen, denn der Jarl hatte den Stuhl seines Weibes vor langer Zeit entfernen lassen. Jetzt erkannte sie auch die Männer ihrer Gefolgschaft, die zwischen den Kriegern des Jarls standen.

„Was, bei der Freya, soll das?", fragte sie entrüstet. „Was machen meine Krieger hier?"

„Oh, mein Weib, dies sind nicht mehr deine Krieger", sprach Thorsti freundlich. „Es sind die Krieger des Jarls von Tautra!" Mit zornigem Blick sah Alwara Thorsti an. Und erst jetzt erkannte sie, dass dieser sauber war. Er war gewaschen, war gekämmt und er war nüchtern. Seine Kleidung war seiner Stellung angemessen, und wie er da so saß, war er tatsächlich eine beeindruckende Erscheinung. Thorsti sah auf seinem Hochstuhl wirklich wie ein Jarl aus. Er erhob sich. „Alle hier in der Halle, sollen meine Zeugen sein, wenn ich dir erneut den Platz an meiner Seite anbiete", sagte er voller Stolz. „Ich bin der Jarl, und du darfst wieder meine Gemahlin sein! Meine Gemahlin, nicht mehr!"

„Und wenn ich mich weigere?", fragte sie trotzig.

„Dann mein Weib, werde ich dich verstossen!" Der freundliche Blick war einem strengen gewichen. „Ich werde dich, so wie du bist, noch an diesem Abend in einen Skuder[21] setzen, und auf die See schicken."

„Das wagst du nicht. Ich bin die Base des Königs!", rief die schöne Frau entsetzt. Doch der Jarl ließ sich nicht beeindrucken. „Oh, Alwara, mein schönes Weib, genau dies ist der Grund, warum ich dich nicht töten werde. Und außerdem stört sich der König keinen Deut mehr um dich. Das verspreche ich dir!" Nun wurde Alwara ruhig, denn es war tatsächlich so, dass König Grjotgard sich nicht sonderlich für die Insel Tautra, und im Besonderen um die Jarlsgattin dort interessierte. Schließlich erhielt er nicht viel an Abgaben von Thorsti und der Base. Und außerdem

---

[21] Skuder/Skuta – Leichte Segler mit 8-16 Riemen, wurden zum Fischen und befahren der Fjorde, sowie entlang der Küste

vermied er so den Streit mit seinem Weib Andur. Gedanken strömten durch ihren Kopf. Ihre Gefolgschaft hatte sie verloren. Sie war allein!

*

3. Die Prinzessin

Bereits als der Tag zu dämmern begann, hatten sich die ersten Männer erhoben. Sie sorgten dafür, dass die Feuer wieder aufbrannten, und sie stellten die Dreibeine mit den eisernen Töpfen über die Flammen. Schon bald köchelte darin eine deftige Grütze, deren Duft weitere Männer aus dem Schlaf holte.

Nun wurde es auch im Hafen lauter. Jemand rollte ein Fass, und jetzt wurden auch die Stimmen lauter. Der Hafen erwachte zum Leben!

Es hatte in der Nacht wieder etwas geschneit, und die Schneedecke wurde nun dichter. Lange würde es nicht mehr dauern, bis der Himmel seine Schleusen endgültig für den Winter öffnen würde. Dann würde in nur einer Nacht die kalte Jahreszeit, die Herrschaft übernehmen.

Langsam öffnete Einar seine Augen, und sein Blick fiel auf die Plane, die über das Schiff gespannt war. Die Geräusche des Hafens, aber auch das Schnarchen einiger Schlafender, drangen an sein Ohr. Er schälte sich aus seinem alten Robbenfellschlafsack, und rollte diesen ordentlich zusammen. Mit Lederriemen verschnürte er die Wurst, und legte sie neben seine Kleidung, die an der Reling lag. Einar legte seine Gewandung meist zum Schlafen ab. Allerdings hatte er es hier vorgezogen nur seine Schuhe und die Tunika, nebst dem Klappenmantel abzulegen. Und da er seinen warmen Schlafsack verlassen hatte, kroch nun schnell die Kälte an seinen Beinen empor. Er lief über das Deck, und sprang auf den Anlegesteg. Dort wäre er fast auf dem dünnen Schnee ausgerutscht und in das kalte Wasser gefallen. Doch er konnte sich halten. Er lief über den Steg und sprang auf den Strand, um so an das Wasser zu gelangen ohne hineinspringen zu müssen. Hier standen schon einige andere Männer, wie Thoke, die sich wuschen. Er grinste, denn er hatte seine Wäsche bereits hinter sich. „Das vertreibt die Müdigkeit." Einar nickte nur, trat mit den Füßen ins eisige Nass und begann sich zu waschen. Nun kamen immer mehr Männer von den Schiffen, und andere gingen zurück. „Sie haben uns nicht aus den Augen gelassen", sprach Thoke, als sie über den Steg gingen. „Das war doch zu erwarten", antwortete der Jarl, und bekam eine dicke Gänsehaut. „Die ganze Nacht hatten sie ihre Spitzel im Hafen verteilt. Die armen Kerle haben sich den Arsch abgefroren." Thoke begann zu lachen.

Auf dem Heckstand saßen Raban, der Sachse, und zwei weitere Männer. Sie schienen bereits seit längerem wach zu sein, und als Raban den Jarl sah, nickte er zum Gruß. Einar hatte die Geste bemerkt, und begann zu grinsen.

Bald waren beide Besatzungen auf den Beinen, und es wurde immer heller. Nur wenige Wolken zogen noch über den Himmel, und es konnte durchaus ein schöner Tag werden. Nachdem Einar sich gesättigt hatte, begab er sich an die Reling des Seestürmers, um Asgrim seine Befehle zu geben. Kurz darauf waren beide Schiffe zur Abfahrt bereit, und die Männer senkten die Ruderpinne in die Fluten des Flusses. Noch ehe es richtig hell war, erreichten sie den Fjord. Die Segel wurden gesetzt und die Schiffe nahmen Kurs nach Norden.

Früher als sonst, wurde die königliche Familie an diesem Morgen geweckt. Es war ein greller Schrei, der durch die Burg von Lade hallte, und der sie erwachen ließ. Eine der Sklavinnen hatte die Kammer der Eira betreten, um dieser eine Schale mit Wasser zu bringen. Da stellte sie fest, dass das Schlaflager der Prinzessin unbenutzt war. Sofort wurden die Wachen alarmiert, und die Krieger begannen die Burg von Lade zu durchsuchen. Doch die Suche blieb erfolglos. Die königliche Familie hatte sich in der Halle versammelt, und Grjotgard war noch nicht einmal vollständig bekleidet. Seine tiefe Stimme grollte durch die Halle. „Bringt mir meine Tochter her! Durchsucht die Stadt!" Da trat Ingolf, der Berater des Königs, neben seinen Herrn. Der Mann, der einst als Sklave aus Irland an den Hof von Lade gebracht wurde, sprach ruhig zu dem König: „König Grjotgard, ich glaube dies ist überflüssig." Der König stierte den kleingewachsenen, dicklichen Kerl an. „Was soll das heißen?" So wie es seine Angewohnheit war, zwirbelte sich Ingolf seinen Ziegenbart wenn er sprach. „Herr, ich glaube, dass sich Eira auf dem Schiff des Unterhändlers aus Ranrike befindet!"

„Macht die Flotte seeklar", rief der König zornig, und sprang auf. „Verfolgt diesen Dreckskerl Einar, und bringt mir seinen Kopf!" Doch der Berater mit dem dünnen, roten Haar riet dem König von Lade ab. „Herr, ich glaube damit bringst du Eira in Gefahr. Ich denke, sie dient dem Einar als Pfand, und du wirst sie unbeschadet in der Halle von Älvsborg wiederfinden." Dann wandte er sich der Königin zu. „Er will König Grjotgard zwingen, sein Versprechen einzuhalten. Ihr wird sicher kein Leid geschehen!"
Der König selbst, aber war weniger freundlich zu seiner Gemahlin. „Nun siehst du, was dir die Verbundenheit zu diesem Jarl einbringt." Andur aber hatte durchaus verstanden, und wurde nun böse. „Nein, mein Gemahl. Du bist es, der die Schuld an dem Unglück trägt. Wie oft hast du Einar hintergangen? Er weiß, dass man dir nicht trauen kann, und darum handelt er so!" Sie wandte sich ab, und verließ die Halle des Hauses.
In der folgenden Nacht fand König Grjotgard nur wenig Schlaf, und so saß er bereits zum Morgengrauen in der Halle

an dem großen Tisch. Er ließ Ingolf rufen, und erteilte diesem seine Befehle.

„Lass mein Schiff seeklar machen", befahl er. „Und hole mir Borkell in die Halle. Weise die Sklaven an, für die Familie zu packen. Wir verbringen den Winter in Ranrike. Ich werde meine Tochter nicht allein lassen!"

So erhielt Borkell, der Schwarze, den Auftrag die königliche Skaid[22] mit zehn Schiffen zu begleiten. Diesen Entschluss teilte Grjotgard seinem Weib und seinem Sohn Sigurd mit. Zwei Tage später, lief die königliche Flotte aus dem Hafen von Lade aus. Und da der Fluß Nid bereits begonnen hatte zuzufrieren, mussten Männer mit langen Stangen am Ufer vorausgehen, um das Eis zu zerschlagen. Auch war es nicht mehr möglich die Ruder in das Wasser zu tauchen, und um die Segel zu setzen, reichte der Wind nicht aus. So vollbrachten Pferde die Arbeit, in dem sie die Schiffe an langen Seilen, vom Ufer aus, zum Fjord zogen. Erst als die Schiffe sich dem großen Gewässer näherten, und der Fluss breiter wurde, konnten die Männer die Schiffe selbstständig rudern. Die Seile wurden gelöst und ins Wasser geworfen. Zwei Schniggen fuhren als Spähschiffe voraus, dann folgte die Skaid des Königs von Lade. Dann die anderen acht Schniggen.

Auch die Gestade des Südufers des Fjordes waren inzwischen mit Eis bedeckt, und so wuchs die Befürchtung, dass die Fjordarme im Norden, die hinaus in das offene Nordmeer führten, auch bereits zugefroren sein könnten. Langsam wuchsen bei König Grjotgard die Zweifel an dem raschen Aufbruch. Hätte er doch besser bis zum Frühjahr gewartet?

---

[22] Skaid – Langschiff mit bis zu sechzig Riemen

Die Schiffe hatten die Arme des Fjordes, die sie in die offene See führten, fast hinter sich gelassen, als Raban vor den Jarl trat. Mit sich zog er eine Gestalt, in einen Mantel gehüllt, mit einer Kapuze tief in das Gesicht gezogen. Den Passagier hatte er in dem kleinen Laderaum unter dem Heckstand verborgen gehalten. „Hier ist was du wolltest", sprach der Sachse, und zog die Gestalt vor sich. Einar trat heran, hob seine Hände und schob dieser die Kapuze über den Kopf. Ein blonder Schopf kam zum Vorschein. „Sei mir gegrüßt Prinzessin Eira", sagte Einar freundlich, und öffnete das Seil, welches man um ihre Hände gebunden hatte. Ein zorniger Blick traf den Jarl aus Ranrike. „Bist du verrückt geworden? Mein Vater wird dich töten!" Einar nickte. „Ja, das wird er wohl versuchen. Doch dies hat er schon öfters, und es ist ihm nie gelungen."

„Er wird dir den Borkell auf den Hals hetzen", drohte sie verärgert. „Also bring mich zurück, und ich werde dafür sorgen, dass du lebst." Nun begann Einar laut zu lachen, und Raban lachte mit ihm. „Diesen Gefallen kann ich dir leider nicht tun, Prinzessin Eira. Du wirst warten müssen, bis dich dein Vater holen kommt. Ich habe da so meine Erfahrungen mit König Grjotgard gemacht. Und darum ziehe ich es vor, dich als kleines Pfand für die Einhaltung seines Wortes zu nehmen."

„Dafür wird dich Borkell töten", drohte Eira erneut, und Einar nickte. „Ja, auch Borkell ist so eine Angelegenheit, die es bei Zeiten zu erledigen gilt." Dies verstand die Prinzessin nicht, doch sie ahnte, dass zwischen den Männern schon seit langem ein Zwist herrschte. „Bei allen Göttern, schwöre ich dir, dass dir kein Unheil bei uns widerfahren wird", versprach der Jarl. „König Ragnar wird dich deiner Herkunft entsprechend empfangen!" Einar versuchte der jungen Frau freundlich zuzulächeln, doch diese zeigte sich für Freundlichkeiten verschlossen. „Du kannst dich frei auf dem Wellenwolf bewegen, Prinzessin Eira", fuhr der Jarl fort. „Glaube mir, es wird dir in Älvsborg gefallen." Dann wandte er sich ab, und betrat den Heckstand.

*

Einige Tage waren vergangen, da kam Rotger aus Lade zurück nach Tautra. In den wenigen Tagen, in denen er fort war, hatte sich allerhand auf der Insel geändert. Verwundert stellte er fest, dass er Jarl Thorsti im Haus des Jarls antraf. Nicht in der Methalle, die der Jarl bisher bewohnt hatte. In das große Haus war der Jarl zurück gezogen, und er teilte auch das Schlaflager wieder mit seinem Weib. Und Alwara blieb nichts anderes übrig, als sich zu fügen. Denn der Jarl schien es bitter ernst zu meinen!
Thorsti saß an dem Tisch in der Wohnhalle des Hauses, und nahm ein Mittagsmahl ein. Ihm gegenüber saß Alwara. Rotger war erstaunt darüber, aber nicht weil das Weib mit an dem Tisch saß. Nein, sondern weil der Jarl seine Ankündigung so schnell wahr gemacht hatte.
„Nimm Platz, Rotger. Ich freue mich dich zu sehen", bot dieser dem Krieger einen Platz an seinem Tisch an.
„Es gibt einiges zu berichten, Jarl Thorsti", antwortete der Krieger und setzte sich nieder. Der Jarl wandte sich der Sklavin zu, und ließ diese einen Teller und einen Becher bringen. Dann schnitt er ein großes Stück Fleisch von dem Braten, der auf dem Tisch stand. Einen Tag zuvor hatte der Jarl ein Schwein schlachten lassen, und so gab es mal wieder einen frischen Braten. Dies kam aber nur sehr selten vor. Meist kamen Fisch oder Gemüsegrütze auf die Teller. Rotger grüßte Alwara, und diese nickte stumm.

46

Mehr Freundlichkeit war von der Jarlsgattin in diesen Tagen nicht zu erwarten. Dies aber störte den jungen Krieger wenig.

„Dann berichte, was du in Erfahrung gebracht hast. Warum ist Jarl Einar in Lade?" Thorsti ließ dem Rotger nicht einmal Zeit, von dem Fleisch zu kosten. So legte dieser sein Messer neben den Teller, und begann zu erzählen. „Ich kenne einen Sklaven in der Küche der Königshalle. Dieser berichtete mir von den Gerüchten, die in Lade umher gehen. Zuerst einmal, war der Einar als Bote und Unterhändler am Hof König Grjotgards. Und er ist auch schon wieder fort." Da sah Thorsti seinen Krieger erstaunt an. Die Aufregung war also völlig umsonst gewesen. Doch sie hatte auch ihr Gutes, erkannte der Mann, den man den Schönling nannte. Der Jarl hatte endlich klare Verhältnisse geschaffen, hatte sich gegen sein Weib durchgesetzt.

„Er ist fort?", fragte Thorsti, und Rotger nickte. „Ja, das ist er. Man erzählt sich, dass es um ein Bündnis mit König Ragnar gehen soll. Dieser hat König Grjotgard an seinen Hof geladen."

„Das würde aber bedeuten, dass Grjotgard und Einar Frieden schließen müssten", stellte Thorsti beunruhigt fest.

„Dem ist wohl so", stimmte Rotger nickend zu. „Ich denke, der Kerl hat aber nicht die Absicht nach Tautra zurückzukehren." Da horchte Thorsti auf. „Wird er nicht?" Der Krieger schüttelte seinen Kopf. „Nein, Jarl Thorsti, es scheint als wäre Tautra nicht sein Ziel." Da schlug Thorsti mit der flachen Hand auf den Tisch, und lachte erfreut auf. Ihm war es nicht danach gewesen, gegen seine alten Gefährten und Anführer in den Kampf zu ziehen. Das hatte Thorsti schon im letzten Sommer gestört, als sie im Land der Gauten gegen König Ragnar kämpften. Dort hatten zum Glück die Götter dafür gesorgt, dass sie sich nicht begegnen musste. „Alwara, hast du das gehört? Es wird keinen Kampf

47

gegen Einar geben. Er will Tautra gar nicht!" Die Jarlsgattin lächelte nur verkniffen. Sie hatte keinen Grund zur Freude, denn ihre Situation würde sich dadurch nicht wesentlich verändern. Sie fühlte sich, wie die Gefangene ihres Gemahls. Was sie nun wohl auch war!

Jetzt endlich konnte Rotger sich den Braten schmecken lassen, und dies tat er ausgiebig. Und als er endlich gesättigt war, fuhr er fort: „Es gibt noch etwas zu erzählen", begann er, und Thorsti wurde aufmerksam. „Irgendetwas muss vorgefallen sein. Ich hatte meinen Skuder am Ufer des Fjordes festgemacht, schließlich wollte ich nicht im Nid festfrieren." Dies verstand der Jarl, der eigentlich einmal ein guter Seefahrer war, natürlich gut, und er nickte zustimmend. „Nun, als ich gestern das Seil meines Skuders löste, und das Segel setzte, um in den Fjord hinauszusegeln, sah ich wie eine Flotte aus dem Nid in den Ladefjord ruderte. Es war die Skaid des Königs und zehn Schniggen, die Kurs nach Norden nahmen."

„Aber was bedeutet das?", fragte nun Alwara die neugierig geworden war. „Tja, es ging schon morgens das Gerücht in der Stadt um, man suche die Prinzessin."

„Eira?", fragte Alwara erstaunt. „Natürlich Eira, oder kennst du noch eine andere Prinzessin in Lade", ranzte Thorsti sein Weib an. Kopfschüttelnd wandte er sich an Rotger. „Ich hoffe doch, du hast auch darüber Erkundigungen eingezogen." Der junge Krieger nickte. „Ja, ich habe noch einmal festgemacht, und bin den weiten Weg in die Stadt zurückgelaufen." Mit dieser Bemerkung erhoffte er sich das Wohlwollen des Jarls. „Eira ist verschwunden, und es geht das Gerücht um, der Jarl aus Ranrike hätte sie entführt." Da begann Thorsti zu grinsen.

„Ja, das sähe ihm durchaus ähnlich. Schließlich hat Grjotgard ihn oft genug hintergangen. Jetzt hat er sich ein Pfand geholt."

„Und du denkst, jenes ist der Grund für den Aufbruch der
Flotte?", fragte die Jarlsgattin, und Rotger nickte. „Ganz
bestimmt ist er das." Dem stimmte Thorsti zu. „Grjotgard
wird den Einar verfolgen, das ist sicher. Ich denke, dieses
Bündnis wird nicht zustande kommen."

„Eher wohl ein neuer Krieg", mutmaßte Alwara, die den
Jähzorn ihres Vetters gut kannte. „Wir werden es wohl im
nächsten Frühjahr wissen", stimmte Jarl Thorsti zu.

*

Bei leichtem Schneefall fuhren die beiden Schniggen die
Küste Hardangers entlang nach Süden. An der Südspitze des
Gaus nahmen sie Kurs nach Osten und segelten in das
Skagerrak[23], vorbei an dem Handelsplatz Kap Lindesnes.
„Sieh dort!" Bogtyr hatte den Jarl zum Vordersteven
gerufen und zeigte auf die See hinaus. Jarl Einar nickte
wissend, denn vor ihnen färbte sich der Himmel schnell
dunkel. Schwarze Wolken türmten sich auf, und die
erfahrenen Seefahrer wussten was dies zu bedeuten hatte.
Jarl Einar gab den Befehl weiter nach Süden zu steuern.
Eigentlich war es der Plan gewesen, die norwegische Küste
entlang zu segeln. Richtung Osten, bis zum großen Fjord
von Vestfold, und dann nach Süden, entlang der Küste von
Vingulmark nach Ranrike. Doch nun wollte er über die
offene See, auf die andere Seite des Skagerraks, an die
Küste Jütland. So hoffte er dem Unwetter zu entgehen. Auf
dem Seestürmer hatte man natürlich auch längst erkannt,
was ihnen drohte. Also folgte man dem Wellenwolf. Zwar
war die Küste Jütlands dem Reich König Horiks zugehörig,
doch Jarl Einar hoffte darauf, dass dieser seine Schiffe in

---

[23] Skagerrak – Teil der Nordsee zwischen der Nordküste Jütland und der
Südküste Norwegens

49

den sicheren Häfen belassen würde. Und so war es wohl auch, denn ihnen begegnete kein einziges Schiff entlang der Gestade Jütlands. Doch wenn Einar glaubte, er hätte so die Probleme umgangen, sollte er sich täuschen. Die Ran[24] hatte wohl entschieden, die Seefahrer für ihren Wagemut auf die Probe zu stellen. Kaum hatten sie nämlich die nördliche Spitze von Jütland umschifft, zeigte sich der Himmel wieder in dem bedrohlichen schwarz, vor dem sie geflohen waren. Der Sturm war ihnen tatsächlich zuvorgekommen, auf dem Weg nach Süden.

Der Wind wurde heftiger, und auch der Schneefall zeigte nun seine unschöne Seite. Die eisigen Flocken peitschten den Seefahrern in ihre Gesichter, und der Wind zerrte an der auf Deck gespannten Plane. „Es wird Zeit die Küste anzusteuern", rief Kjelt seinem Anführer entgegen. Er und Olaf kämpften am Seitenruder mit den Wellen, die sich nun immer höher auftürmten. Diese beiden Männer waren erfahren genug, um zu wissen, wann sie den Kampf verlieren würden. Und sie kämpften mit aller Kraft, obwohl sie den richtigen Sturm noch gar nicht erreicht hatten. Da gab Einar nach, und rief den Befehl aus, eine Bucht zu suchen, in der sie Deckung finden konnten. Bogtyr blies in das Horn, um dem Seestürmer Signal zu geben. Doch noch war keine Rettung in Sicht.

Raban, den der Jarl dazu abgestellt hatte auf die Prinzessin zu achten, hatte dieser ein Seil um den Bauch gebunden. Das andere Ende umschlang seinen eigenen Bauch. So hoffte er, diese im Falle eines kenterns, retten zu können. Es war nicht auszudenken was geschehen würde, wenn der Eira

---

[24] Ran - düstere Meeresgöttin, zieht die Seefahrer bei Sturm mit ihrem Netz in die Tiefe, gebietet über die Seelen der Ertrunkenen, Weib des Ägir

ein Leid zugefügt würde. Keiner von ihnen könnte dann je heimkehren, denn König Ragnar würde ihnen dies niemals verzeihen. Ein Bündnis mit König Grjotgard würde dessen Rache weichen müssen.

Es wurde immer dunkler, als sich Kjelt einer Bucht erinnerte, die er schon einmal angesteuert hatte. So drängte er den Wellenwolf immer näher an die Küste, bis er endlich die Mündung erkannte. Und auch dem Steuermann des Seestürmers gelang es, dem Wellenwolf zu folgen. Doch die Schnigge des Jarl Breka erreichte die Bucht nicht unbeschädigt.

Mit großer Wucht war der Wellenwolf auf einen flachen Strand gerutscht. Der Seestürmer dagegen prallte heftig gegen einige Felsen, und blieb zwischen diesen liegen. Der Rumpf hatte schwere Schäden davongetragen und einige Seefahrer waren verletzt. Nach und nach verließen sie das Schiff und schleppten sich auf den Strand, wo sie sich auf den Weg zum Wellenwolf machten. Diesen hatten die Männer des Einar bereits mit Pfählen festgesetzt, so dass er stabil auf dem Strand stand. Und dann erreichte sie der Rand des Sturmes, und das Unwetter brach über sie ein.

Plötzlich breitet sich Dunkelheit über ihnen aus. Es wurde Nacht, obwohl sie genau wussten, dass es erst Mittagszeit war. Der Schneefall sorgte zusätzlich dafür, dass sie ihr Zeitgefühl verloren. Irgendwann wussten sie nicht mehr ob es noch Tag oder schon Nacht war. Ihnen blieb nur noch zu warten, bis es wieder hell wurde.

Der Schneefall ließ nach einer gefühlten Ewigkeit endlich nach, und auch der Wind hatte sich in der Nacht gelegt. Erschöpft waren viele eingeschlafen, und erwachten erst als es wieder hell geworden war. Der Sturm war weitergezogen, und hatte einen wolkenlosen Himmel zurückgelassen.

Jarl Einar war über die Reling gesprungen, und bis zu den Hüften in den Schnee eingesunken. Ihm folgten Asgrim und alle Männer die sich vom Seestürmer auf den Wellenwolf gerettet hatten. Irgendwie war es ein seltsamer Anblick, denn der Bug der Schnigge war tief im Schnee versunken, während das Heck schneefrei im Wasser lag. Die Wellen, die an den Strand rollten, hatten eine glatte Kante geschnitten.

Gemeinsam machten sie sich auf den Weg zum Seestürmer, der schräg auf den Felsen lag. „Wir müssen ihn frei schleppen, und auf den Strand ziehen", sagte Einar, und Asgrim nickte. „Dann sollten wir uns sputen, wir sind in König Horiks Reich!"

Mit der Kraft von sechzig Männern, zogen die Seefahrer die Schnigge auf den Strand, und besahen sich die Schäden. Thoke und der Zimmermann des Seestürmers machten sich sofort an die Arbeit. Zu ihrem Glück, hatten sie einige Plankenstücke an Bord, um für genau diesen Notfall gewappnet zu sein.

Mehrere Tage waren sie auf dem Strand gefangen, und schon am zweiten Tag erschien ein Reiter auf einer Uferböschung. „Hast du ihn gesehen?" fragte Olaf seinen Jarl, der mit einigen Männern an einem Feuer saß.

„Natürlich! Er wagt sich nicht heran", antwortete der Jarl.

„Das ist kein gutes Zeichen", sprach Olaf, erhob sich und wandte sich dem Reiter zu. „Er wird jetzt zu seinem Jarl reiten, und diesem von uns berichten." Wieder nickte Jarl Einar, und Asgrim fügte hinzu. „Und es wird nicht lange dauern, und wir haben es mit den Dänen zu tun."

Und genau so geschah es!

Schon am nächsten Morgen erschienen die Jütländer auf der Böschung. Und sie ließen keinen Zweifel daran, warum sie erschienen waren. Ein Mann hob seinen Arm, und gab das Zeichen zum Angriff. Keine Fragen, kein Angebot! Sofort stürzten die Krieger auf den Strand. Doch der hohe Schnee brachte ihren Angriff schnell ins stocken. Nur mühsam kamen sie voran, und so blieb den Gestrandeten genügend Zeit sich zur Verteidigung zu formieren. Jarl Einar führte die Krieger an, die sich sammelten, um den Angreifern entgegenzutreten. Eigentlich zeigte sich die Situation als äußerst vergnüglich. Die Männer aus Ranrike begannen sich zu amüsieren und den Gegner zu verhöhnen, der Schritt für Schritt im tiefen Schnee versank. „Bis die hier sind, sind wir daheim", lachte Bogtyr. In der Nähe der beiden Schiffe, war der Schnee inzwischen heruntergetreten, und ließ die Männer recht stabil stehen. „Speere in den Schildwall", befahl Jarl Einar, und die Krieger drängten sich zusammen. Sie hoben ihre buntbemalten Rundschilde und bildeten einen kaum durchdringlichen Wall. Jetzt endlich hatten die Jütländer die Fremden erreicht, und begannen sofort gegen den Schildwall anzurennen. Dies bekam ihnen aber nicht gut, denn die Seefahrer stießen nun mit den Speeren zwischen den Schilden hindurch, und so mancher Angreifer holte sich einen blutigen Schnitz. Dazu kam, dass die Angreifer bereits durch den Schneemarsch geschwächt waren.

Auf dem einen Schiff standen Krieger mit Pfeil und Bogen, darunter auch der Sachse Raban und die Prinzessin aus Lade. Sie begrüßten die Jütländer mit ihren Wundbienen, was diesen die Lust auf den Kampf vergrämte. Und noch bevor Jarl Einar den Befehl geben konnte, den Schildwall zu öffnen und sich auf die Angreifer zu stürzen, ertönte deren Signalhorn. Sofort zogen sich die Jütländer zurück, und mussten Gelächter und höhnische Bemerkungen über sich ergehen lassen.

Auf der Böschung hielten die dänischen Krieger inne, und schlugen ein Lager auf. Es schien, als wäre die Angelegenheit für deren Jarl doch noch nicht beendet.

Die Männer aus Ranrike waren den Angreifern nicht gefolgt. Es ging nicht darum hier sein Leben zu verlieren. Jarl Einar wollte so schnell es möglich war, wieder zurück auf See. Also versuchten sie sich zu schützen. Mehr nicht!

„Was glaubst du, wann sie wieder angreifen?", fragte Asgrim den Jarl, und dieser zuckte mit den Achseln. „Ich weiß es nicht. Vielleicht wird der Kerl da drüben ja vernünftig, und lässt uns in Ruhe." Da trat Thoke an das Feuer. „Der Seestürmer ist erneuert. Das Holz hat gerade so ausgereicht. Aber ich würde vorschlagen, das Pech trocknen zu lassen."

„Und das heißt?", wollte Asgrim wissen. „Morgen! Morgen schieben wir die Schiffe ins Wasser zurück!"

In dieser Nacht standen Krieger Wache, denn Einar traute den Jütländern nicht. Doch es blieb ruhig!

Zwar sah man die Feuer der Gegner in der Nacht leuchten, doch ihnen schien die Lust zu kämpfen ersteinmal vergangen zu sein.

Schon sehr früh hatte der Jarl die Männer geweckt. Der Himmel war wieder grau geworden, und es sah nach Schneefall aus. „Und?", hatte er einen der Wächter gefragt. Doch dieser verzog nur sein Gesicht. „Nichts! Alles ruhig da drüben!" So begannen sie ihr Lager abzubauen, verstauten ihre Zelte, und schlugen die Stützpfähle um. Gemeinsam schoben sie die beiden Schniggen in die Fluten zurück, und gingen an Bord. Erst jetzt war den Jütländern aufgefallen, was vor sich ging. Sie stürmten die Böschung hinunter, und landeten wieder im hohen Schnee. Der Jarl rief Befehle, die aber kaum einer der Männer befolgte. Sie konnten sehen, dass sie die Fremden nicht mehr rechtzeitig erreichen würde.

*

4. KÖNIGLICHER BESUCH

Die beiden Großsegler hatten fast einen vollen Mond gebraucht, bis sie die Mündung der Götaälv erreichten. Auch im Süden hatte sich der Winter inzwischen breitgemacht. Die Landschaften veränderten sich während der Reise, doch das Weiß des Winters war geblieben. Felsen und Gebirge, Wiesen und Wälder waren mit Schnee bedeckt.

Die Fahrrinne des Flusses war nur noch so breit, dass gerade einmal ein Schiff darin Platz fand. Käme ein anderes Schiff flussabwärts, würde es eng werden, und eines der Schiffe müsste in das Eis ausweichen. Doch zum Glück wurde der Fluss zu dieser Jahreszeit kaum noch befahren. Bald schon erreichten sie den Hafen der Götaburg, und hier legten sie an. Asgrim und der Seestürmer würden in der Burg bleiben, während Jarl Einar den Weg in den Vänern alleine fortsetzen würde. Doch zuerst wollte der Jarl seinen alten Freund Breka begrüßen, und seine Neugier stillen. Schließlich hatte er die Götaburg noch nicht gesehen. Also entschied Einar für zwei Tage in der neu errichteten Burg zu bleiben. Er teilte je viermal fünf Krieger als Schiffswache ein, die sich abwechseln sollten. Alle anderen konnten das Treiben im Dorf genießen. So gingen sie gemeinsam über den verschneiten Weg, der in das Landesinnere führte, wo die Götaburg lag. Prinzessin Eira hatte nun von sich aus die Nähe des Raban gesucht. Sie erkannte in dem großen Sachsen ihren Beschützer, nicht ihren Wächter. Und dies gefiel Raban, auch wenn Eira immer noch recht kratzbürstig mit allen umging. Das der große Sachse sich dies gefallen ließ, lag nur an seinem guten Charakter, und daran, dass er die Prinzessin mochte. Doch langsam schien sie zu begreifen, dass sie hier keine

Befehlgewalt hatte, und man sie im schlimmsten Fall als Gefangene sehen würde. Und sie musste sich auch eingestehen, dass ihr dies Abenteuer eigentlich recht gut gefiel. Der Kampf mit den Jüten war aufregend gewesen, und sie hatte neben Raban ihre Pfeile fliegen lassen. So etwas hätte sie in Lade niemals erlebt. Dort war sie die Tochter des Königs, und obwohl sie die Ältere war, stand sie immer hinter ihrem Bruder Sigurd. Außerdem kam sie mit nun vierzehn Wintern langsam in das heiratsfähige Alter. Ihr Vater würde damit beginnen einen Gemahl für sie zu suchen. Wahrscheinlich irgendeinen alten König oder dessen verblödeten Sohn, denn so eine Vermählung diente zur Festigung eines Bündnisses. Und während ihr Bruder sich als Krieger hervortun würde, müsste sie für einen alten Kerl oder seinen Trottel von Sohn die Beine spreizen. Da gefiel es ihr hier doch wesentlich besser.

Schon von weitem sahen sie das zweiflügelige Tor, mit der Wehr darüber. Zu beiden Seiten des Tores ging ein aufgeschütteter Hügel ab, der sich zu einem Ring schließen sollte. Doch soweit war es noch nicht, denn auf beiden Seiten endete der Hügel nach mehreren Manneslängen abrupt. Nur die hölzernen Palisaden darin, führten den Ring fort, unterbrochen von den Toren in jeder Himmelsrichtung. Das Tor war weit geöffnet, denn es zu verschließen wäre zu spaßig gewesen, schließlich standen die Langhäuser noch ungeschützt auf einer großen Wiese. Doch überall liefen Krieger herum, die auch sofort auf die Ankommenden zu gingen. Noch ehe sie etwas fragen konnten, erkannten sie Asgrim, ihren Hauptmann, und einige ihrer Gefährten.

„Asgrim, du Halunke", rief einer der Wachmänner. „Wie es aussieht hat dich die Ran nicht gewollt!"

„Sie hat es versucht, aber wir haben es ihr schwer gemacht, bis sie uns nicht mehr wollte", sprach Asgrim grinsend. „Da wird sich Jarl Breka ja freuen euch wiederzusehen." Damit war das Gespräch beendet und die Seefahrer setzten ihren Weg fort.

Zu beiden Seiten des Weges begrenzten hölzerne Zäune die Koppeln und Gatter von Pferden, Rindern, Schafen und Schweinen. Und dann gingen Wege quer von dem Hauptweg ab. An diesen Wegen standen Hütten. Auch diese mit hölzernen Zäunen von einander abgetrennt. Kleine Gärten waren entstanden, und auch Gatter für Kleinvieh oder ein Schwein. Hier entstandt ein Dorf!

Sie setzten ihren Weg fort, und Asgrim erklärte dem Jarl, was vor seiner Abreise bereits stand, und was während seiner Abwesenheit hinzu gekommen war. Und Breka trieb den Bau der Burg, wie es schien, schnell voran.

Nun sahen sie zwei große Langhäuser und die Methalle, die bereits fertiggestellt waren. Dort wo sich die beiden Hauptwege kreuzten, die die gegenüberliegenden Tore verbanden, stand die große Halle, denn die Kreuzung mündete in einem großen Platz. Die Langhäuser der Krieger standen je eines auf dem Weg nach Süden und eines auf dem Weg nach Westen, der Halle gegenüber. Ein Langhaus war noch im Bau, und es stand erst ein hölzernes Gerippe an dem Weg, der nach Osten führte.

Natürlich hatte Jarl Breka von der Ankunft der beiden Schniggen längst erfahren, und so stand er an der Pforte der großen Halle, um die Ankommenden zu begrüßen. Auch Astrid hatte es sich nicht nehmen lassen herauszutreten, als sie von der Ankunft Jarl Einars erfuhr. Ihre Kinder Asbjörn und Asta spielten ausgelassen im Schnee.

Als sich die Blicke der beiden Freunde trafen, machte sich auf ihren Gesichtern ein Grinsen breit. Und wie immer war die Freude groß, den Freund lebend wiederzusehen. Wie Brüder fielen sich Einar und der jüngere Breka in die Arme, und auch Astrid wurde herzlich von dem Jarl aus Askby begrüßt. Während Jarl Breka die Krieger seines Freundes willkommen hieß. Sie alle waren schließlich einst seine Gefährten gewesen. Bald darauf saßen sie in der großen Methalle. Die Krieger an den Tischen, Jarl Breka auf seinem Hochstuhl. Und Jarl Einar hatte er den Hochstuhl der Astrid angeboten, denn diese hatte sich mit Prinzessin Eira zurückgezogen. Sie war der Meinung, diese benötigte dringend ein Bad und etwas Frisches zum anziehen. So dauerte es nicht lange, und Eira saß in einem hölzernen Zuber, und Sklavinnen brachten heißes Wasser heran, während eine andere Sklavin die Prinzessin wusch. Anfangs schwieg Eira, doch sie schien mit dem heißen Wasser aufzutauen. Und dann begann sie zu erzählen, was sie bei der Überfahrt erlebt hatte. Und dies tat sie mit Begeisterung. Es schien, als würde sie der Astrid vertrauen, denn diese saß auf einem Schemel ihr gegenüber. Dann aber wurde ihre Stimme zornig, denn sie erinnerte sich des Grundes, der sie hierher geführt hatte. „Jarl Einar ist ein guter Mann", sprach Astrid. „Ich kenne ihn schon lange, und ich kann dir versprechen, dass er dir kein Leid antun wird."

„Aber warum hat er mich dann entführt, wenn er so ein ehrenvoller Mann ist?", fragte Eira ein wenig höhnisch. Da antwortete die Jarlsgattin: „Weil Jarl Einar die Hinterlist deines Vater zur Genüge kennt!"
Für einen Moment sah die Prinzessin die dunkelhaarige Frau an, und diese fuhr fort: „Dein Vater war es, der den Jarl immer wieder hintergangen hat. Und daher ist es doch nicht verwunderlich, dass Einar für die Einhaltung des Königswortes sorgt." Nachdenklich sah Eira die Astrid an, und sprach: „Das Gleiche hat Raban auch erzählt."

„Siehst du, es gibt keinen Grund zur Sorge. Wenn dein Vater nach Ranrike kommt, wirst du wieder frei sein, Prinzessin Eira!"

*

An einem kleinen Buchenhain, nicht weit der Mündung zur Götaälv, brannte ein kleines Feuer. Ein junger Bursche wärmte daran seine kalten Glieder. Zwei Hasen lagen im Schnee, daneben stand aufrecht der Bogen des jungen Jägers. Verträumt sah er auf das Haff hinaus, und plötzlich erstarrte sein Blick. Es war Spätherbst, fast schon Winter. Überall lag der Schnee schon kniehoch. Und das, was er sah, war für diese Jahreszeit ungewöhnlich. Eine Flotte von nordischen Schnellseglern näherte sich der Flussmündung.

„Dort rüber!", rief der Mann am Vordersteven des ersten Schiffes, und zeigte auf die Bucht, in der der Fluss seine Mündung hatte. „Dort ist die Götaälv!" Es erklang ein Hornsignal, und kurz darauf ein weiteres. So setzte sich das Signal von Schiff zu Schiff fort.
„König Grjotgard", sprach der dicke Ingolf, und trat unter das Zelt, wo die königliche Familie Schutz vor dem Wetter suchte. „Wir haben die Mündung erreicht, die uns zu dem Fluss führt, der in den Vänern fließt." Grjotgard nickte zufrieden. Sie hatten die weite Fahrt gut überstanden, und sie waren schnell voran gekommen. Nun würde der Rest ein Kinderspiel sein, glaubte der Ladekönig.
Und als sie die Schiffe in die Bucht steuerten, wagte sich zuerst Sigurd unter der Plane hervor. Der Sohn des Königs stand an der Reling, und sah hinüber zur Küste, wo er auf dem südlichen Ufer einen jungen Burschen entdeckte, der an einem Feuer stand und herübersah.

Elf Schiffe hatte der junge Jäger gezählt, die sich nun der Mündung des Flusses näherten. Dann aber steuerte die Flotte das Nordufer der Bucht an, um dort anzulegen. An einer flachen Stelle des Ufers rutschten die Schiffe auf den verschneiten Strand. So lagen sie nun da, wie Perlen auf einer Halskette. Die Fremden würden dort ihr Lager aufschlagen, soviel war dem Burschen klar. Sicher mussten sie sich von der Seereise erst einmal erholen. All dies musste sein Häuptling erfahren.

Sein Dorf lag landeinwärts, da wo die Götaälv und die Kungälv aufeinander trafen. Und ihm war klar, dass er schnell dort hin musste. Mit dem Schuh schob er Schnee auf die Feuerstelle, dann nahm er seine Beute und den Bogen, und lief los.

Als dann der Häuptling des Dorfes von der fremden Flotte erfuhr, schickte er sofort einen Boten zur Götaburg, um den dortigen Jarl über die Vorgänge in der Flussmündung zu unterrichten. Hätte der junge Bursche das Banner des Ladekönigs gekannt, hätten sie gewusst, mit wem sie es zu tun hatten.

Nicht weit des Dorfes gab es einen Fährmann, der mit seinem Kahn die Menschen und das Vieh übersetzte. Dies war ein einträgliches Geschäft für den Mann, und so gelangte der Bote an das südliche Ufer der Götaälv.

Schnell sprach sich jetzt in den Dörfern an den Ufern der Götaälv die Nachricht von der Ankunft einer unbekannten Flotte herum.

In der Methalle ließ sich Breka von Asgrim berichten, wie es ihnen in Lade ergangen war. Und je mehr der Hauptmann erzählte, umso belustigter wurde die Gesellschaft. Denn es gefiel den Männern, wie der König des Trøndelag bei den Unterhändlern aufgelaufen war. Als sie dann auch noch den Streich von der Entführung der Prinzessin zum Besten gaben, brach großes Gelächter aus. Und so blieb die

Stimmung heiter. Steigerte sich sogar, was zur Folge hatte, dass die Zusammenkunft in ein Gelage ausartete.

Der nächste Tag brachte graue Wolken, und diese nicht nur am Himmel, denn in Einars Kopf ließ Thor seinen Hammer kreisen. So schlimm hatte es den Jarl aus Askby schon lange nicht mehr erwischt. Meist hielt er sich bei den Gelagen zurück, doch durch das Wiedersehen mit Breka hatte er alle Vorsicht fallen lassen. Und der heiße Met schmeckte auch wirklich zu gut.

Viele gutgemeinte Ratschläge sollten ihm gegen die Kopfschmerzen helfen, doch erst ein Trunk aus Birkenrinde und anderen Kräutern, den die Astrid gebraut hatte, sollte ihm wirklich Linderung bringen.

Den ganzen Morgen verbrachte Einar in der großen Küche, im hinteren Teil der Methalle, den der Jarl und seine Familie bewohnten. Neben der Küche, in deren Mitte sich eine große Feuerstelle befand, gab es noch zwei abgeteilte Bereiche. In dem einen stand das große Bett des Jarlspaares. In dem anderen standen die Schlaflager der beiden Kinder Asbjörn und Asta. Der Junge zählte fünf, und seine Schwester hatte bisher vier Winter erlebt. Asta schien an Einar gefallen gefunden zu haben, denn sie wich dem Jarl aus Askby nicht von der Seite. So saß sie auf seinem Schoß, während dieser mit Breka sprach, und er alberte mit ihr herum. Jetzt erfuhr Einar von dem schweren Anfang in Götaburg, den Breka überwinden musste. Er erfuhr von der Treue des Asgrim, und vom Tode des alten Hauptmannes. Jarl Einar war stolz auf seinen Freund, denn er hatte sich durchgesetzt, ohne den König um Hilfe zu bitten. „Es sieht nach Schnee aus", sagte Breka plötzlich, und Einar nickte.

„Das ist nicht gut für uns. Ich glaube, es ist besser wenn wir heute noch ablegen. Sicher wartet König Ragnar auf uns." Breka nickte zustimmend, denn auch er könnte in Misskredit fallen, wenn Einar seinen Auftrag nicht erfüllen würde. „Sollte der Fluss weiter zufrieren, könnte es sein, dass eure Reise vorerst hier endet."

„Das will ich nicht riskieren!" Die Vorstellung, hier in der Götaburg festzusitzen, gefiel dem Jarl ganz und gar nicht. Also erhob er sich, nahm die kleine Asta an die Hand, und ging mit ihr in die Halle, wo sich die meisten seiner Krieger aufhielten. Bogtyr, der Stevenhauptmann, erhielt den Befehl den Wellenwolf seeklar zu machen.

In der Mittagszeit, nachdem Einar endlich wieder etwas essen konnte, ging es ihm dann viel besser. Die meisten Krieger der Besatzung hatten sich bereits in den Hafen begeben. Jarl Einar, Raban, Olaf und die Prinzessin aus Lade waren noch zurückgeblieben. Sie verabschiedeten sich besonders herzlich von Breka und seiner Familie. Prinzessin Eira hatte schnell Vertrauen zu Astrid gefunden, und sie war ein wenig traurig, diese nun so schnell wieder verlassen zu müssen. Aber Astrid machte ihr Hoffnung, dass sie sich in diesem Winter noch sehen würden.

Dann machten sich auch die Vier auf den Weg zum Hafen, und als sie an Bord gegangen waren, legte der Wellenwolf sofort ab.

Die Gäste waren noch nicht lange fort, da kam ein Bote in die Götaburg. Und was dieser zu berichten hatte, gefiel Jarl Breka keineswegs. Die Burg war noch nicht fertiggestellt, und es sah aus, als müsse er jetzt schon gegen einen Feind ziehen. Von einer Flotte war die Rede, die in der Mündung der Götaälv vor Anker lag. Der Jarl rief seine Hauptleute in die Halle, und befahl das Heer marschbereit zu machen. Eine Wachbesatzung von dreißig Kriegern blieb in der Götaburg zurück. Mit einem Heer von Hundertachtzig Kriegern machte sich Jarl Breka auf den Weg zum Hafen. Dort erwartete er die Ankunft der fremden Flotte.

Breka schickte seine Späher aus, und erhielt bald die
Nachricht, dass dies die Flotte des Ladekönigs Grjotgard
Herlaugsson sei. „Er will seine Tochter befreien", mutmaßte
Asgrim, als er dem Breka gegenüber in dessen Zelt saß.
Östlich des Hafens hatte das Heer sein Lager aufgeschlagen,
die Feuer brannten, und die meisten Krieger hatten sich in
ihre Zelte zurückgezogen, denn es hatte wieder begonnen zu
schneien. So vergingen drei Tage, in denen nichts geschah,
doch am vierten Tag kam ein Bursche in das Zelt des Jarls.
„Herr, Herr! Die Flotte des Feindes nähert sich!"
Aufgeregt hüpfte der Junge hin und her, und Breka musste
ihn erst beruhigen. „Gut, gehen wir zum Hafen, und sehen
wir, was sie wollen." Jarl Breka setzte seinen Helm mit dem
verzierten Augenschutz auf den Kopf, nahm seinen
Rundschild und seine Axt, und trat aus dem Zelt. Er stapfte
durch den knirschenden Schnee und gab den Befehl das
Signal zu blasen. Bald darauf strömten die Krieger in den
Hafen.
Lange mussten sie nicht warten, da kam die erste Schnigge
in ihren Blick. Hatte Breka nun aber mit einem Angriff
gerechnet, so wurde er enttäuscht. Die Schiffe zogen eines
nach dem anderen, an der Hafeneinfahrt vorbei.

*

Einige Tage waren vergangen, die Jarl Einars Männer den
Wellenwolf den Fluss landeinwärts gerudert hatten. Und
dann erreichten sie die Stelle, an der sich die Götaälv teilte.
Der eine Arm führte in den Vänern, den großen See, der
andere Arm führte zu den Wasserfällen, die in den See
stürzten. Dieser Weg bekam keinem Segler gut, der in den
Vänern wollte. Jedesmal wenn Einar diese Stelle passierte,
überkam ihn ein ungutes Gefühl, denn es war nur dem

Glück zu verdanken, dass der Wellenwolf bei ihrer ersten Ankunft nicht auf den Felsen zerschellte.

Es war bereits dunkel, als sie in den Svanefjord segelten. Nun war es nicht mehr weit, und Jarl Einar verzichtete darauf, noch einmal zu lagern. So erreichten sie den Hafen der Königsstadt Älvsborg am späten Abend. Mit Mühe fanden sie einen Anlegeplatz, denn die Schiffe des Königs lagen allesamt an den Stegen und im Hafenbecken vor Anker. Der Jarl entschied an diesem Abend nicht mehr die große Halle aufzusuchen. Er wollte den König nicht stören, denn es war bereits spät geworden. So blieb er an Bord unter der Plane, und wärmte sich an dem Feuer in der eisernen Feuerschale. „Morgen wirst du sicher viele Leute kennenlernen", sprach er zu Prinzessin Eira, die neben Raban saß, und in eine dicke Decke gehüllt war. „Die Königin wird dir bestimmt gefallen. Sie ist ein gute und gerechte Frau." Eira nickte zustimmend. „Ich hörte bereits von ihr. Raban sagte, sie sei die berühmte Schildmaid Lagertha."

„Ja, das ist sie", bestätigte Einar die Worte des Sachsen.

„Sie ist eine große Kriegerin, und könnte dich dir sicher viel beibringen."

Thoke reichte dem Jarl ein Schüssel, denn er hatte eine Grütze gekocht. Einar dankte, und nahm den hölzernen Löffel um zu essen. „Vielleicht wird sich auch Ragnars Sohn Björn um dich kümmern. Er ist etwa gleichen Alters wie du." Wieder reichte Thoke eine Schüssel herüber, und diesmal nahm Raban diese an, und gab sie an Eira weiter. Auch die Prinzessin begann zu essen. „Aber was ist mit deiner Famiie?", fragte Eira nun, und Einar stutzte. „Was soll mit ihr sein?"

„Nun, wird auch sie mich freundlich empfangen?"

„Meine Familie lebt nicht hier in Älvsborg", antwortete der Jarl. „Ich bin der Jarl von Askby, und mein Dorf ist weit im Osten des Sees. In einigen Tagen werden wir aufbrechen, um unsere Angehörigen wiederzusehen."

Nun sah Prinzessin Eira enttäuscht in die Runde der Männer. „Ihr werdet gehen, und mich hier allein lassen?"

„Nun ja", sprach Raban, und versuchte die Prinzessin von Lade ein wenig zu trösten. „Du wirst als Gast König Ragnars den Winter in Älvsborg verbringen. Natürlich wird es sicher möglich sein, dass du uns besuchen kannst. Und im Frühjahr wird dein Vater kommen, und dich Heim holen."

„Aber das will ich nicht!" Eira wurde trotzig. Nun kam wieder die Prinzessin zum Vorschein, die es gewohnt war, ihren Willen zu bekommen. „Ich will bei euch bleiben! Mein Vater kann mich in deinem Dorf abholen!" Da begann Einar zu lachen. „Oh, ich glaube nicht, dass dies meinen einstigen Gesippen erfreuen würde." Da ergriff wieder Raban das Wort. „Warte es doch erst einmal ab, Eira. Vielleicht gefällt es dir bei König Ragnar, und es wird nicht so schlimm, wie du jetzt befürchtest." Eira sah den Sachsen an, reichte ihm die Schüssel und lehnte sich zurück. Sie zog sich die Decke über ihren Kopf, denn sie wollte nicht, dass man ihre Tränen sah.

Früh wurden sie geweckt. Im Hafen waren die Fischer die Ersten, die ihrer Arbeit nachgingen. Und dies taten sie nicht gerade leise. Ihre Skuder lagen auf dem Strand, und auch die Gestelle mit den zum Trocknen aufgehängten Netzen standen dort. Bis die Boote auf dem See waren, dauerte es eine Weile, und in der Zwischenzeit kamen auch die Sklaven in den Hafen. Sie warteten auf die Boote der Händler, die aus allen Richtungen des Sees nach Älvsborg kamen, um ihre Waren auf dem Markt anzubieten. Noch war der Vänern frei von Eis, was die Anfahrt mit dem Boot möglich machte. Wenn die Ufer des Sees dann später zugefroren sein würden, kämen die meisten Händler mit Karren über Lande. Doch noch war es nicht soweit!

Nun erwachte auch das Leben auf dem Wellenwolf, noch bevor es richtig hell wurde. Einer nach dem anderen pellte sich aus seinem Robbenfellschlafsack, in dem er auf den Planken gelegen hatte, erhob sich und streckte die müden Glieder. Die Männer wuschen sich in dem kalten Wasser des Vänern, schließlich bestand Jarl Einar auf Reinlichkeit. Er wollte keine Männer in seiner Besatzung, die durch ihren Gestank den Frieden auf dem Schiff gefährdeten. Einmal hatte es einen Mann gegeben, der es mit der Pflege seines Körpers nicht so ernst nahm. Es ging soweit, dass die Männer ihn mieden, und schon erstrecht nicht neben diesem rudern wollten. Auch den Befal von Ungeziefer wollte der Jarl vermeiden. So entschied sich Einar fortan auf körperliche Reinlichkeit zu achten. Wer sich der morgendlichen Wäsche verweigerte, landete meist mit Hilfe seiner Gefährten im Wasser.

Thoke, der nicht nur ein sehr guter Schiffszimmermann war, sondern auch ein ebenso hervorragender Koch, bereitete einen großen Topf mit Fischsuppe, die sich alle schmecken ließen. Denn auch dies war ein Ritus, auf den Einar bestand. Es musste ein Morgenmahl geben, wenn dies möglich war.

„Wenn wir später zur Königshalle gehen", sprach Einar, und kaute auf einem Stück Fisch, „dann will ich, dass Olaf, Kjelt, Raban, und Ubbe mich begleiten. Die anderen bleiben beim Schiff. Bogtyr hat das Kommando!"

So wie es Jarl Einar befohlen hatte, geschah es auch. Gemeinsam gingen die Männer, und die Trøndnerprinzessin durch die große Stadt. Eine Hütte reihte sich an die andere, und es sah hier aus, wie in jeder anderen Stadt des Nordens auch. Erst als sie in den Stadtkern kamen, veränderte sich das Bild. Die Reihen der Hütten und Häuser endeten abrupt, und nur die Wege führten weiter zur Mitte der Stadt. Große frei Flächen, vom Schnee bedeckte Wiesen, trennten die Hütten der Stadtbewohner von den Langhäusern der Krieger, die um die große Halle erbaut waren. Es waren drei große Langhäuser in denen sicher je hundert Krieger ihre Schlafstelle fanden. König Ragnar lebte mit seiner Familie in der großen Königshalle. Diese war zweigeteilt, und besaß neben der Halle auch noch mehrere Räume und Kammern, die die königliche Familie bewohnte. Es war König Sigurd Hring, der Vater Ragnars, der diese Halle hatte erbauen lassen.

Der Himmel zeigte sich in einem hellen Grau, und jeder wusste, dass dies schneegeschwängerte Wolken waren. Es würde sicher nicht mehr lange dauern, und diese würden sich von ihrer Last befreien. Wie Rösser ihren Atem herausblasend, gingen sie auf die Langhäuser zu. Und kamen ihnen Menschen entgegen, waren dies wohl meist Mägde und Sklaven, die sich auf dem Weg zum Markt befanden.

Vor der großen zweiflügeligen Tür der Königshalle standen zwei Wächter. Einer von ihnen kannte Jarl Einar und grüßte diesen mit Namen. „Geh, und melde Jarl Einar dem König", sagte er zu seinem Kameraden. Dieser nickte und verschwand im Haus. „Ragnar wartet schon auf dich", sprach der Wächter, dessen Name Thorberg war, und den Einar als einen der Männer erkannte, die Ragnar in der Schlacht um sich geschart hatte. „Fast täglich spricht er von deinem Auftrag. Er wird sich freuen, dich zu sehen!"

Nach einer Weile erhielten sie Einlass, und als sie die Halle betraten, saß der König auf seinem Hochstuhl. Freudig erhob er sich und trat auf Jarl Einar zu. Und er begrüßte ihn, wie sich alte Freunde begrüßten. „Einar, ich wusste, dass du zurückkehren würdest", rief Ragnar. Lachend umarmte er seinen Jarl. Dann grüßte er die Männer, bis sein Blick auf Eira liegen blieb. „Wer ist das?" Ragnar war sichtlich erstaunt. „Dies ist Prinzessin Eira", antwortete Einar. „Sie ist die Tochter König Grjotgards!" Die Miene des Königs verdunkelte sich, denn er ahnte was vor sich ging. „Was tut sie hier?" Nun war es Einar, der den Ärger Ragnars erriet. Er wollte gerade erklären warum er die Prinzessin entführt hatte, da trat Königin Lagertha in die Halle. Begleitet von fünf Kriegerinnen, und ihrem Sohn Björn trat sie an das Podest, und begrüßte den Jarl herzlich. Lagertha konnte ihre Vorliebe für Einar nur schwer verbergen, aber dies schien Ragnar sowieso wenig zu stören. Nachdem die Königin sich gesetzt hatte, wandte sich Einar einer der Kriegerinnen zu, und begrüßte diese. Es war seine Ziehschwester Thordis, die schon seit vielen Wintern in Diensten der Königin stand. Doch Thordis blieb ihrem Bruder gegenüber abweisend, und bezog mit den anderen Schildmaiden ihre Plätze.

Nun trat Björn heran. Er war gleichen Alters wie Eira, doch er war für sein Alter ein stattlicher Bursche geworden. Man sah ihm jetzt schon an, dass er sicher einmal ein großer Krieger werden würde. „Sei gegrüßt, Jarl!", sagte er, und sein Blick fiel auf die junge Trøndnerin. „Wer ist sie?"

„Warum fragst du nicht mich, du Esel", fuhr sie Björn giftig an. Da stockte der Sohn des Königs, und begann zu stottern. „Ich… ich bin…!"

„Du bist Björn Ragnarsson! Ich weiß", grinste sie kokett, und ehe Björn noch etwas sagen konnte, ergriff Ragnar das Wort. „Sag mir, Einar, bist du von allen Göttern verlassen? Du solltest einen Frieden einfädeln, und keinen Krieg vom Zaun brechen!" König Ragnar war sichtlich erbost, über die Eigenmächtigkeit seines Jarls. „Glaubst du etwa, König Grjotgard wird auf meinen Vorschlag eingehen, wenn du seine Tochter entführst?"

Jarl Einar wartete wortlos, bis sich der König beruhigt hatte. „Ich kenne Grjotgard, denn er war mein Gesippe", sprach Einar ruhig. „Der König von Lade hat mich oft genug hintergangen, und er hat jedes Mal sein Wort gebrochen", erklärte der Mann aus Askby sein Vorgehen. „Ich habe ihm einen Grund gegeben sein Wort zu halten. Jetzt wird König Grjotgard ganz sicher hierher kommen!" Nun mischte sich Lagertha ein. „Du solltest Einar vertrauen, Ragnar. Er wird wissen, was er tut." Und auch Björn mischte sich ein. „Es ist doch ein guter Plan, um den Trøndner zu zwingen hierher zu kommen." Jarl Einar war ein wenig überrascht, denn meist stand Björn auf der Seite seines Vaters, und Einar war der Meinung, dass der Königssohn ihn nicht sonderlich mochte. Vielleicht war die Zuneigung der Lagertha der Grund dafür. Jetzt wurde der König ruhiger. „Nun gut, jetzt ist sie nun einmal hier. Wir werden Grjotgard besänftigen müssen!", sagte er streng, doch da mischte sich Kjelt ein. „Nein, das werden wir sicher nicht! Dieser Hundsfott soll ruhig sehen, dass nicht er die Zügel in der Hand hält!" Ragnar sah den Steuermann des Wellenwolfes streng an, doch dies beeindruckte den Krieger in keiner Weise. Schließlich waren sie ehemalige Trøndner, und kannten den König von Lade mit all seinen Hinterhältigkeiten und Wortbrüchen.

„Wir haben mehr als einmal gegen Grjotgard gekämpft. Wir sind von ihm aus unserer Herrschaft vertrieben worden. Glaube mir, König Ragnar, wir wissen, wie man mit dem Kerl umgehen muss!"

„Nun gut, Kjelt", sprach Ragnar. „Ihr werdet mir für ihre Sicherheit bürgen." Sein Blick wanderte von einem Krieger zum nächsten, und blieb auf Jarl Einar liegen. „Sollte ihr auch nur ein Haar gekrümmt werden, so dass Grjotgard einen Grund erhält mir gram zu sein, wird ein jeder von euch seinen Kopf verlieren." Einar nickte, und zum ersten Mal hatte er es eilig, den König zu verlassen. Die Männer

wandten sich ab, grüßten und wollten die Halle verlassen. Prinzessin Eira blieb jedoch stehen, und da rief Ragnar den Jarl zurück. „He, Einar! Was soll das? Nimm sie gefälligst mit, ich will sie nicht in Älvsborg haben!"
Erstaunt sah Einar den König an, wandte sich dann der Prinzessin zu. „Komm", sagte er knapp, und Eira folgte den Männern aus Askby lachend.

*

Während König Grjotgard und seine Gemahlin Andur unter der Plane saßen, hatte es den jungen Sigurd an die Reling gezogen. Er wollte etwas sehen!
Hier war das Land flacher, als in seiner Heimat. Es gab nur Hügel, keine richtigen Gebirge mit Wasserfällen, die weit in die Tiefe stürzten. Und dann passierte die Skaid die Hafeneinfahrt der Götaburg. Sigurd war wohl der Erste, der die vielen Krieger am Ufer entdeckte. „He, sieh mal", rief er dem Ingolf entgegen. Der rundliche Ire trat neben den Prinzen von Lade, und sah sich die Heerschar an. „Das ist ja eine nette Begrüßung", sprach er ein wenig verärgert, wandte sich ab, und begab sich unter die Plane, um den König zu berichten.
Ohne dass etwas geschah, zog die Flotte weiter nach Osten in das Landesinnere. Doch als das erste Schiff die Gabelung erreichte, wusste der Steuermann nicht mehr, welchen Weg er nehmen sollte. Ein junger Kerl an Land, brachte die Lösung, und die Flotte setzte ihren Weg fort.

Besorgt sah Kjelt zum Himmel. „Es wird nicht mehr lange dauern", sagte er, und meinte damit den bevorstehenden Schneefall. „Ja, wir sollten uns sputen", antwortete Einar zustimmend. Er wollte so schnell es ging hier weg. Es war wohl besser, wenn ein bisschen Zeit verging, ehe er seinen königlichen Freund wiedersah.

Noch zur selben Stunde verließ der Wellenwolf den Hafen und segelte in den großen See. Sie nahmen Kurs nach Osten, und es gab jemanden an Bord, der sich über den Verlauf der Ereignisse sogar freute. Eira saß neben der Reling am Vordersteven und genoss den Wind, der durch ihr langes Haar wehte. Sie dachte über das Erlebte nach, und ihre Gedanken schwelgten besonders in der Erinnerung an eine Person.

Bevor sie den Hafen von Askby erreichten, begann es heftig zu schneien. Aber auch der Wind wurde stärker und trieb den Wellenwolf schnell voran.

Alma stand mit der Magd Sif an der Feuerstelle. Nach und nach warf die Sklavin aus dem Wendenland die geschnittenen Gemüsestücke in den großen, ehernen Topf. Gleiches tat Alma mit dem geschnittenen Speck. Da drang plötzlich der dunkle Ton des Signalhornes an ihre Ohren.

„Einar!", rief die schwarzgelockte Jarlsgattin, warf das Messer auf den Tisch, und lief hinaus. Die kleine Thorvi, die zu Almas Füßen gespielt hatte, erhob sich und folgte ihr. Sif schob den Topf vom Feuer, nahm den kleinen Ulf aus der Wiege, hüllte ihn in ein Fell, und begab sich ebenfalls zum Hafen.

Die Ankunft eines Schiffes war natürlich immer ein großes Ereignis. Und besonders zu dieser Jahreszeit.

Außerdem hatte kaum einer in Askby noch daran geglaubt, dass der Jarl vor dem Julfest[25] zurückkehren würde.

Gleiches geschah auch in Älvsborg, denn die Flotte König Grjotgards hatte den Svanefjord erreicht, und so erklang auch hier bald das Signalhorn, und kündigte die Schiffe an.

---

[25] Julfest – Fest zur Mittwinternacht, wurde drei Tage lang gefeiert

So eilten die Bewohner der Stadt in den Hafen, um zu sehen, wer da kam. Gleichzeitig machten sich Krieger auf den Weg, für den Fall, dass es Ärger geben würde.

„Die Schiffe segeln unter dem Banner König Grjotgards", sprach Thorsten zu seinem Herrn. „Und wie es scheint, ist eines der Schiffe, dass des Königs selbst!" Erstaunt sah Ragnar den Hauptmann an. „Der Ladekönig in Älvsborg? Jetzt schon?"

„Er wird nach seiner Tochter suchen", mischte sich Lagertha ein, und Thorsten stimmte ihr zu. „Das haben wir Einar zu verdanken!" Ragnar wurde wieder böse, doch sein Weib beruhigte ihn. „Warst du es nicht der wollte, dass der Herlaugsson hierher kommt", sagte sie grinsend. „Nun ist er da! Sogar schneller als du dachtest." Dagegen wusste Ragnar nichts zu sagen. So gab Lagertha den Befehl, alles für den königlichen Empfang vorzubereiten. Und Ragnar schickte seinen Hauptmann Thorsten in den Hafen, um den König des Trøndelag in die Halle zu führen.

Zwei Schiffe, eine Schnigge und die königliche Skaid, legten an den Anlegestellen an. Die anderen Schiffe ankerten in der Bucht, so dass man ihre Besatzungen mit kleinen Booten an Land holen musste. Thorsten bemerkte sofort die angespannte Lage, denn der fremde König war recht unfreundlich, als er sich ihm vorstellte. Der Hauptmann musste sich am Zügel reißen, um dem hohen Herrn nicht die passenden Worte zu sagen. „Ich wurde von König Ragnar geschickt, um euch in die Königshalle zu geleiten", sprach Thorsten ruhig. „Es sind dir sechs Krieger als Leibwache gewährt." Sofort wollte Grjotgard etwas herausbellen, doch sein Weib Andur kam ihm zuvor. „Ich danke dir, Thorsten. Wir werden dir gerne in die Stadt folgen!" Ein wenig überrumpelt sah der Ladekönig sein Weib an, schwieg aber. Er schien begriffen zu haben, dass es keinen Sinn machte, mit einem Untergebenen zu streiten. So folgten die königliche Familie, ihre Diener und sechs Krieger dem Hauptmann in die Stadt.

Schnell hatte sich die Nachricht herumgesprochen. So war die große Methalle gut mit dem Hofstaat Ragnars gefüllt, denn jeder wollte den fremden König sehen. Auch vor der großen Halle hatten sich die Bewohner von Älvsborg versammelt, um ihre Neugier zu stillen.
In der Feuerstelle brannte, über die ganze Breite ein kräftiges Feuer. Auf dem Podest saßen Ragnar und Lagertha, und warteten. Überall standen Krieger mit Schild und Speer als Wachen herum. Die zweiflügelige Tür war weit geöffnet, so dass man auch von draußen hinein sehen konnte.
Bald schon trat eine große Gruppe durch die Pforte in die Methalle. Angeführt von König Grjotgard, seinem Weib Andur und seinem Sohn Sigurd, traten sie vor die Hochstühle des Königspaares von Ranrike. „Sei mir gegrüßt, König des Trøndelag", begann Ragnar freundlich zu sprechen. „Ich muss zugeben, ich bin ein wenig überrascht, denn ich habe dich erst im Frühjahr erwartet. Doch seid ihr mir natürlich trotzdem willkommen. Verbringt den Winter an meinem Hof. So werden wir uns besser kennenlernen."
„Du wirst verstehen, wenn ich weniger erfreut bin, denn ich habe mich nicht ohne Grund im Winter auf das Meer begeben", sprach Grjotgard giftig. „Wo ist meine Tochter?"
„Ich glaube, ihr solltet euch erst einmal in euren Quartieren einrichten", schlug Ragnar vor, denn ihm war die Wut seines Gegenübers nicht entgangen. „Lasst euch bewirten, esst und trinkt, nehmt ein Bad und ruht euch aus. Heute Abend werden wir reden." Er erhob sich, und zog sich in die hinteren Räume des Langhauses zurück. Mit offenem Mund

73

stand der Gast aus dem Norden in der Halle. So eine Behandlung hatte er nicht erwartet. Der strenge Blick seines Weibes traf Grjotgard, und mahnte diesen zur Ruhe. „Was hast du erwartet, wenn du ihn so anmaulst", sagte sie kopfschüttelnd, und folgte einem Sklaven, der den Befehl erhalten hatte, die Königsfamilie in ein Gästehaus zu führen. Beleidigt schloß sich der Ladekönig an, und verließ die große Halle.

Als es Abend wurde, zog es den Hofstaat des Königs in die Methalle. Natürlich war es Neugier, denn das zornige Auftreten des Gastes am Tag, hatte sich herumgesprochen. Nun wollten sie sehen, was aus der Geschichte werden würde. Auch den königlichen Gästen war aufgefallen, dass mehr und mehr Leute zur Methalle gingen. Also machten auch sie sich auf den Weg. Immer begleitet von einer Leibwache, denn noch wagten sie nicht, sich in Älvsborg frei zu bewegen.

Als Grjotgard und seine Familie die königliche Halle betraten, kam sofort der Sklave herangeeilt, der sie schon einmal geführt hatte. Er geleitete die Gäste an einen freien Tisch, der dem Podest am nächsten stand. Hier saßen meist nur die besonderen Gäste des Königspaares. Jene, die sie nah bei sich haben wollten. Die Hochstühle auf dem Podest waren noch verwaist.

Lange hatte Königin Andur auf ihren Gemahl eingeredet, und so hatte sich Grjotgard endlich beruhigt. Die Tischreihen in der Halle füllten sich. Sklavinnen liefen umher und brachten Krüge mit Bier. Anfangs wurden die Gäste noch angestarrt, doch dies gab sich schnell, und die Leute begannen sich die Zeit mit verschiedenen Spielen zu vertreiben. Dann trat der junge Björn in die Halle, und ging geradewegs auf den Tisch der Gäste zu. Er grüßte die königliche Familie aus Lade und nahm Platz.

Ohne Umschweife begann er mit Sigurd zu sprechen. Und bald darauf, vertrieben sie sich die Zeit mit einem Würfelspiel. Und dann wurde es plötzlich ruhig in der Halle. König Ragnar und sein Weib Lagertha betraten den großen Raum, und die Königin nahm auf ihrem Hochstuhl Platz, während Ragnar an den Rand des Podestes trat und sprach: „Ich muss euch mitteilen, dass hoher Besuch in Älvsborg weilt. Der König des Trøndelag ist mein Gast. Ich befehle, dass die königliche Familie ihrem hohen Rang gemäß behandelt wird. Sollte ich von Respektlosigkeiten erfahren, wird derjenige es bereuen!"

Nun sah Grjotgard etwas zufriedener drein, und Königin Andur lächelte sogar. Nach seinen strengen Worten trat Ragnar von dem Podest und setzte sich an den Tisch seiner Gäste. Auch Lagertha erhob sich von ihrem Hochstuhl, und folgte ihrem Gemahl. Doch der erste Satz des Ladekönigs, war erneut die Frage nach seiner Tochter.

„Sie ist nicht hier!" Die Antwort Ragnars ließ ihn erstaunen. „Was soll das heißen?", fragte nun Königin Andur. „Nun, sie ist nicht hier in Älvsborg", antwortete Ragnar ruhig. „Es war nicht mein Befehl eine Geisel zu nehmen. Dies tat Jarl Einar, weil er dich gut kennt, Grjotgard. Doch deine Tochter Eira schien sich im Gefolge Jarl Einars durchaus wohl zu fühlen, und hat es abgelehnt in Älvsborg zu bleiben. Sie hat es vorgezogen mit Jarl Einar nach Askby zu segeln." Nun ergriff Lagertha das Wort. „Ich kann euch versichern, dass es Eira gut geht. Es war ihr eigener Wunsch an der Seite des Jarls zu bleiben. Und dort ist sie Gast, keine Gefangene!" Königin Andur war nun beruhigt. Obwohl sie sich wunderte, denn Eira hatte bisher immer ihrem Vater nach dem Mund geredet. Nun wusste sie aber, dass ihre Tochter in Sicherheit war, denn ihr Vertrauen zu Jarl Einar war immer noch groß. Auch wenn er sie enttäuscht hatte.

König Grjotgard hingegen gefiel diese Nachricht überhaupt nicht. „Bei Jarl Einar ist sie? Dieser elende Hundsfott wird dafür büßen!" Ragnar beugte sich über den Tisch, nahm einen Becher und den Krug, um diesen zu füllen. Nachdem er eine Schluck getrunken hatte, sagte er: „Ihr seid meine Gäste, und könnt den Winter hier in Älvsborg verbringen. Doch ich erwarte, dass ihr euch auch wie Gäste benehmt."

„Was willst du damit sagen?", wurde der Ladekönig laut, so dass ihm sein Weib die Hand auf den Arm legte.

„Damit will ich sagen, dass ich natürlich eure Geschichte kenne, die deine und die Einars. Solltest du auf den Einfall kommen, dich zu Rachetaten gegen meinen Jarl hinreissen zu lassen, würdest du damit einen Krieg zwischen unseren Völkern heraufbeschwören." Das Gesicht des Grjotgard zeigte, dass dieser mit seiner Vermutung geradewegs ins Ziel getroffen hatte. Er hatte die Warnung Ragnars verstanden. „Ich werde einen Boten nach Askby schicken, und Einar befehlen, deine Tochter hierher zu bringen." Damit war Grjotgard einverstanden, und so beruhigte sich der Trøndner. Nun konnten sie endlich über Erfreulicheres sprechen.

Schon für den nächsten Abend, lud Ragnar den Ladekönig in seine Gemächer. Hier wollten sie über ein Bündnis verhandeln.

Zwar sträubte sich Grjotgard noch, doch durch das Zureden seiner Gemahlin Andur willigte er ein. Und so begab sich ein berittener Bote noch am selben Tag auf den Weg nach Osten, um dem Ragnar den Befehl zu überbringen, mit der Prinzessin in der Königshalle zu erscheinen.

Und am Abend des nächsten Tages, saßen sich die beiden Könige, sowie die Königinnen, an einem Tisch in den Gemächern Ragnars gegenüber. Desweiteren waren die

Berater der beiden Herrscher und je ein Hauptmann, Borkell und Thorsten, anwesend.

Lange wurde verhandelt. Ragnar begann zu berichten, warum er nach einem Verbündeten suchte. „Ich traue dem Gauten Hrotger nicht über den Weg. Sicher wird er versuchen, mir Halland[26] streitig zu machen. Und bei König Horik habe ich ein besonders schlechtes Gefühl. Er strebt die Krone über das ganze Reich der Dänen an. Und dabei wird er vor Halland nicht Halt machen." Ragnar nahm seinen Becher und trank. „Du siehst, es ist besser Verbündete zu haben, sollte es einmal von Nöten sein."

„Und warum ausgerechnet wir?", fragte Grjotgards Berater Ingolf. Der Trøndnerkönig nickte. „Ja, warum ausgerechnet wir?", wiederholte dieser die Frage des dicken Iren. „Wir sind weit weg von König Horik. Uns wird er nicht belästigen!"

„Genau dies ist der Grund", sprach nun Königin Lagertha. „Ihr seid weit weg, und die Gefahr ist gering, dass er dich zu seinem Lehnsmann macht!" Da prustete König Grjotgard lachend heraus. „Bist du närrisch? Ich ein Lehnsmann des Horik? Niemals!" Doch Ragnar sah den König aus dem Trøndelag ernst an. „Du wärest nicht der Erste, den der Horik unter seinen Befehl zwingt!" Da erstarb das Lachen des Königs. „Gut, König von Ranrike, was bietest du mir?", wollte Grjotgard nun wissen, und die Männer begannen zu schachern, wie Kaufleute auf einem Markt.

Ragnar bot an, und Grjotgard verlangte. Dies wiederum gefiel dem König von Ranrike überhaupt nicht, denn er fand sein Angebot recht großzügig. So kamen die Könige nicht zu einer schnellen Einigung.

*

---

[26] Halland – südwestlicher Gau im heutigen Schweden, damals abwechselnd zum Reich der Norweger und Dänen gehörig

5. DER VORWURF

Schon nach wenigen Tagen hatte sich Eira mit der schwarzgelockten Alma angefreundet. Diese hatte die Prinzessin aus Lade freundlich in Empfang genommen, und hatte ihr schnell das Gefühl gegeben, in Askby willkommen zu sein. Jarl Einar hatte angeordnet, dass man Eira wie ein Familienmitglied zu behandeln hatte. Und dies geschah auch so.

Besonders die kleine Thorvi hatte Gefallen an der Prinzessin aus dem Norden gefunden, und wich dieser kaum von der Seite. Und Eira genoss es, eine kleine Schwester zu haben! Auch hatte sie ihre Meinung über den Jarl, den Feind ihres Vaters inzwischen geändert. Sie hatte gefragt, und sie hatte Antworten erhalten. Mal war es Olaf der ihr von Tautra erzählte, und dem was damals geschah. Oder Thoke, der ihr von der Alwara berichtete, der Base des Königs. Von deren Vermählung mit Jarl Einar und dem Verrat des Weibes und König Grjotgards an seinem Jarl. Und es war Ilva, die von der Flucht in das Saxland erzählte. Und Eira begriff, wer der eigentliche Schuldige in dieser Saga war!

Die Tage vergingen, und die Prinzessin aus Lade lebte ein für sie unbekanntes Leben. Sie half bei der Hausarbeit, ging mit Sif, der Magd, auf den Markt, oder mit Raban auf die Jagd. Und dieses Leben gefiel ihr sogar!

Inzwischen lag der Schnee hoch, und der Ritt des Boten war anstrengend gewesen. Er hatte weit länger gedauert, als dies sonst der Fall war. Wegen des Boten wurde Jarl Einar in die Methalle gerufen, wo er sich auf seinen Hochstuhl setzte, und den Mann aus Älvsborg empfing.

„Nun, ich ahne bereits, was dich hierher führt", sprach Einar, ließ den Mann dann aber seine Botschaft vortragen.

„König Ragnar befiehlt dir, die Prinzessin nach Älvsborg zu bringen!" Der Jarl nickte. „Gut, sobald es das Wetter zulässt, werden wir reisen!" Doch da widersprach der Bote. „Nein, der Befehl lautet, dass du sofort aufbrechen sollst." Dies gefiel Einar gar nicht, doch er wollte den Zwist mit König Ragnar nicht noch weitertreiben. „Gut, wenn Ragnar darauf besteht!" Also gab er den Befehl alles für die Abreise vorzubereiten.

Zwanzig Krieger und Schildmaiden wählte der Jarl als Leibwache aus, die ihn begleiten sollten. In einem Schlitten, den der Zimmerman Brok gebaut hatte, sollte die Prinzessin reisen. An ihrer Seite die beiden Frauen des Jarls. Und sie taten dies als Schutz, ohne das Eira es ahnte. Auch Raban blieb in der Nähe des Schlittens, der von zwei Pferden gezogen wurde.

Am nächsten Morgen verließen der Jarl und sein Gefolge das Dorf. Zehn Krieger ritten voran, dann ritt der Jarl vor dem Schlitten, und diesem, angeführt von Raban, folgten weitere zehn Reiter. Sie nahmen die Straße nach Westen, die nicht weit des Seeufers, direkt zum Svanefjord führte. Auch die Straße war hoch verschneit, und so kamen sie nur langsam voran. Doch die Frauen in dem Schlitten hatten ihren Spaß. In ein dickes Fell gehüllt, unterhielten und lachten sie unentwegt. Manchmal verdrehte sogar Einar schon seine Augen.

Als dann die Dämmerung hereinbrach, befahl der Jarl ein Lager zu errichten. Die Zelte, welche sie auf dem Schlitten mit sich führten, wurden errichtet, und die Feuer brannten. Dies geschah elfmal, bis sie am zwölften Tag die Königsstadt Älvsborg erreichten.

Auf einer der verschneiten Wiesen, die die Langhäuser der Krieger von den Häusern und Hütten der Stadt trennten, errichteten sie ihr Lager. Während der Jarl seine Ankunft melden ließ. Und noch am selben Tag, wollte König Ragnar den Jarl sehen. Und während Bogtyr mit den verbliebenen Kriegern noch mit dem Aufbau des Lagers beschäftigt war, trat eine Gruppe von zehn Kriegern und fünf Schildmaiden in die Königshalle ein. Dazu kam natürlich noch die junge Prinzessin aus dem Norden. Ilva und Alma hatten sie in ihre Mitte genommen, als sie durch die Halle gingen. Es waren nur wenige Leute des Hofstaates anwesend, so blieben die Tische leer. Es war noch zu früh am Tag.

Sie grüßten Königin Lagertha, die an einem der Tische mit Königin Andur Platz genommen hatte. Seitlich von dieser saßen einige der Schildmaiden, darunter auch Thordis, Jarl Einars Ziehschwester. Auf den Hochstühlen saßen König Ragnar und König Grjotgard. Und auf den Stufen des Podestes saßen Björn und Sigurd deren Söhne. Königin Andur rief laut den Namen ihrer Tochter, und lief erfreut der Eira entgegen. Mutter und Tochter fielen sich in die Arme. Jarl Einar und sein Gefolge traten vor die Könige, wobei sich die Krieger seitlich zwischen ihren Jarl und die Krieger des Königs stellten. Der Jarl grüßte freundlich, und wartete darauf, was nun geschehen würde. Sollte dies der Tag sein, an dem er vor den Allvater treten würde? Sein Blick traf Borkell, den Schwarzen, der seitlich seines Königs stand, und ihn aus schmalen Augenschlitzen wie ein wildes Tier anstarrte. Dann sah er den Ladekönig an, und er stellte sich die Frage, welchen dieser beiden Männer er wohl töten würde, sollte es zu einem Kampf kommen. Denn eines war für ihn sicher: Er würde an diesem Tage nicht alleine nach Walhalla[27] gehen!

---

[27] Walhalla – die große Halle Odins, in der die gefallenen Krieger an die Tafel des Göttervaters geladen werden

Ragnar sah den Grjotgard an, und zeigte mit der Hand, dass er ihm das Wort gab. Und schon begann der Ladekönig mit einer Schimpftirade. „Du elender Scheißkerl hast mir meine Tochter geraubt", rief er. „Ich verspreche dir, sollte ihr auch nur ein Haar gekrümmt worden sein, wirst du Schmerzen erfahren, von denen du dir niemals erträumt hättest, das es sie gibt." Starr sah Einar seinen einstigen König und Gesippen an. Doch noch schwieg er!

Dann erblickte Grjotgard die Eira zwischen neben ihrer Mutter Andur, und wollte diese zu sich rufen. Doch Eira rührte sich nicht vom Fleck. Da erhob sich der junge Sigurd und trat zwischen die Menge von Kriegern und Schildmaiden.

„Los, komm!", befahl er seiner Schwester streng, doch diese schüttelte ihren Kopf. „Du hast mir nichts mehr zu befehlen!" Da beugte sich Ilva dem Prinzen entgegen, die mit Alma der Prinzessin nicht von der Seite gewichen waren. „Wenn du nicht hier vor allen von einer Schildmaid gedemütigt werden willst, rate ich dir, dich wieder zu setzen, Ladeprinz!" Der scharfe Blick, und die auf dem Stiel der Axt ruhende Hand, ließ den jungen Burschen ahnen, was ihn erwarten würde, wenn er den Worten nicht Folge leisten würde. Verärgert setzte sich Sigurd wieder auf die Stufen. Da ergriff erneut Grjotgard das Wort. „Du willst ein Bündnis, König Ragnar?" Er wandte sich dem Mann an seiner Seite zu. „Ich will Einars Kopf! Dies ist meine einzige Bedingung!" Ein Raunen ging durch den Raum. Diese Forderung gefiel König Ragnar überhaupt nicht. Andererseits wollte er das Bündnis, denn er brauchte Verbündete im Kampf gegen König Horik, nicht gefährden. Ragnar erhob sich, und trat die Stufen des Podestes herunter. Er ging auf Einar zu, und flüsterte diesem entgegen: „Ich habe es befürchtet!" Dann wandte er sich um, und sah den Ladekönig unfreundlich an. „Erinnerst du dich an den letzten Sommer? An den Krieg, den wir führten? Erinnerst du dich, dass ich dir freien Abzug gewährte, nachdem ihr geschlagen wart? Was hast du da getan, Grjotgard?" Ein wenig verlegen sah der Ladekönig nun drein, und schwieg. Er wusste worauf Ragnar hinaus wollte! Dafür sprach König Ragnar weiter, und gab sich selbst die Antwort. „Du hast versucht mir mit deinem Heer in den Rücken zu fallen! Und nun verlangst du das Leben eines meiner Jarls? Dies ist ein hoher Preis für ein Bündnis, von dem ich nicht weiß, ob du es einhalten wirst."

„Traust du mir etwa nicht?", begehrte Grjotgard auf, und Ragnar schüttelte seinen Kopf. „Nein, das tue ich nicht. Ich wäre ein Narr, würde ich das tun. Denn genau dieser Jarl hier, hat mich vor dir gewarnt! Und er war es, der mein Heer durch seine weise Voraussicht rettete." Da wollte Borkell, der Hauptmann aufbegehren, doch der Ladekönig hieß ihn zu schweigen. Ragnar sah den Hauptmann mit dem schwarzen Haar strafend an, und ging einige Schritte. „Du hast Einar schon sehr übel mitgespielt, und das obwohl er dein Gesippe war. Nein, Grjotgard Herlaugsson, ich vertraue dir nicht."

Mit hochrotem Kopf sah der Ladekönig Ragnar an. „Es wird kein Bündnis geben, wenn ich sein Leben nicht bekomme", beharrte Grjotgard auf seiner Forderung. Da wurde Ragnar wütend. „Du glaubst, dass du mir Bedingungen stellen kannst? Du sitzt an meinem Tisch, isst mein Essen und trinkst mein Bier. Sogar den Hochstuhl meines Weibes habe ich dir angeboten, denn ich sehe dich als König. Doch vergiss nicht, es gibt keinen Friedensschluß zwischen uns. Eigentlich bist du, genau wie Horik und Hrotger, immer noch mein Feind. Würde ich mich verhalten wie du es tust, könnte es dir passieren, dass du den Sonnenuntergang in Ketten erlebst!" Ragnar trat vor den Mann, der auf dem Hochstuhl der Lagertha saß. „Willst du das, König

Grjotgard?" Da stammelte dieser: „Aber er hat meine Tochter entführt!"

„Nein, das hat er nicht!", mischte sich nun Prinzessin Eira in den Streit ein, und trat aus der Menge heraus. „Es ist nicht die Schuld Jarl Einars, dass ich hier bin!" Alle sahen sie erstaunt an, und schwiegen überrascht. Langsam trat sie vor den Hochstuhl des Königs von Ranrike. Und sie stellte sich nicht vor den Hochstuhl ihres Vaters, sondern hielt Abstand zu diesem.

„Was soll das heißen?", fragte Ragnar ruhig, blickte zu Ragnar und zog seine Augenbrauen hoch.

„Jarl Einar hat mich nicht entführt", sagte sie mit fester Stimme, dabei fiel ein flüchtiger Blick auf den Sachsen Raban, und sie sah ihn lächeln. „Ich habe mich auf den Wellenwolf geschlichen!" Erstaunt sahen der Jarl und sein Gefolge die Prinzessin an. Damit hatte niemand gerechnet.

„Aber, bei Odin", rief Königin Andur entsetzt, „warum hast du das getan?"

„Weil ich es satt hatte, von euch missachtet zu werden! Jeder kommandiert mich herum, sogar mein jüngerer Bruder. Außerdem kann Prinz Sigurd, kann tun was er will. Ich dagegen bin eine Gefangene und kann in Lade versauern!" Eira war äußerst erbost, und ließ ihrer Wut freien Lauf. „Ich wollte auch einmal etwas erleben. Und dies habe ich jetzt!" Sie trat neben den großen Sachsen. „Ich wurde von Einars Gefolge gut behandelt, und Raban hier, hat dafür gesorgt, dass mir kein Leid geschah." Mit festem Blick sah die Trøndnerprinzessin ihren Vater an, und dieser schien von den Worten seiner Tochter wenig erfreut zu sein. Doch dann blickte er den König von Ranrike an, und sprach ein wenig entschuldigend: „Ich habe nicht gewusst…!"

„Ich auch nicht, König Grjotgard", unterbrach ihn Ragnar freundlich lächelnd. „Aber damit dürfte der Streit zwischen uns doch wohl ein Ende finden?" König Grjotgard sah sein

Weib an, und diese nickte. „Ja, sehen wir es als ein großes Missverständnis an!"

*

Die Zeit verging schnell, und der Winter hielt früh Einzug. Die Vorfreude mit der die Bewohner der Königsstadt auf die Zeit der Wintersonnenwende warteten, war groß. Und endlich kam der Julmonat[28].

So begannen die Vorbereitungen für das große, drei Tage dauernde Julfest. Nach dem Abend in der großen Königshalle, hatte sich die Familie des Trøndnerkönigs erst einmal zurückgezogen. König Ragnar vermutete Scham als Grund. Doch er sollte sich irren!

Es vergingen einige Tage, bis Sigurd sich wieder dem Björn traf. Und als die beiden jungen Burschen sich zu einer Winterjagd entschlossen hatten, war es Björn, der zum Haus des Grjotgard ging. Er wurde von einbem Leibsklaven in den großen Raum geführt, in dem die Familie aus Lade sich meist aufhielt. „Björn", erkannte Königin Andur den Besucher, und grüßte ihn freundlich. „Was können wir für dich tun? Sicher suchst du Sigurd." Doch Björn verneinte dies. „Ich suche Eira", sagte er knapp, und wandte sich der Prinzessin zu, die mit ihrer Mutter an einem Webrahmen stand, und arbeitete. „Wir wollen auf die Jagd gehen, und vielleicht willst du uns begleiten?", fragte er freundlich, und die Prinzesssin zeigte sich durchaus erfreut über sein Interesse. Weniger erfreut schien Sigurd zu sein. Er hätte liebend gerne auf die Anwesenheit seiner Schwester bei der Jagd verzichtet. Doch Björn bestand darauf, dass Eira sie begleiten würde.

---

[28] Julmonat, Weihemonat Julmond - Dezember

Schon am nächsten Morgen, es war noch sehr früh, trat Björn an das Haus in dem die Familie des Grjotgard untergebracht war. Er trug einen dicken Klappenmantel, der von einem Gürtel gehalten wurde, an dem sein Saxmesser hing. Auf seinem Kopf trug er eine Mütze aus Marderfell, und auf dem Rücken trug er den Köcher mit den Pfeilen und den Bogen. Über der rechten Schulter hing eine Tasche, und über der linken hingen zwei weitere Bögen und Köcher. Mit der Faust schlug er gegen die Tür, und wartete dann, bis diese geöffnet wurde. Es war der dicke, irische Berater des Königs, der die Tür öffnete. Mit verschlafenem Blick sah er den Sohn des Ragnar an, und fragte unfreundlich: „Was willst du so früh hier, Prinz Björn?" Da grinste Björn, und sprach: „Wo sind Sigurd und Eira? Wir wollten auf die Jagd!" Der Ingolf trat zur Seite, um den Björn herein zu lassen, doch dieser lehnte ab. „Es ist mir zu warm im Haus. Sie sollen sich sputen, ich warte hier." Der Mann nickte, und verschloß die Tür. Björn ärgerte sich schon ein wenig, über die Unzuverlässigkeit des Ladeprinzen und seiner Schwester, wunderte sich aber, als diese um die Ecke des Hauses trat. Auch sie war in dicke Gewänder gehüllt, um der Kälte zu trotzen. „Warum kommst du von dort?", fragte Björn neugierig, denn er hatte sie durch die Pforte erwartet.

„Das war mir sicherer. Außerdem wollte ich niemanden wecken."
Björn verstand die Worte zwar nicht, ging aber auch nicht weiter darauf ein. „Wo ist dein Bruder?" Eira zog die Schultern hoch. „Als ich mich rausschlich, lag er noch auf seinem Schlaflager. Ich fürchte, wir werden noch eine Weile warten müssen." Björn sog tief die kalte Morgenluft in seine Lungen. Dann nahm er einen der Bögen und einen Köcher von seiner Schulter, und reichte diese der Eira. „Nun gut! Warten wir noch ein wenig!"

Nun standen sie zu zweit vor der Pforte, und nichts geschah, und nach einer Weile sagte Björn verärgert: „Ich habe es satt zu warten." Er klopfte noch einmal gegen die Tür, doch diesmal geschah nichts. „Lass uns gehen!" Er nahm die Pfeile aus dem dritten Köcher, gab einige davon der Eira, und steckte die anderen in seinen eigenen Köcher. Dann warf er den für Sigurd gedachten Bogen und den leeren Köcher vor die Tür. Dann gingen die beiden Jäger durch die Stadt, immer Richtung Norden.

Nur einmal hatte es für kurze Zeit geschneit, danach verzogen sich die Wolken, und die Sonne erschien an einem klaren, blauen Himmel. Eira imponierte dem Björn, denn sie hielt die meiste Zeit schritt. Für sein Alter war Björn ein recht groß gewachsener Bursche, und seine Schritte waren die eines erwachsenen Mannes. Aber der Marsch durch den hohen Schnee war selbst für Björn anstrengend gewesen. Hatte der Sohn des Ragnar die Eira zuerst für eine verwöhnte Prinzessin gehalten, so musste er sich eingestehen, dass er sich irrte. Ja, sie gefiel ihm eigentlich ganz gut.

Und auch Eira gefiel der junge Björn recht gut. Er war mit seinen vierzehn Wintern fast schon ein Mann. Nicht wie ihr jüngerer Bruder, den sie für einen verzogenen Knaben hielt. Ihr Jagdglück war mit einem Hasen und zwei Fasanen, von denen tatsächlich einen die Prinzessin erlegt hatte, nicht besonders groß gewesen, als sie am Nachmittag in die große Königshalle traten.

Von diesem Tag an, wich der Ladeprinz Sigurd dem Björn beleidigt aus. Er beobachtete den Sohn des Ragnar und seine eigene Schwester, die fortan oft zusammentrafen, mit Argwohn und Eifersucht. Und er ließ keine Möglichkeit aus, die Eira bei dem Vater anzuschwärzen.

Wie an jedem Tag, kam Borkell in das Haus des Königs von Lade, und verbrachte Zeit mit Grjotgard. Dieser mied es, den Ragnar zu treffen, obwohl dies als Gast sicher nicht sehr freundlich war.

„Du siehst mich mit einem Blick an, der mir nicht gefällt, Hauptmann Borkell", sprach König Grjotgard streng, und fuhr fort: „Gibt es etwas, dass dir missfällt, mein Freund?"

„Er lebt noch! Dieser Dreckskerl Einar. Er lebt noch!", sagte Borkell verärgert. „Und du lässt dich von diesem Ragnar erniedrigen", fügte er noch hinzu. Borkell wurde zornig, und erhob seine Stimme. „Bist du sein Untertan?" Eigentlich hätte der König jetzt seiner Wut freien Lauf gelassen, so wie er es immer tat. Doch Grjotgard blieb ruhig. „Nein, ich bin nicht sein Untertan. Ich bin sein Gefangener!"

Nun sah Borkell seinen Herrn erstaunt an.

„Wir alle sind seine Gefangenen!" Der König aus Lade nickte nur. „Hast du seine Worte in der Halle nicht gehört? Glaubst du etwa er lässt uns ziehen, wenn ich an meiner Forderung festhalte?"

„Es ist Prinzessin Eiras Schuld", fand Borkell sofort eine Schuldige. „Ja, das ist es wohl", stimmte Grjotgard ihm zu.

„Und sie wird dafür ihre Strafe erhalten, wenn wir in Lade sind!" Die beiden Männer hatten sich in die hinterste Ecke des Raumes zurückgezogen, wo sie sich unbeobachtet fühlten. Dort redeten sie, und frönten dem Bier. Dies machte Königin Andur nervös. Sie kannte ihren Gemahl, und ahnte Schlimmes, wenn sie ihn in der Gesellschaft des schwarzhaarigen Hauptmannes sah. Diesem Kerl gab sie die Schuld, dass Grjotgard sich so verändert hatte. Es gab einmal eine Zeit, da war er ein guter Mann und Gemahl. Der, wenn er sein Wort gab, dieses natürlich auch hielt. Doch der Hauptmann hatte den König mehr und mehr zu dem geformt, was er jetzt war.

„Was wirst du mit ihr tun?", wollte Borkell neugierig
wissen. „Ich werde ihr den hässlichsten, ältesten Kerl als
Gemahl suchen, den ich finden kann. Soll der sich mit ihr
herumärgern." Da lachte Borkell laut auf, und zeigte sich
zufrieden. Plötzlich erkannte der König die junge Sklavin,
die im Durchgang zum hinteren Teil des Hauses stand. „He,
was stehst du da rum", fauchte er sie an. „Hol uns noch
einen Krug Bier!" Die Sklavin nickte und ging.
   „Und wirst du das Bündnis mit dem Ragnar wagen?",
wollte Borkell wissen. Da fuhr sich Grjotgard mit der Hand
durch seinen Bart. „Er hat mir meine Silbermine geraubt!
Was glaubst du wohl?" Da lachte Borkell auf, denn er
kannte seinen König gut. Und er wusste, was er zu tun hatte.

*

„So darf das nicht ausgehen", sagte der Schwarzhaarige
verärgert. „Dieser elende Ragnar hat Grjotgard vorgeführt
wie einen kleinen Knaben. Und nun hält er uns alle hier
gefangen."
   „Gefangen? Das glaube ich nicht", sprach einer der Kerle,
und wagte dem Borkell zu widersprechen. „Es ist doch eher
der Winter, der uns von der Heimreise abhält!" Da ranzte
der schwarzhaarige Hauptmann den Mann verärgert an.
   „Ach, halt doch dein Maul!"
   „Vielleicht sollten wir etwas unternehmen", schlug ein
anderer vor. „Natürlich werden wir etwas unternehmen, du
Narr", fauchte der Schwarzhaar streng. „Dieses Bündnis ist
eine Schande! Und zu allem Pech, lebt dieser Einar immer
noch."
   „Ja, es ist schon schade, dass man ihm seinen Kopf ließ",
stimmte der Krieger dem Hauptmann zu. Sie saßen in einer
Kaschemme am Hafen, und tranken heißen Met. Seit einiger
Zeit konnten sich die Männer aus dem Gefolge des

Ladekönigs in Älvsborg frei bewegen. Dies hatte Ragnar
gestattet. Schließlich konnte er die Trøndner nicht bis zum
kommenden Frühjahr einsperren. Und entgegen aller
Befürchtungen, blieb es friedlich in der Stadt. Einzig ein
Mann sann darauf den Frieden zu brechen.

Dieser hatte es vorgezogen, sich mit seinen Verbündeten im
Hafen zu treffen. So hoffte er, dass König Ragnar nichts von
seinem Treiben erfuhr. „Und was werden wir tun?", wollte
einer wissen. „Wir werden uns den Kopf des Einar holen",
grinste Borkell herausfordernd. „Wie willst du das den fertig
bringen?", fragte ein anderer. „Oh, das lass mal meine Sorge
sein!" Borkell war fest entschlossen, gegen dieses Bündnis
zu wirken. „Aber du hast doch die Worte König Ragnars
gehört, was geschehen wird, wenn dem Jarl etwas zu stößt",
sprach wieder der Mann, der sowieso schon in Ungnade
gefallen war. „Du solltest jetzt besser ruhig sein", flüsterte
der Kerl an seiner Seite, nachdem er ihm seinen Ellenbogen
in die Rippen gestoßen hatte. Diesmal trafen ihn nur noch
ein böser Blick des Borkell, und dessen herablassende
Missachtung.

„Wir werden dem Einar einen kleinen Besuch abstatten.
Und wir werden ihn dem Grjotgard zum Geschenk
machen." Da lachte Borkell laut los. „Zumindest seinen
Kopf!"

So vergingen zwei Tage, und dann kam ein Mann der
Schiffswache zu dem Haus, in dem König Grjotgard und
seine Familie wohnte. „Eines unserer Schiffe fehlt",
berichtete er. „Wie ist das möglich?", rief Grjotgard erzürnt.
„Hol mir Borkell her!" Da schüttelte der Mann seinen
Kopf. „Das geht nicht, Herr, denn auch Borkell ist
verschwunden!" Nachdenklich sah Grjotgard auf den
Boden, hob dann seinen Blick und schickte den Mann fort.
Er ahnte, was vor sich ging, und ärgerte sich, das Borkell es

ohne seinen Befehl tat. „Ingolf!", rief er den Diener, und der Ire eilte heran. „Ich habe eine böse Ahnung", tat er unschuldig. „Sorge dafür, dass unsere Schiffe und Mannschaften zur Abreise bereit sind." Da sah der Dicke den König fragend an. „Aber es ist Winter!", sagte er bestürzt, denn er wusste, dass auf hoher See nun die Winterstürme tobten. „Sind wir nicht Gäste des Ragnar, bis der Frühling kommt?"

„Ich glaube nicht, Ingolf!", sprach der Ladekönig mit ruhiger Stimme. „Es ist möglich, dass wir Älvsborg schnell verlassen müssen." Da stutzte der Mann mit dem roten, schütteren Haar. „Aber… aber wie ist das möglich?"

„Frage nicht, tue was ich dir aufgetragen habe." Da nickte Ingolf, wandte sich ab, sah die Königin fragend an, und ging.

Nun war es die Königin, die herantrat. „Was redest du da?", fragte sie mit ernster Miene. „Was führt dieser Borkell im Schilde?" Da zuckte der Ladekönig mit den Schultern. Und Andur wurde böse. „Er wird uns noch alle umbringen!"

„Genau darum lasse ich die Schiffe seeklar machen", sagte Grjotgard, und zeigte sich betroffen.

Teile des riesigen Sees waren nun zugefroren. Die Uferränder reichten bis weit in den See, doch es gab eine schmale Fahrrinne, die sorgsam freigehalten wurde. So lange dies möglich war. Durch diese Fahrrinne hatte die Schnigge des Borkell den Hafen von Älvsborg verlassen, und war in den Svanefjord gesegelt.

„Wie willst du vorgehen?", fragte der Stevenhauptmann der Schnigge den Borkell, der neben dem Steuermann auf dem Heckstand weilte. „Das weiß ich noch nicht. Zuerst einmal, müssen wir das Dorf des Jarls finden." Er zeigte nach Osten. „Irgendwo dort im Osten muss es sein!" Borkell hatte fünfunddreißig Krieger an Bord, die sich ihm freiwillig angeschlossen hatten. Der Hauptmann war der Meinung, dass diese ausreichen würden, um den Jarl anzugreifen.

Als sie das Ostufer erreichten, hatten sie eine kleine Bucht angesteuert, und die Schnigge auf den Strand gesetzt. „Jetzt heißt es zu suchen", sprach Borkell, als er auf dem verschneiten Strand durch den tiefen Schnee watete. Er sammelte seine Krieger, und marschierte mit ihnen auf einen Wald zu.

Und bald erreichten sie einen kleinen Fluss, dem sie folgten. Nach einer Weile dann, sahen sie die Häuser und Hütten. Borkell schlug sich freudig auf die Schenkel. „Die Götter sind mit uns", lachte er. „Ich hätte nicht gedacht, das Dorf so schnell zu finden. Holen wir uns also den Kopf des Jarl Einar!"

Immer weiter wagten sich die Trøndner um Borkell, den Schwarzen, an die Siedlung heran. „Haltet euch bereit", befahl der Hauptmann, und zog sein Schwert. Noch waren die Krieger vom Buschwerk des Waldes geschützt, und unbemerkt geblieben. „Sehr unvorsichtig, dieser Jarl Einar!" Einem der Männer war aufgefallen, dass sie bis jetzt noch keinen Wächter gesehen hatten. Einen Turm hatten sie erblickt, doch dieser war unbesetzt.

„Der Kerl fühlt sich sicher", grinste Borkell. „Aber er wird bald feststellen, dass dem nicht so ist! Wir stürmen das Dorf!" Er erhob sich, hob sein Schwert über den Kopf, ließ dies kreisen und schwang es nach vorn. Dann ging er voran. Seine Krieger folgten ihm. Unbemerkt erreichten sie den Rand des Dorfes, und gingen auf einer der Straßen in das Innere der Siedlung. Da drang ein Hornsignal an ihre Ohren. Sie waren enrdeckt!

Borkell hob seinen mit blauen und roten Feldern bemalten Rundschild vor die Brust. „Hier stimmt etwas nicht", bemerkte einer der Männer. Die Häuserreihen wurden dichter, und sie nahmen kein Ende. Wenn ihnen Bewohner begegneten, suchten diese keinen Schutz in den Häusern, sondern liefen fort. „Wir folgen ihnen!", befahl Borkell. Und dann traten sie zwischen den Häuserreihen hinaus auf einen großen Platz. „Das ist nicht Einars Dorf", rief Borkell entsetzt, denn vor ihnen standen mehr als hundert Krieger. Und diese zögerten nicht, und griffen sie sofort an.

Ohne dass es zu ihnen aufgefallen war, war ihre Schnigge immer weiter nach Südosten abgedreht, und so waren sie, ohne es zu bemerken im Gautenland gelandet. Was Borkell für das Dorf Askby gehalten hatte, entpuppte sich als Stadt. Sie hatten die Gautenstadt Gullspång angegriffen. Doch Jarl Skögull, der Herr über dieses Land, hatte natürlich nicht gezögert diese zu verteidigen.

Und nun standen die Trøndner einem weit überlegenen Feind gegenüber. „Zurück zum Schiff!", brüllte Borkell, doch es war bereits zu spät, denn die ersten Gautenkrieger hatten die Trøndner bereits erreicht. So begann der Kampf! Die Schilde schlugen aufeinander, und Äxte und Schwerter kreuzten sich. Dann spritzte das Blut, und die ersten Getroffenen sanken auf die Knie. Borkell hatte alle Hände voll zu tun, sich der Angreifer zu erwehren, denn nun waren die Trøndner die jenigen, die sich verteidigen mussten. Und da die Übermacht des Gegners zu groß war, sah der Hauptmann des Ladekönigs seine Krieger fallen. „Fort von hier!" Das Schwert fuhr ein letztes Mal auf den Gegner nieder, dann lief Borkell die Straße herunter. Und wer konnte, folgte seinem Beispiel.

Die Männer sprengten auseinander, und liefen über die vielen Wege zwischen den Häusern zurück zu dem Wald, aus dem sie gekommen waren. Und die Gauten folgten ihnen, und so mancher der Flüchtenden fand noch den Tod, durch einen Pfeil oder Speer.

Schon von weitem rief Borkell den Schiffswachen zu, die Schnigge in das Wasser zurückzuschieben. Doch diese ließen sich damit Zeit, denn sie verstanden die Eile nicht. Von überall her strömten die Männer nun auf den Strand, und dann sahen sie warum es ihre Gefährten so eilig hatten. Die ersten Gautenkrieger hatten ebenfalls den Strand erreicht, und gaben die Verfolgung nicht auf. Immer mehr Verfolger stürmten auf die Schnigge zu, und versuchten die Fremden zu erreichen. „Ins Wasser!", rief Borkell wütend. „Die Schnigge ins Wasser!" Nun sammelten sich die Krieger, während die Schiffswachen den Segler in das Wasser schoben. Und wieder entbrannte der Kampf, denn die Gauten waren noch nicht bereit ihre Waffen zu senken. Es waren siebzehn Krieger, die sich um Borkell scharten, und versuchten die Angreifer zurückzuschlagen. Und da keine Trøndner mehr aus dem Wald kamen, war zu befürchten, dass die fehlenden Männer gefangen worden oder den Tod gefunden hatten. Mit den sechs Kriegern der Schiffswache, hatte Borkell also noch dreiundzwanzig Männer. Mehr als zehn hatte er verloren!

Schritt um Schritt wichen die Trøndner zurück, bis sie schon bis zu den Knien im Wasser standen. Nun wandten sie sich um, und stürmten auf das Schiff. Sie zogen sich an der Reling hoch, und versuchten an Bord zu klettern, während der Segler bereits Fahrt aufnahm. „Was war das?", fragte einer der Männer keuchend, und Borkell warf wütend seinen Schild auf die Planken. „Es war nicht das Dorf des Einar!"

„Und was geschieht nun?", wollte der Mann wissen, und ein anderer fragte: „Suchen wir weiter?"

Borkell sah sich um, und schüttelte dann seinen Kopf.

„Siehst du nicht wie viele Männer wir verloren haben? Ich gönne dem Einar keinen Sieg über uns!"

„Aber wir könnten uns in sein Dorf schleichen, und ihn entführen, so wie er es mit Eira tat", schlug einer der Krieger vor. Da begann der Hauptmann zu grübeln. Er spielte mit den Enden seines Bartes, und sagte dann: „Ja, das könnten wir tun." Doch ein anderer Mann seiner Besatzung meldete seine Zweifel an. Er war einer derjenigen, der sich im Kampf einen Axthieb in die Schulter geholt hatte. Zu seinem Glück war dieser nicht besonders tief, sonst hätte er ihn bestimmt sein Leben gekostet. „Was, wenn wir wieder das falsche Dorf erwischen? Wie lange halten wir das durch?" Dies war tatsächlich ein nicht zu unterschätzendes Problem. Wo war dieses Dorf? Wo war Askby?

*

Mit traurigem Blick sah Königin Andur ihre Tochter an, als die Sklavin erzählte, was sie gehört hatte, während sich der König und sein Hauptmann besoffen hatten. Besonders bei der Andur war die Enttäuschung über ihren Gemahl groß. Jetzt konnte sie nicht mehr glauben, dass Grjotgard nichts von Borkells Vorhaben wusste. Und sie befürchtete das Schlimmste. Eira hingegen, wunderte sich nicht mehr, denn nach all dem was sie über ihren Vater erfahren hatte, erschienen ihr die Worte der Sklavin glaubhaft. Sie selbst, war diejenige, die die Wut Grjotgards zu spüren bekommen sollte.

Der Blick der Prinzessin zeigte große Entschlossenheit, als sie sagte: „Ich werde euch nicht nach Lade zurück begleiten! Nein, das werde ich sicher nicht!"

„Aber, mein Kind, wo willst du hin?", fragte Andur entsetzt. „Ich werde hier am Hof König Ragnars bleiben! Björn wird mich beschützen!" Sie schien fest entschlossen zu sein, nicht mehr in den Norden zurückzukehren. Und Königin Andur konnte dies gut verstehen. „Nein, hier bist du nicht sicher! Ich traue diesem Ragnar genauso wenig, wie meinem Gemahl. Aber ich weiß einen Ort, an dem du dich verstecken kannst." Fragend sah Eira ihre Mutter an.

„Ich werde Jarl Einar bitten, sich deiner anzunehmen", verriet Andur ihrer Tochter. „Dort wird dein Vater sich nicht hinwagen. Und wenn er dies tut, wird dich Einar beschützen!" Dieser Vorschlag gefiel Eira besonders gut, und sie wusste, dass sie in Askby willkommen war.

„Aber Jarl Einar wird sicher erst wieder zum Julfest in Älvsborg erscheinen", wandte da die Sklavin ein, und Eira stimmte ihr zu. „Dann will ich, dass du dich so oft es geht, in der Nähe des Björn aufhältst. Er wird dich sicher vor jedem Übergriff schützen, denn ich glaube er mag dich. Keiner wird es wagen, den Prinzen von Ranrike anzugreifen!" Dem stimmte Eira zu.

Die Ruhelosigkeit und auch die Gereiztheit des Grjotgard in den nächsten Tagen, war der Andur natürlich nicht entgangen. Etwas bewegte den Ladekönig und ließ ihm keine Ruhe. Die Frage, was dies wohl sein könnte, erübrigte sich für die Andur. Schließlich war Borkell seit vielen Tagen nicht mehr im Haus des Königs aus Lade erschienen. Auch ging ein Gerücht um, dass im Hafen eines der Trøndnerschiffe fehle. Sollte der Kerl etwas im Schilde führen, dass sie alle in Gefahr brachte?

Dies hielt Königin Andur für den Grund der Sorge ihres Gemahls. Und sie deutete es als Besorgnis des Königs, es könne etwas geschehen, was ihren Gastgeber Ragnar verärgere. Doch da sollte sie sich täuschen.

Nachdem sie sich in der Gautenstadt Gullspång eine blutige Nase geholt hatten, segelten die Trøndner um den Hauptmann Borkell nun an der Ostküste des großen Sees nach Norden. Auch hier reichte das Eis weit in den See hinein, und forderte größte Wachsamkeit vom Steuermann, denn schnell war der Rumpf eines Schiffes beschädigt, wenn die Eiskante zu nahe kam.

Nachdem sie falschen Informationen über den Ort Askby erlegen waren, blieb ihnen nun nur noch übrig, nach dem Dorf des Jarls Einar zu suchen. Und da es nicht im Süden liegen konnte, denn dort war Gautenland, das wusste Borkell, musste es irgendwo an der Nordküste sein. Der Wind wurde stärker, und aus den grauen Wolken begann es heftig zu schneien. Die Schnigge kämpfte gegen die hohen Wellen des aufgepeitschten Sees, und die Männer versuchten sich mit ihren Umhängen zu schützen. Doch der graue Himmel sagte ihnen, dass dies bald nicht mehr ausreichen würde. „He, Borkell, sie nach oben!", rief der Steuermann der Schnigge dem Hauptmann zu. Dieser hob kurz den Kopf. „Nicht mehr lange, und ein Schneesturm bricht über uns herein", fügte der Steuermann noch hinzu.

„Ach was, sei kein Hasenfuß", brüllte Borkell gegen den Wind an, der spürbar kräftiger wurde. Der Vänern war ein See, doch diesen sollte man nicht unterschätzen, und dies spürte der Steuermann der Trøndner. „Es gibt nur eines, was wir tun können", redete nun der Stevenhauptmann auf Borkell ein. Und der Schwarze gab nach. „Gut! Bring uns an Land!", rief er dem Steuermann zu. Eine Weile wurden sie aber noch von dem heftigen Wind vorangetrieben, bis sie eine geeignete Bucht fanden. Hier war das Eis am Ufer noch recht dünn und brüchig, und konnte dem Kiel der Schnigge nicht widerstehen. Begleitet von dem lautem Knacken und Krachen des berstenden Eises, bahnte sich das Schiff einen Weg an die Küste. Die Böschung hatte in etwa die Höhe bis zur Oberkante der Reling. Der Steuermann suchte einen Liegeplatz mit kräftigen Bäumen nah am Ufer. Hier konnten sie den Segler gut vertäuen. „Baut einen Unterstand und macht Feuer", befahl Borkell, und bald darauf hatten einige Männer die große Plane zwischen den Bäumen gespannt. Auch ein Feuer hatten sie entfacht. Und dann kam der Sturm!

Eng gedrängt saßen die Männer unter der Plane, in der
Hoffnung, dass der Sturm diese nicht fortreissen würde.
Wild wirbelten die Schneeflocken umher, und sorgten dafür,
dass man bald die Hand nicht mehr vor Augen sah. Ihre
Schnigge sahen sie nur noch schemenhaft, obwohl diese
nicht mehr als vier Manneslängen von ihnen entfernt, an
zwei Bäumen vertäut war. Einem Wildpferd gleich, riss der
große Segler an den Seilen. Ihnen blieb nur abwartend zu
verharren, und zu hoffen, dass der Sturm bald nachlassen
würde.

Niemand konnte mehr sagen, wieviel Zeit verstrichen war,
bis sich das Wetter wieder besserte. Zuerst ließ der
Schneefall nach, und dann flaute der Sturm ab. Borkell sagte
es nicht, aber er war froh, dem Rat seines Steuermannes
gefolgt zu sein.

„Wo sind wir, bei Odin?" Der Hauptmann war unter der
Plane hervorgetreten und sah sich um. So weit sein Auge
blickte, sah er zu der einen Seite Wasser, und zu den
anderen Seiten erblickte er schneebedeckte Bäume. „Ich sah
zu unserer Steuerbordseite eine Hügelkette, bevor wir hier
landeten", antwortete ihm der Steuermann. „Und ich sah
Wald!"

„Vielleicht sollten wir uns ein wenig umschauen", schlug
einer der Krieger vor, der dem Anführer, so wie der
Steuermann, gefolgt war. „Dann in diese Richtung",
bestimmte Borkell und zeigte, ohne es zu wissen, nach
Norden. Der Trøndner beschloß erst einmal hier zu lagern,
und schickte mehrere Späher aus, die erkunden sollten, wo
sie sich befanden.

Und einer der Männer hatte Erfolg! Als er den Waldrand
erreichte, erblickte er in der Ferne eine Rauchsäule, die in
den Himmel stieg. Dort musste eine Behausung sein!
Langsam kämpfte er sich durch den hohen Schnee, und bald
sah er vor sich einen Hof. Ein Langhaus, das sicher noch

nicht lange dort stand, war von einem hölzernen Zaun umgeben. Und dort wo der Zaun vom Tor unterbrochen war, schien sich auch ein Weg von dem Hof zu entfernen. Kräftig klopfte er mit der Faust gegen die Tür, nachdem er den Hof endlich erreicht hatte. Nach einer Weile des Wartens, wurde die Tür geöffnet. Ein kräftiger Mann stand nun vor ihm, und in seiner Hand hielt dieser eine Axt. „Wer bist du, und was willst du?", fragte der Bauer. „Ich habe mich verlaufen!", versuchte es der Trøndner mit einer Erklärung. „Bist du allein?", gab sich der Bauer mit der Antwort nicht zufrieden. Der Späher des Borkell nickte. „Ich kam in den Schneesturm, und nun weiß ich nicht mehr wo ich bin."

„Du bist in Värmland", sprach der Bauer. „Dies ist das Land Jarl Einar Thordssons." Stumm nickte der Fremde.

„Bist du ein Gaute?", wollte der Bauer wissen, und der Mann schüttelte seinen Kopf. Und sogleich wurde ihm klar, dass dies ein Fehler war. Hätte er die Frage doch besser bejaht. „Woher kommst du dann?", blieb der Bauer hartnäckig. Was er befürchtet hatte, trat sofort ein. Die Frage nach seiner Herkunft. „Ich… äh, ich komme aus Haland", fiel ihm zu seinem Glück der Landstrich ein, an dem sie im letzten Sommer gekämpft hatten. „Ich gehörte zu der Kolonne eines Händlers, doch der Sturm hat uns getrennt."

„Nun lass den Mann schon herein", drang eine weibliche Stimme an das Ohr des Fremden. „Der Mann erfriert womöglich noch vor unserer Tür!" Da trat der Bauer zur Seite. „Nun gut", brummte er. „Komm herein und wärme dich auf!"

Die Frau brachte dem Fremden eine Schüssel mit heißer Grütze, nachdem sich dieser am Feuer niedergelassen hatte. Der Bauer reichte ihm einen Becher mit Bier.

„Sage mir, wo finde ich eine Siedlung?" Nun saß er schon einmal im Haus des Bauern, da konnte er auch versuchen, etwas von diesem zu erfahren. „Vielleicht eine, mit einem Hafen."

„Wenn du nach Westen gehst, wirst du die Siedlung unseres Jarls erreichen. Aber du wirst bei diesem Wetter sicher vier oder fünf Tage brauchen." Der Späher hätte Jubeln können. Borkell würde ihn loben, und dies kam nicht oft vor.

Eine Weile blieb er noch im Langhaus des Bauern, machte sich dann aber auf den Weg. Doch entgegen der Worte des Bauern, ging er nach Osten. „He, du Narr!", rief ihm dieser hinterher, „das ist der falsche Weg. Du musst in diese Richtung!" Er zeigte den Weg nach Westen, doch der Fremde reagierte nicht, und marschierte auf den Wald zu. Da zog der Bauer seine Schultern hoch, wandte sich um, und verschwand in seinem Haus. „So ein Esel! Der Kerl geht in die falsche Richtung!"

*

6. UNGEBETENER BESUCH

G rinsend hatte sich der Späher dem Borkell gegenüber
an das Feuer gesetzt. Erstaunt sah dieser den Mann an.
Er mochte es nicht, wenn sich die Männer respektlos
benahmen. „Was ist los? Bist du närrisch?", fragte er streng.
Doch der Mann grinste nur überlegen. „Unsere Reise ist
noch nicht zu ende, Borkell!" Da hob der Schwarzhaar
fragend seine Augenbrauen. „Was soll das heißen?"

„Das heißt, ich habe das Dorf des Jarl Einar gefunden!" Er
wartete einen Moment auf die Reaktion des Hauptmannes,
doch dieser sah ihn nur an. „Wir sind gar nicht so weit
entfernt!" Er zeigte nach Westen. „Dort hinter dem Wald,
fand ich einen Hof, und der Bauer zeigte mir den Weg. Aber
es wartet ein langer Marsch auf uns!" Da erhob sich Borkell,
und rief: „Macht seeklar! Brecht das Lager ab, sobald alle
Männer zurück sind, legen wir ab." Eigentlich hätte der
Späher sich ja denken können, dass Borkell den Weg nicht
zu Fuß zurücklegen würde. So erhob auch er sich, und
schloß sich den Männern an, die damit begannen den Befehl
ihres Anführers auszuführen.
Die Späher, die nach und nach ins Lager kamen, mussten
eine wahre Schimpftirade über sich ergehen lassen, denn
Borkell hatte ungeduldig auf deren Rückkehr gewartet. Und
als der letzte Kundschafter ankam, waren bereits alle
Männer an Bord. Er musste die Leinen lösen, und an Bord
springen.

„Los, hoch mit dem Segel", rief der Stevenhauptmann, und
das Schiff nahm langsam Fahrt auf.
Sie nahmen nun Kurs nach Westen, und hielten sich nahe
der Eiskante. Und irgendwann rief der Mann, der am
Vordersteven stand. „Dort drüben!" Er zeigte zu seiner
Rechten, und hinter den Baumkronen des Waldes, der bis

zum Ufer reichte, erhoben sich Rauchsäulen in den Himmel. Und schon bald kam die Einfahrt in den Hafen von Askby zum Vorschein. Zufrieden sah Borkell wie der Hafen und das etwas höher liegende Dorf an ihnen vorbei zogen.

„Jetzt gehörst du mir, Einar", brummte der Trøndner böse grinsend. Sie passierten das Dorf, und nicht weit entfernt, ließ er einen Platz zum Anlegen suchen. Dies war aber nicht einfach, und es dauerte eine Weile, bis sie eine kleine Bucht fanden, in die sie die Schnigge steuerten. Doch auch hier waren die Uferränder vereist. Da schickte Borkell die Männer mit ihren Äxten auf das Eis. Dort wo das Eis zu brechen drohte, schlugen sie es weg. So lange, bis die Schnigge an einer Kante festmachen konnte, die für das Gewicht der Männer stabil genug war. Sie schlugen Enterhaken in das Eis, und banden die Seile an der Schnigge fest. So verzurrt, konnte das Schiff nicht mehr forttreiben. Auf dem Ufer sammelte Borkell seine Männer. „Bauen wir ein Lager auf?", fragte der Stevenhauptmann. Da schüttelte der Anführer den Kopf. „Nein, wir werden nach Askby gehen!" Die Verletzten ließ Borkell als Schiffswachen zurück. So blieben ihm noch vierzehn Männer, mit denen er sich auf den Weg nach Osten machte.

Im Hafen von Askby gab es zu dieser Jahreszeit nicht mehr viele die ihrer Arbeit nachgingen. Nur einige Fischer, die ihre Skuder nach dem morgendlichen Fischfang entluden, belebten den Hafen. Oder auch diejenigen, die ihren Fang verarbeiteten. Ihn ausnahmen und in Salz einlegten oder an Gestellen aufhingen, damit die salzige Seeluft ihn trocknete. Dies taten sie am Strand, denn hier warfen sie die Fischreste direkt zurück in den See, Und gleich hätten sie wieder ihre Netze in das Wasser werfen können, denn für die Artgenossen der Beute, war es ein Festmahl. So zog es sie in Schwärmen in den Hafen von Askby. Dies aber war das einzige Treiben hier, denn Handelsfahrer von den Küsten des Sees, die es auf den Markt zog, gab es jetzt nur noch sehr selten.

So war es einer der Fischer, der seine Netze aus seinem Skuder an Land brachte, um diese auf einem Gestell zu trocknen. Ihm war der Segler aufgefallen. Dieser zog nicht weit der Hafenmündung an dem Dorf vorbei. Und er hatte auch die Männer auf dem Schiff gesehen, die sich, wie es schien, für das Dorf interessierten. Er hatte sich an einen seiner Gefährten gewandt. „Hast du das Schiff erkannt?" Der Angesprochene schüttelte seinen Kopf, und zog an einem Netz, welches sich völlig ineinander verwickelt hatte.

„Was stört dich der fremde Segler?"

„Ach, was weiß ich? Ich habe immer ein ungutes Gefühl, wenn ich eine fremde Schnigge sehe."

„Na, dann melde es dem Jarl", schlug der Gefährte dem Fischer vor, doch dieser winkte ab, und befasste sich erneut mit dem widerspenstigen Netz.

Es war lediglich ein kleiner Buchenhain, der ihnen Deckung bot, denn von der westlichen Seite war Askby nur von Wiesen umgeben. Erfreut stellte Borkell fest, dass es keinen Palisadenzaun gab. Nur ein einzelner Aussichtsturm diente von dieser Seite dem Schutz des Dorfes. Zwar waren die Bäume unter denen sie sich versteckten kahl und mit Schnee bedeckt, doch es gab genügend Buschwerk, dass sie vor den Blicken aus dem Turm schützte. „Wir müssen warten, bis es dunkel wird", sagte der Anführer der Trøndner. „Dann werden wir uns in das Dorf schleichen, und uns Einar holen!" Und so verhielten sie sich ruhig, bis es wieder dunkel wurde. Angenehm war das Warten nicht, denn da sie kein Feuer machen konnten, wurde es den Männern schnell kalt. Frierend und hungrig saßen sie dicht gedrängt hinter den Sträuchern.

Von weitem sahen sie den Schein des Fackelfeuers, denn an den meisten Häusern und Hütten, waren Fackeln angebracht, die die Wege des Dorfes bei Nacht erhellten. Eine Begebenheit die Borkell berücksichtigen musste, wenn er seine Männer nach Askby schickte. Und dies war nun soweit. Einzeln schlichen die Trøndner hinter dem Busch hervor, und warteten den richtigen Moment ab, um über die Wiese zu laufen, und im Schatten der Hütten zu verschwinden. Sechs Männern gelang es, so in das Dorf zu gelangen. Bis der Wächter auf dem Turm achtsam wurde. Mit einer Fackel in der Hand, beugte er sich über die Brüstung des Aussichtsturmes, und hörte angestrengt in das Dunkel der Nacht. „Da war doch was", brummte er. Nun, da der Wächter auf dem Turm aufmerksam geworden war, war es den anderen Kriegern des Borkell unmöglich geworden ihren Gefährten unbemerkt zu folgen.

Der Hauptmann war äußerst verärgert, als er bemerkte, dass ihm die Männer nicht folgten. So machte er sich mit den fünf Kriegern auf den Weg in das Dorf. Langsam gingen sie an den Hütten vorüber, und gelangten so in das Innere der Siedlung.

Winterliche Ruhe lag über Askby, nur manchmal bellte irgendwo ein vorlauter Hund. Ein böses Grinsen huschte über Borkells Gesicht, als er die große Halle vor sich sah. Der Eingang lag im rötlichen Schein der brennenden Fackeln, die zu beiden Seiten der Pforte angebracht waren. Plötzlich vernahmen sie das Knirschen von Schritten im Schnee. Sofort huschten die Eindringlinge in den Schatten einer der Hütten, die an dem Weg lagen. Hockend, an die Wand gepresst, warteten sie ab, was nun geschehen würde. Zwei Krieger kamen näher, und gingen leise sprechend, an den Trøndnern vorbei. Sie hatten die Eindringlinge nicht bemerkt, und dies sollte sich bald rächen. Mit wilden Gesten, zeigte Borkell was er von seinen Kriegern erwartete, und sofort huschten zwei Männer aus dem Schatten der Hüttenwand, und fielen den beiden Wächtern in den Rücken. Fast lautlos fielen die beiden Krieger von Askby mit durchschnittenen Kehlen zu Boden. Sie zogen die beiden Männer von dem Weg herunter, hinein in die kleine Vertiefung, die längs des Weges, als Abfluss für das Regenwasser diente. Zufrieden nickte Borkell, als auch er und die anderen auf den Weg zurückkehrten. Es schien, als seien sie unbemerkt geblieben. Der Eingang zu dem großen Langhaus war unbewacht, und so drangen sie, einer nach dem anderen, in die große Halle ein. Leise schlichen sie durch den großen, dunklen Raum.

„Was für ein übler Gestank", stellte Borkell angewidert fest. Das Feuer in der Brandstätte war heruntergebrannt, und spendete nur noch wenig Licht und Wärme.

Langsam gingen die Männer weiter durch die Halle, bis zu dem Podest. Dort erblickte Borkell die Tür zu den hinteren Kammern, wo er den Jarl und seine Familie vermutete.

„Dort müssen wir rein", flüsterte der Anführer. „Wenn ihr könnt, tötet sie alle. Aber leise! Seinen Kopf nehmen wir als Geschenk für Grjotgard mit!"

Gerade wollte Borkell die Tür öffnen, da brach das Unheil über sie herein. „Wir werden angegriffen", dröhnte eine Stimme durch die Halle, und forderte die Gefährten zum Kampf auf. Plötzlich stürmten Krieger auf die fünf Trøndner zu. Es waren Männer, die nach dem vorabendlichen Gelage mit dem Jarl, einfach in der Halle geblieben waren. Sie hatten auf den Bänken gelegen und geschlafen. Darum hatte es in der Halle auch so streng gerochen. So wie es halt nach einem Gelage roch. Nach Schweiß und Erbrochenem, manchmal auch nach Urin und Lendensaft. Die Trøndner des Borkell waren nicht weniger überrascht, als die Männer, die ihren Rausch ausschlafen wollten. Doch sie waren schnell auf den Beinen. Und auch die Tür wurde aufgerissen, und Jarl Einar stürmte, mit seinem Schwert Blutauge in der Faust, in die Halle. Von dem Gebrüll geweckt, war er von seinem Schlaflager aufgesprungen, und hatte nach dem Schwert gegriffen.

Er hatte Borkell sofort erkannt, und war auf diesen zu gestürmt. Das Blutauge fuhr auf den Schwarzhaar nieder, doch diesem gelang es, den Hieb abzuwehren. „Rückzug!", rief Borkell entsetzt. „Zurück zum Schiff!" Doch den Befehl hätte er sich sparen können, denn seine Männer waren bereits bei der großen zweiflügeligen Tür. Er selbst schlug noch einmal nach Jarl Einar, und lief dann, sein Schwert schwingend durch die Reihe der verschlafenen Krieger, hinaus ins Freie. Einige von Einars Kriegern folgten den Eindringlingen, doch verging ihnen in der Kälte schnell die Lust. „Wer war das, bei Odin?", fragte Olaf seinen Jarl. Dieser, nur mit seiner Hose bekleidet, sah den großen, blonden Krieger an. „Hast du ihn nicht erkannt?" Olaf schüttelte seinen Kopf, und Einar antwortete. „Es war Borkell, der Mistkerl!"

„Borkell?" Olaf war sichtlich überrascht. „Aber, glaubst du wirklich er wagt eine Angriff, während er als Gast König Ragnars in Älvsborg weilt?" Einar zog seine Schultern empor, und Olaf zeigte auf die blutende Wunde auf Einars Brust. „Es war jedenfalls Borkell Schwarzhaar."

*

Einen der Männer hatten zwei andere unter den Armen ergriffen, und schleiften ihn mit sich. Eine Axt hatte ihn in den Rücken getroffen. Für einen Krieger keine ehrenvolle Wunde! Aber Borkell wollte keinen zurücklassen, der vielleicht noch hätte reden können. Als sie aber die Schigge erreichten, bemerkten sie, dass sie einen Toten mit sich genommen hatten. „Nehmt ihn mit an Bord. Wir werfen ihn

105

dann in den See!", hatte der Anführer verärgert befohlen. Borkell war erbost über den Ausgang seiner Unternehmung. Schnell bemerkten die Männer an Bord, dass Borkell auf der Rückfahrt sehr still war. Der Stevenhauptmann gab die Befehle, und der Schwarzhaar saß am Vordersteven und schwieg. Mit düsterem Blick sah er auf den See hinaus. Die Gedanken in seinem Kopf drehten sich nur noch um Jarl Einar. Sein Hass, seine Wut stiegen ins Unermessliche. Und dann die Unsicherheit!

Was würde ihn in Älvsborg erwarten? Was würde König Grjotgard über sein eigenmächtiges Handeln sagen? Ohne den Schädel des Einar hatte er nichts, was seine Tat vor seinem König entschuldigen könnte.

Bald würde der Jarl nach Älvsborg kommen, denn es stand das große Fest im Julmond bevor, und so wie er gehört hatte, kamen die Jarls aus dem ganzen Herrschaftsbereich des Ragnar in die Königsstadt. Langsam kamen in ihm Zweifel auf, ob er überhaupt nach Älvsborg zurück segeln sollte. Wenn König Ragnar von seinem Überfall auf Askby erfahren würde, und davon war Borkell überzeugt, was würde dieser als Vergeltung fordern?

Sicherlich hatte Borkell auch das Bündnis verhindert. Da huschte ein zufriedenes Lächeln über sein Gesicht. Allerdings wäre es dann kaum anzunehmen, dass der König von Ranrike seine Feinde ziehen lassen würde. Und als solche, würde Ragnar die Trøndner nun zweifelsohne betrachten.

Jarl Einar saß ganz außen auf einer Bank, und sein Weib Alma kniete vor ihm. Sie hatte den Schnitz auf seiner Brust gereinigt, und nun trug sie eine Kräutersalbe auf. Der Jarl hatte es für einen solchen Kratzer, wie er die Verletzung nannte, abgelehnt die Völva[29] des Dorfes heranzuholen. Zu

---

[29] Völva – Seherin, Kräuterkundige Heilerin

106

mal er dieser nicht wirklich traute. Sie war eben nicht Sigve, der er noch immer hintehertrauerte. Nur zu gerne hätte er die rothaarige Heilerin in seinem Gefolge behalten. Doch sie hatte sich für ein Leben an Jarl Borkas Seite entschieden. Kleine Wunden konnte Alma versorgen, darin war sie sehr geschickt, und die nötigen Salben hatte sie auch meist vorrätig. Außer ihm hatte noch ein anderer Krieger eine Wunde davongetragen, aber auch diese, war nicht der Rede wert. Olaf konnte es immer noch nicht glauben. „Wenn er es wirklich war, dann hat er Mumm." Jarl Einar nickte zustimmend. „Ja, das hat er! Borkell ist ein großer Krieger. Aber er ist auch ein großer Narr! Was glaubst du, wird jetzt geschehen?" Da zog Olaf die Schultern hoch. „Er hat bewiesen, dass er seinen Plan mich zu töten, nicht aufgeben wird", sagte Einar, „und ich werde nicht darauf warten, bis mir der Drecskerl des Nachts die Kehle durchschneidet. Es ist an der Zeit dafür zu sorgen, dass Borkell sein verdientes Ende findet. Soll er sich Odins Heer anschließen, und in Walhalla[30] auf das Ende warten!" Plötzlich trat Thorvi aus dem hinteren Teil des Langhauses in die Halle. Verschlafen fragte sie: „Was ist geschehen?" Sofort wandtte sich Ilva dem Kind zu. „Nichts ist geschehen! Alles ist gut! Komm, ich bringe dich wieder in die Kammer." Die blonde Kriegerin schob das verschlafene Kind vor sich her, und verschwand mit ihr durch die Tür. Jarl Einar sah seiner kleinen Tochter nach, dann nickte er und sprach: „Meine Kinder sind der Grund, warum der Zwist mit dem Trøndner ein schnelles Ende finden muss!"
Da sah Alma ihren Gemahl entsetzt an. „Einar, du glaubst, er wird…?" „…unseren Kindern ein Leid antun, um mich zu kriegen?", setzte Einar den Satz der schönen Sächsin fort.

---

[30] Walhalla – Heimstatt des Göttervaters Odin, Halle der gefallenen Krieger

„Ja, das wird er!" Da sah Alma ihn mit entschlossenem Blick an. „Dann muß er sterben!"

So wie sie sich aus dem Hafen geschlichen hatten, so kamen sie auch zurück. Der Stevenhauptmann hatte frühzeitig das Segel reffen lassen, und hoffte, dass sie genug Fahrt machten, um den Liegeplatz, von den Wellen getragen, zu erreichen. In der Dunkelheit glitt die Schnigge in den Hafen, und machte an einem Anleger fest. Ganz so unbemerkt, wie Borkell dies gerne gehabt hätte, war ihre Ankunft aber nicht geblieben. Schon auf den Schniggen, die im Hafenbecken ankerten, hatten die Schiffswachen den Segler bemerkt, und nun am Steg war es nicht anders.
Zwei Krieger der Stadtwache gingen gerade durch den Hafen, als die Trøndner die Schnigge an dem Anleger festmachten. Die beiden Männer wurden aufmerksam, traten auf den Steg, und kamen heran. Ihr Blick fiel auf die Verletzten. „Ihr seid sicher die vermissten Trøndner", stellte der eine Wächter grinsend fest. „Eigentlich würde ich euch ja melden müssen, aber ich glaube, diese Angelegenheit klärt ihr Trøndner besser unter euch!" Er begann zu lachen, wandte sich ab, und ging seines Weges. Zwar redete der andere Wächter auf ihn ein, doch das schien den Mann nicht zu stören.
Nachdem die Schnigge festgemacht war, begaben sich die Männer um Borkell, den Schwarzen, in das Lager auf der Wiese neben den Langhäusern, die Ragnars Krieger bewohnten. Hier stand Zelt neben Zelt, und hier brannten unzählige Feuer, die die Krieger aus dem Norden wärmen sollten. „He, wer seid ihr?", fragte einer der Wächter die das Trøndnerlager bewachten. Doch dann erkannte er den Hauptmann. „Borkell!" Mehr sagte er nicht, denn beim Anblick der Verletzten, wusste er, dass jedes Wort zuviel

war. Die Krieger verschwanden in ihren Zelten, und bald herrschte wieder Ruhe im Lager.

Den Weg zu seinem König, wagte Borkell erst am nächsten Morgen. Mit zwei Männern machte er sich auf den Weg zum Gästehaus, wo er die Königsfamilie aus dem Trøndelag wusste. Vor der Tür standen zwei Krieger als Wächter, und beide grinsten, als sie den Hauptmann sahen. „Was grinst ihr so blöde?", fauchte Borkell die beiden an, und schlug mit der Faust gegen die Tür. Es war Ingolf, der Leibsklave und Berater König Grjotgards, der die Tür öffnete. Mit strengem Blick sah der Dicke den Borkell an. „Man wartet auf dich", sprach er knapp, und ging dann vor. Die Männer folgten dem Iren. König Grjotgard saß auf einem der Stühle in dem großen Raum des Gästehauses. Mit ernstem Blick, sah er den Borkell an. „Da bist du ja wieder", sprach er streng. „Ja, da bin ich wieder", brummte der Hauptmann.
„Warst du erfolgreich?" Der Hauptmann schüttelte seinen Kopf.
„Hattest du Verluste?", fragte der Trøndnerkönig, und Borkell konnte nur beschämt nicken. „Warum bist du ohne mein Wissen losgesegelt, Borkell?" Nun war die Stimme des Grjotgard nicht mehr so streng, und Königin Andur, die mit einer Sklavin an einem der Tische saß, wurde aufmerksam.
„Also, rede", befahl Grjotgard seinem Hauptmann, und dieser berichtete von dem Versuch, den Kopf des Einar zu holen. Und er tat dies mit großer Scham.
„Was soll ich König Ragnar sagen, wenn er erfährt, was du getan hast?", fragte Grjotgard, nachdem Borkell geendet hatte.
Was Grjotgard nicht ahnte war, dass König Ragnar von dem Angriff des Hauptmannes bereits erfahren hatte. Der König hatte seine Spitzel im ganzen Land. Und es gab immer den

ein oder anderen Sklaven, der seinen Mund nicht halten konnte. So wurde die Nachricht, dass man versucht hatte den Jarl von Askby zu töten, von Dorf zu Dorf getragen. Innerhalb kürzester Zeit, war diese natürlich auch in die Ohren der königlichen Spitzel gelangt. Und König Ragnar war nicht dumm!

Er konnte die Vorgänge natürlich deuten. Der Mann, der Einar hasste, war plötzlich still und heimlich aus Älvsborg verschwunden. Und nun wusste der König auch, wo dieser Borkell abgeblieben war. Und es stellte sich ihm die Frage, ob König Grjotgard von dem Angriff wusste? Diesen gar befohlen hatte?

Doch was sollte er jetzt tun? Es war auch für Ragnar eine schwierige Situation, denn er wollte in keinem Fall das Bündnis mit dem Trøndner gefährden. Andererseits fragte sich Ragnar, warum er nicht von dem Jarl aus Askby selbst über die Vorfälle unterrichtet wurde. Lagertha war der Meinung, dass er dies genau aus dem gleichen Grund nicht getan hatte, aus dem Ragnar bisher geschwiegen hatte. Er wollte das Bündnis der Könige nicht gefährden! Dies könnte in der Tat ein Grund sein, doch Ragnar blieb skeptisch.

Nur noch wenige Tage dauerte es nun, bis zum Fest der Sonnenwende, und die Vorbereitungen zur Abreise waren in vollem Gange. Ein drei Tage dauerndes Fest wartete in der Königsstadt auf Jarl Einar und sein Gefolge. Sorgsam hatte der Jarl diejenigen ausgesucht, die ihn begleiten sollten. Eigentlich hätte er viel lieber an dem Fest in Askby teilgenommen, denn auch hier wurde natürlich das Julfest gefeiert. Doch die Einladung des Königs konnte er schlecht ablehnen. Ihre Freundschaft war sowieso schon belastet. Und dann war es Raban, der den Jarl danach fragte. „Was wirst du tun, wenn dir Borkell in Älvsborg begegnet? Wirst du ihn töten?"

„Du weißt doch, dass während der Feiertage vom König Frieden befohlen wurde. Ein Angriff würde uns garantiert das Leben kosten", antwortete Jarl Einar. Dann grinste er und fügte hinzu: „Doch wenn sich mir eine günstige Gelegenheit bietet, wird Borkell für immer verschwinden!"

*

Schon am nächsten Morgen, wurde dem König von Ranrike zu getragen, dass die Schiffsflotte seiner Gäste wieder vollzählig war. Gespannt wartete er darauf, dass sich ihm König Grjotgard offenbarte. Doch es geschah nichts! Der König von Lade schwieg über die Abwesenheit seiner Krieger. So wollte Ragnar abwarten, bis Jarl Einar eingetroffen war. Dann würde er die Angelegenheit klären. Grjotgard hingegen zerbrach sich den Kopf was er tun könnte, um eine Konfrontation zu vermeiden. Keinesfalls wollte er das Leben seines Hauptmannes opfern. Aber was würde geschehen, wenn er dem Ragnar Borkells Kopf verweigern würde?

Im ganzen Land machten sich nun die geladenen Jarls und Häuptlinge auf den Weg nach Älvsborg. Auch Breka, der Jarl der Götaburg und sein Weib Astrid zog es mit ihrem Gefolge in die Königsstadt. Und er tat dies nur aus dem einen Grund, um seinen Vater Borka und seinen Freund Einar wiederzusehen. Alles andere war ihm egal! Auch im Nordosten begab sich eine Karawane auf den Weg. Jarl Einar mit seinem Weib Alma. Ilva hatte sich dazu entschlossen bei den Kindern in Askby zu bleiben. So reiste Einar diesmal in dem Schlitten, neben seinem Weib sitzend, in die Königsstadt. Zehn gute Männer hatte er mit sich genommen. Mehr Krieger wollte er nicht, um den Grjotgard nicht zu reizen. Sie reisten zuerst nach Borkasvik, doch der

Jarl des Dorfes war bereits abgereist. So folgten sie dem einstigen Gauten Borka auf dem Weg nach Westen. Irgendwann begann es zu schneien, und machte die Reise ungemütlich.

Als sie einige Tage später in Älvsborg ankamen, hatten die meisten Jarls ihre Lager auf der Wiese gegenüber dem Lager der Trøndner aufgeschlagen. Dies blieb Jarl Einar jedoch erspart, wenn er in die Königsstadt kam. Er und seine Gefolgschaft fanden immer eine Unterkunft in einem Haus. So hatte es Ragnar einmal befohlen!

Doch diesmal sollte es anders sein. Ein Sklave trat aus der großen Halle, vor der sie Halt gemacht hatten, und verkündete: „Schlagt euer Lager dort drüben auf der Wiese auf. Bei den anderen Jarls." Da erhob sich Einar und sah den Sklaven erstaunt an. Doch bevor er etwas sagen konnte, sprach dieser: „Dies ist ein Befehl des Königs!"

Er wandte sich um, und verschwand. Nun gab es nichts mehr zu sagen. Jarl Einar wusste nun, woran er war. „Aber wir haben nur die wenigen Zelte für die Krieger dabei", stellte Alma fest. In diesen hatten sie, eng gedrängt, die Nächte auf der Reise verbracht. „Die Vorstellung der Alma, in den nächsten Tagen auf dem kalten Boden zu nächtigen, gefiel der Jarlsgattin überhaupt nicht. Einar nahm wieder Platz, und nickte. Nicht nur das er enttäuscht war, er spürte auch wie die Wut in ihm aufstieg. „Reisen wir zurück?", fragte das schöne Weib. Da wurde die eine der beiden Türen noch einmal geöffnet, und der Sklave erschien erneut. „Jarl von Askby, der König will dich sehen! Sofort!"

Da stieg Einar von dem Schlitten herunter.

„Wartet hier!", befahl er, und folgte dem Sklaven in die große Halle. Die Männer stiegen von den Pferden, und hängten diesen die Futtersäcke über die Mäuler. Und Olaf trat an den Schlitten. „Was geht hier vor sich?", fragte er die Alma, doch diese konnte nur mit den Achseln zucken.

Zur gleichen Zeit, da Einar den Weg zu seinem König angetreten hatte, machte sich Borkell, der Schwarze, auf den Weg in den Hafen. „Es ist besser, wenn du verschwindest", hatte König Grjotgard bestimmt. „Wenn du nicht hier bist, kann er dich nicht töten lassen." Diese Entscheidung gefiel Borkell zwar nicht, aber er sah ein, dass dies die beste Lösung war. Und so machte er sich mit fünfzehn Kriegern wieder auf den Weg zum Hafen, und lief noch zur selben Stunde aus.

Es war Königin Lagertha, die Jarl Einar herzlich begrüßte.

„Er ist verärgert", flüsterte sie Einar in sein Ohr, während sie ihn umarmte. Einar nickte nur, und trat dann vor den Hochstuhl. In der Halle waren die Leute anwesend, die sich auch sonst in der Nähe des Königs aufhielten. Männer und Frauen, mit denen sich Ragnar beriet oder mit denen er soff. Die herzliche Begrüßung, wie sie sonst zwischen den Männern üblich war, blieb erneut aus. „Jarl Einar Blutauge", sprach Ragnar den Jarl mit dem roten, linken Auge streng an. „Mir ist zu Ohren gekommen, dass es in Askby einen Vorfall gegeben hat. Warum hast du mich nicht darüber benachrichtigt?" Einar überlegte kurz, denn eine Antwort sollte wohl bedacht sein. Er sah sich um, sah in die neugierigen Gesichter der Anwesenden. „Ich wollte dein Bündnis nicht gefährden", sprach er knapp.

„Was soll das heißen? Weißt du wer der Angreifer war?" König Ragnar tat erstaunt, obwohl er ja selbst schon einen Verdacht hatte. „Natürlich weiß ich wer der Angreifer war", gab Einar zur Antwort. „Doch es handelt sich um eine persönliche Fehde zwischen mir und Borkell, dem Schwarzen. So glaubte ich, es sei besser, dich aus der Geschichte herauszuhalten." Überrascht sah Ragnar den Jarl an. Er fuhr sich mit der Hand durch seinen Bart. „Du willst

sagen, es ist eine Fehde zwischen dir und Borkell?" Da
nickte Einar. „So ist es!"
„Und es hat nichts mit König Grjotgard zu tun?", wollte
der König wissen. Jarl Einar schüttelte seinen Kopf. „Nein,
die Fehde besteht schon, seit ich der Jarl auf Tautra war."
Durch diese Antwort hatte Jarl Einar den König aus einer
unangenehmen Situation befreit. Eine Bestrafung des
Trøndnerhauptmannes hätte die Verhandlungen mit
Grjotgard doch arg belastet. „Gut, in eine persönliche Fehde
werde ich mich nicht einmischen. Du kannst gehen!"
Hatte Einar geglaubt, dass nun alles zwischen ihm und
Ragnar geklärt war, so bewies ihm dessen Befehl das
Gegenteil. Ihre Freundschaft schien tatsächlich beendet zu
sein. Warum dies so war, wusste Einar nicht. Vielleicht war
es ja doch die eine Nacht, die er mit Lagertha verbracht
hatte. Aber warum hatte Ragnar so getan, als hätte es ihn
nicht gestört? Vielleicht wurde es Zeit, sich von König
Ragnar fern zu halten?

Als Einar aus der Halle trat, wurde er freudig begrüßt. Es
waren Breka und Astrid, die von ihrer Ankunft gehört
hatten. Sie waren seit drei Tagen in Älvsborg, und hatten ihr
Lager bereits aufgeschlagen. „Breka hat uns eingeladen,
sein Lager mit ihm zu teilen", rief Alma ihrem Gemahl
entgegen. Doch Einar schien wenig begeistert zu sein. Aber
er begrüßte seinen Freund und dessen Weib natürlich mit
großer Freude. „Ich danke dir für dein Angebot, doch ich
denke, wir werden nach Askby zurückkehren." Da sah
Breka den Jarl fragend an. Und dieser sprach weiter: „Es
scheint mir, als war der Befehl hier zu erscheinen, keine
Einladung zum Julfest. Der König hat von mir erfahren, was
er wissen wollte. Und nun scheint es besser zu sein, ihm
nicht mehr unter die Augen zu treten." Doch damit gab sich
Jarl Breka nicht zufrieden. „Oh, nein, mein Freund! Ich sehe

114

dich viel zu selten, als dass ich dich jetzt gehen lasse", sagte er bestimmend. Und auch Astrid gab sich nicht mit der Ablehnung ihres Angebots zufrieden. „Wir haben genug Platz in unseren Zelten, so dass alle eine Unterkunft finden. Wir lassen euch nicht gehen!"

„Wenn wir uns von König Ragnar fern halten", fügte Alma bittend hinzu, „was soll dann geschehen?" Da willigte Einar ein.

Das Zelt des Jarl Breka und seiner Gemahlin war wirklich recht groß, und ein zweites Bett fand gut darin Platz. So gab Einar dem Raban den Befehl in der Stadt ein Bett zu kaufen, und alles was sie noch brauchten. Felle, strohgefüllte Kissen, Decken. Keiner der Männer die den Jarl aus Askby begleiteten, sollten in der Nacht frieren müssen.

Und Raban erfüllte den Befehl, in dem er sich auf dem großen Markt von Älvsborg umsah. Dort fand er ein Bett, das aus mehreren Teilen zusammen gesteckt wurde, und Platz für Einar und Alma bot. Dieses Bett stellte er im Zelt des Breka auf. Dazu kamen eine mit Stroh gefüllte Matraze, und einige Felle, die er darüber legte. Und auch Kissen und Decken hatte er gekauft.

Dies tat er auch für die Gefolgschaft, und so kaufte er fast alle Decken, die es an diesem Tag auf dem Markt zu kaufen gab. Die zehn Begleiter hatten ihre wenigen Zelte aufgeschlagen, und wurden zu dem noch auf die Zelte der Gefolgschaft des Breka verteilt. So trafen die Männer auch den Asgrim wieder.

Sein Rachevorhaben hatte Einar nicht vergessen, und ohne großes Aufsehen zu erregen, schickte er seine Männer aus. Sie streiften durch die Stadt, und auch durch das Lager der Trøndner. Doch keiner konnte melden, den Hauptmann Borkell gesehen zu haben. Und dann kam Prinz Björn in das Lager des Jarl Breka. Er suchte nach Jarl Einar, und fand diesen im großen Zelt. Einar saß auf der Kante seines Bettes, als Björn vor ihn trat. Dieser grüßte freundlich und kam ohne Umschweife zur Sache. „Mich schickt Königin Andur", sagte er. Erstaunt sah Einar den jungen Burschen an.

„Königin Andur? Bist du jetzt der Bote der Trøndner?" Björn nickte zustimmend, überhörte die Spitze gekonnt und sprach: „Es geht um Eira! Sie befürchtet schlimmste Strafen, wenn sie mit ihrer Familie nach Lade zurückkehrt. Und darum bittet dich Königin Andur, ihre Tochter bei euch aufzunehmen."

„Ist ihr eigentlich klar, was das bedeutet", platzte es aus dem Jarl heraus. „Dies ist ein Grund für König Grjotgard uns anzugreifen." Doch Björn schüttelte seinen Kopf.

„Nicht wenn er das Bündnis mit meinem Vater eingeht. Und das wird er!" Da mischte sich Alma ein. „Sie hat sich öffentlich gegen ihren Vater gestellt. Für dich!" Das Eira für Einar gelogen hatte, verschwieg sie in der Anwesenheit des Prinzen. „Du kannst ihm Eira nicht überlassen!"

„Was soll ihr schon geschehen?", wiegelte Einar die Bedenken seines Weibes ab. „Das mag ich mir gar nicht vorstellen", versuchte Alma ihrem Gemahl ein wenig Mitleid zu entlocken. „Er wird sie mit einem alten Bock verheiraten", mischte sich da Björn ein. Und nun begann Einar zu grinsen. „Und dies gefällt dir nicht, Prinz Björn Ragnarsson?"

„Nein, das gefällt mir ganz und gar nicht, Jarl Blutauge!" Jarl Einar überlegte eine Weile, und niemand sprach mehr. Eira hatte ihm wohl mit ihrer Lüge das Leben gerettet. Denn als ihr Entführer hätte König Grjotgard seinen Kopf fordern können. Und um das Bündnis nicht zu gefährden, hätte er ihn wohl auch bekommen. Da nickte Einar. „Gut! Ich bin einverstanden! Wir nehmen Eira mit uns nach Askby." Da zeigte sich Björn erfreut, und dankte dem Jarl. „Aber sage ihr, sie soll von unserem Lager fern bleiben", befahl Einar streng. „Erst wenn wir heimreisen, wird sie sich uns anschließen können!"

Es gab keinen besonderen Platz mehr in der Halle für Jarl Einar, und so zogen sich die beiden Jarls Einar und Breka mit ihren Frauen an einen der hinteren Tische zurück. Auch Brekas Vater Borka und sein Weib Sigve gesellten sich zu ihnen, und so begannen sie ausgelassen zu feiern. Dies war dem König von Ranrike natürlich nicht entgangen. Dieser musste sich aber seinen Gästen aus dem Trøndelag widmen, und so vergas er den Jarl, den er einmal zu seinem Freund erkoren hatte. Nur manchmal fiel sein Blick ein wenig neidisch auf die Feiernden. Nach einer Weile hatte auch Jarl Einar den Zwist mit Ragnar vergessen, und feierte das Julfest in vollen Zügen. Es wurde nicht nur ohne Hemmung gefressen und gesoffen, nein, auch den Göttern wurden Opfer dargebracht.

Ein Sklave zeigte sich bereit, den Göttern die Wünsche der Anwesenden zu überbringen. Und dafür genoss er fortan eine bevorzugte Behandlung. Dieses Fest schien zu seinem Fest zu werden. Man grüßte ihn freundlich, und behandelte ihn wie einen Freien. Er konnte essen und trinken was er wollte. Immer wieder traten die Gäste des Festes zu dem Sklaven, und teilten diesem ihre Botschaften mit, die er den Göttern überbringen sollte. Es kam sogar vor, dass reiche Männer dem Kerl eine Sklavin brachten, die sich ihm hingeben musste. So wollten sie der Wichtigkeit ihrer Wünsche Nachdruck verleihen. Doch gegen Abend hatte der völlig betrunkene Sklave, diese meist wieder vergessen. Als am dritten Tag, das Fest seinem Ende entgegen ging, kam der Moment, an dem auch der Sklave den Weg zu den Göttern antrat. Auf einem Scheiterhaufen hatte man ihm ein prunkvoll geschmücktes Bett hergerichtet. Dort legte er sich nieder. Und nachdem eine scharfe Klinge durch seinen Hals gefahren war, entzündete man das Holz. Bald schon schlugen die Flammen hoch in den Himmel, und das Volk jubelte.

Schon am folgenden Tag löste sich das Lager auf. Ein Jarl nach dem anderen begab sich auf die Heimreise. Ein wenig enttäuscht, wie sich Einar eingestehen musste, begannen auch sie ihre Sachen zusammenzupacken. Eigentlich hatte er doch erwartet, dass ihn Ragnar noch einmal zu sich rufen würde. Doch der Ruf blieb aus!
Und auch von seinen Spähern hatte er nichts Gutes erfahren. Borkell, der Schwarze, war fort. Einar erfuhr nun, dass der Hauptmann schon an dem Tag, an dem sie in das Lager gekommen waren, den Hafen von Älvsborg verlassen hatte. So musste die Rache an dem Trøndner mit dem schwarzen Haar verschoben werden.
Die Pferde waren bereits gesattelt, und der Schlitten stand abfahrbereit vor dem Zelt des Jarl Breka. Da kam Prinz Björn in das Lager. Ungesehen und nicht allein, schlich er sich zu dem Schlitten, und ließ die Eira unter den Fellen vor den Sitzen verschwinden. „Bleib darunter", befahl er.
  „Steck nicht die Nase raus. Wir werden uns bald sehen."
Dann wandte er sich den Leuten zu, die sich herzlich von einander verabschiedeten.
  „Ich hoffe es kommt nicht soweit, dass uns der König gegeneinander hetzt", sprach Einar besorgt, und Breka antwortete. „Niemals wird das geschehen!"
Dann verabschiedete sich Breka auch von seinem Vater, dessen Tross sich dem des Einar anschloß.
Schließlich begaben sich Einar und Alma in ihre Kutsche. Sie hoben die Felle an, und im Fußraum des großen Schlittens kauerte ein junges Mädchen. Diese grinste frech,

als das Fell angehoben wurde. Einar und Alma nahmen unauffällig Platz, und legten die Felle über ihre Beine. Dann setzte sich die Karawane in Bewegung.

*

7. DER VERFOLGER

Es vergingen zwei Tage bis König Grjotgard auffiel, dass seine Tochter nicht mehr in Älvsborg weilte. Da Eira schon in den vorherigen Tagen die Zusammenkunft mit ihrem Vater gemieden hatte, hatte er sie auch nicht vermisst. Sein Zorn auf das junge Weib war noch nicht verflogen, und so war sein Verlangen nach ihrem Anblick auch nur gering. Seine Gedanken waren eher bei Borkell, der sich auf dem Weg nach Lade befand, wie König Grotgard glaubte. Dieser aber hatte sich, in seiner Wut, zum Ziel gesetzt das Bündnis der beiden Könige zu verhindern. So begann er damit am Ufer des Vänern und später auch an denen der Götaälv, die kleinen Dörfer und Höfe zu überfallen. Besonders groß war der Schaden nicht, den er mit seinen wenigen Männern anrichtete. Aber darum ging es dem Borkell auch gar nicht. Er wollte lediglich, dass die Nachrichten von seinen Angriffen nach Älvsborg getragen wurden.

Und dies geschah auch! So wie die Bauern und Häuptlinge nun mal waren, dichteten sie meist noch die schlimmsten Taten hinzu.

König Ragnar war über die Berichte aus seinem Herrschaftsgebiet wenig erfreut, und rief den Trøndnerkönig erbost vor seinen Hochstuhl. Doch Grjotgard versicherte dem König von Ranrike, dass er niemals einen Befehl zu solchen Überfällen gegeben hatte. „Es ist Borkells Zorn, der ihn treibt", sprach Grjotgard entschuldigend. „Ich weiß nicht, warum er das tut. Aber sobald ich in Lade bin, werde ich ihn zur Verantwortung ziehen." Damit musste sich Ragnar zufrieden geben, denn einen Mann, der nicht anwesend war, konnte er nicht bestrafen. Und ausserdem hatte Borkell seinem König keinen Gefallen getan, denn dieser war nun nicht mehr in der Lage Fordeungen zu stellen. Er musste das Bündnis mit Ragnar so schließen, wie dieser es ihm vorschlug. König Grjotgard nahm sich nun tatsächlich vor, dem Borkell beizukommen, sobald er wieder in seinen eigenen Hallen weilen würde.

Nach dem Gespräch mit Ragnar war die Stimmung des Ladekönigs nicht die Beste. Und als sein Sohn Sigurd zu ihm trat, und berichtete, dass seine Schwester nirgends zu finden sei, platzte der Grjotgard vor Wut. „Wo ist dieser Einar?", rief er seine Vermutung laut heraus. „Dieser elende Dreckskerl hat es schon wieder getan!"

„Was hat er getan?", fragte Königin Andur scheinheilig, und setzte sich zu ihrem Mann an den Tisch. „Jarl Einar, der Hundsfott, hat Eira schon wieder entführt!" Dies schien dem Grjotgard die einzige Möglichkeit zu sein, warum seine Tochter verschwunden war. „Aber dafür hast du keine Beweise", entgegnete Andur, und versuchte die Spur ihrer Tochter zu veschleiern. „Nein, ich glaube nicht, dass es Einar es wagen würde, sie zu entführen. Außerdem hast du doch die Worte deiner Tochter gehört: Einar hat sie gar nicht aus Lade entführt!"

„Ach, rede nicht! Der Kerl will mir eins auswischen." Grjotgard ließ sich nicht von seiner Meinung abbringen. Andur aber gab nicht auf. „Hast du vergessen, wie hässlich du sie behandelt hast? Vielleicht ist sie ja deshalb erneut fortgelaufen." Da nickte der junge Sigurd zustimmend, und musste einen zornigen Blick seines Vaters ertragen. „ Du und Borkell, ihr hättet sie ja am liebsten gleich in die Sklaverei verkauft", begann Andur nun ihren Gemahl mit Vorwürfen zu überschütten. „Deine Drohungen sind nicht ohne Folgen an ihr vorüber gegangen. Und nun ist sie fort!" Jetzt wurde Grjotgard ruhig, und ein wenig blass. „Du glaubst…?" Andur nickte. „Sie wird ein Leben als Magd, dem einer Königin an der Seite eines hässlichen Greises vorziehen? Ja, das glaube ich!"

Noch einmal begab sich Grjotgard zu Ragnar. „Ich muss dich bitten, mir bei der Suche nach meiner Tochter zu helfen", sprach er kleinlaut, als er in der Halle stand. Da war es Lagertha, die ihm zuerst antwortete: „Willst du damit sagen, dass Eira schon wieder verschwunden ist?" Grjotgard senkte den Kopf. „Ja, das ist sie."

„Du solltest dir Gedanken darüber machen, warum sie immer fortläuft", sprach da Björn Ragnarsson, und erntete dafür einen bösen Blick. Was der Ladekönig nicht wusste, war, dass Lagertha längst Bescheid wusste. Es war Björn gewesen, der seine Mutter in die Intrige eingeweiht hatte.

„Ich muss nach ihr suchen", sagte Grjotgard, „und dabei hoffe ich auf deine Hilfe, Ragnar." Der König von Ranrike wiegte belustigt seinen Kopf hin und her. „Natürlich helfen wir bei der Suche. Aber mein Reich ist groß! Wer weiß schon, wo sie untergekrochen ist." Da erhob sich Lagertha, trat zu der Andur, und tat als wolle sie diese trösten. Und auch die Königin des Trøndelag spielte ihre Rolle gut. Grjotgard Herlaugsson bemerkte nichts von der Täuschung. So schickten Ragnar und Grjotgard ihre Boten in das Land hinaus. Zuerst suchten sie in den Dörfern und auf den Höfen nahe Älvborgs. Und da die Suche erfolglos blieb, weiteten sie diese auf das ganze Land aus. Auch nach Askby kam irgendwann ein Mann des Königs.

Langsam ritt er den breiten Hauptweg entlang, bis vor die Methalle. Dort standen zwei Frauen, und unterhielten sich. Beide trugen über ihren Kleidern dicke Mäntel, die sie wärmen sollten. Schnee, der leicht vom Himmel fiel, legte sich auf das blonde Haar der beiden Frauen. „He, ihr beiden Weiber", machte sich der Reiter bemerkbar. „Sagt, gibt es ein junges Weib mit Namen Eira in diesem Dorf?" Ilva, die die eine der beiden Frauen war, sah die junge Frau an ihrer

Seite fragend an. „Kennst du eine Eira?" Die junge Frau runzelte die Stirn. „Eira?" Sie schüttelte mit dem Kopf. „Nein, eine Eira kenne ich nicht!" Doch so schnell gab der Bote nicht auf. „Er besah sich die jüngere der Frauen. „Sie müsste ungefähr so alt sein wie du. Und blondes Haar hat sie auch."

Da lachte Ilva auf. „Was glaubst du wohl, wie viele junge Mädchen in ihrem Alter hier herumlaufen? Und wenigstens die Hälfte von ihnen hat blondes Haar. Aber Eira heißt keine von ihnen." Da nickte der Mann, und stieg aus dem Sattel.

„Wo finde ich den Jarl?" Ilva zeigte zum Eingang der Jarlshalle, und der Mann ging ohne ein weiteres Wort zu verlieren.

Als er in der Halle verschwunden war, begannen die beiden Frauen zu grinsen. „Man sucht nach dir", sagte Ilva, und Eira nickte. „Doch man wird mich nicht finden." Da der Mann die Eira nicht von Angesicht zu Angesicht kannte, konnte er sie auch nicht erkennen. „So musste er auf sein einziges Druckmittel vertrauen. Den Befehl des Königs!"

Vor Jarl Einar erging es ihm nicht anders. Auch dieser verneinte seine Frage nach der Ladeprinzessin. „Lass mich bloß mit dieser Eira zufrieden", schnauzte er den Boten verärgert an. „Die hat mir schon genug Ärger eingebrockt!" Natürlich kannte der Mann aus Älvsborg die Geschichte von der angeblichen Entführung, und verstand den Ärger des Jarls. Nein, er konnte sich beim besten Willen nicht vorstellen, dass sich die Eira hier verstecken würde. Doch er ließ es sich nicht nehmen, noch eine Drohung auszustoßen. Was ihm allerdings eine gehörige Abfuhr durch den Jarl einbrachte.

Eine Zeit lang trieb sich der Mann noch im Dorf herum, bis er endlich wieder verschwand. Worüber Eira sichtlich erfreut war.

Und so vergingen die Wochen, und die Suche nach der Prinzessin ließ allmählich nach. Das Schicksal der Eira blieb ein Rätsel. Alle spielten ihre Rollen gut, so dass Grjotgard und Sigurd nichts bemerkten.

An einem Abend im dritten Mond des neuen Jahres, kam die Lagertha zu dem Gästehaus, und lud Königin Andur, im beisein ihres Gemahls, zu einer Schlittenfahrt durch Värmland ein. Bereits am nächsten Tag sollte es losgehen. Königin Andur zeigte sich erfreut, und willigte ein. Dem Grjotgard war es gleich, doch der junge Sigurd drängte sich auf. „Oh, vielleicht sollten Björn und ich euch begleiten?" Dies aber gefiel der Lagertha nicht. „Nein, Sigurd, dies wird dir sicher nicht gefallen. Und außerdem ist dies ein Ausflug nur für uns Frauen." Sigurd sah die Königin an, und Lagertha erkannte Misstrauen in seinem Blick. Und sie lag mit ihrer Vermutung völlig richtig.

Am nächsten Morgen fuhr ein Schlitten am Gästehaus vor. Thorsten saß auf dem Kutschbock, und hinter ihm saß, unter wärmenden Fellen, die Königin von Ranrike. Andur ließ diese auch nicht lange warten, und so verließen die beiden Frauen die Königsstadt in Richtung Osten. Doch was sie nicht ahnten, war, dass man sie verfolgte. Schon am Vorabend hatte sich Sigurd zu den Stallungen begeben und ein Pferd geholt, welches er hinter dem Gästehaus angebunden hatte. So hatte er nun am Morgen die Verfolgung der beiden Frauen aufgenommen. Zur Nacht suchten sich die Königinnen in Dörfern und auf Höfen ein Schlaflager. Dies war für Königin Lagertha natürlich nicht schwierig. Der junge Verfolger hingegen, musste die Nächte frierend an einem kleinen Feuer verbringen. Und als die beiden Frauen Askby erreichten, war die Freude groß. Mutter und Tochter umarmten sich, nachdem Andur von dem Schlitten gestiegen war. Und nicht weit der großen

Halle, stand ein junger Bursche im Schatten eines Hüttendaches, und beobachtete das Geschehen. „He, Kerl, was treibst du hier?" Die dunkle Stimme, ließ Sigurd aufhorchen, und als er sich umwandte, sah er in das bärtige Gesicht eines großen Mannes. „Äh, nichts", stotterte der Prinz von Lade. „Dann verschwinde, bevor ich dir das Fell gerbe!", drohte der Besitzer der Hütte, und der junge Bursche trollte sich. Er ging durch das Dorf, und fand auf der anderen Seite, bei den Langhäusern der Krieger, einen Platz von dem aus er den Eingang der Jarlshalle gut sehen konnte. Doch es geschah nichts mehr, und irgendwann wurde es dunkel. Sigurd ging es gar nicht gut. Er fror und hatte großen Hunger. Zusammengekauert saß er an die Wand des Langhauses gelehnt, und war kurz davor einzuschlafen, als ihn ein Tritt gegen das Bein wieder weckte. „He, Junge! Ich würde dir nicht raten einzuschlafen. Es könnte dir passieren, dass du in Hels[31] Reich erwachst." Sigurd hatte erschrocken seine Augen aufgerissen, und sah an einem jungen, rothaarigen Burschen hinauf. „Ich bin Gisli! Und wie ist dein Name?" Der Bursche war sicher nicht älter als Sigurd selbst. „Ich.. äh…, ich bin Sigurd", antwortete der Ladeprinz. „Du wirst hier erfrieren", sprach Gisli. „Komm mit mir, ich weiß ein Plätzchen für dich." Sigurd erhob sich und folgte dem Gisli ohne zu Fragen. Zweifellos hatte dieser recht, wenn er Sigurd seinen Tod prophezeite. Ein beissender Geruch zog dem Sigurd in die Nase, als sie das Langhaus betraten. Hier herrschte reges Treiben. Männer beschäftigten sich mit den verschiedensten Spielen. Sie tranken, und aßen. Und junge Burschen und Mädchen liefen umher, und bedienten die Männer. „Die da sind Sklaven", zeigte Gisli auf ein junges Weib. „Ich nicht! Ich bin kein Sklave!" Es klang Stolz in seiner Stimme. Sie gingen durch den großen Raum in einen weiteren Raum.

---

[31] Hel – Wächterin des Totenreiches

Hier lagen an den Wänden Schlafsäcke. Sehr viele Schlafsäcke. Und auch einige Betten standen herum. „Da schlafen die Hauptleute." Gisli zeigte auf ein Schlaflager. Und dann traten sie an eine Leiter. Über diese erreichten sie einen Heuboden. Hier lagerte das Winterfutter für das Vieh. Und hier schliefen die Sklaven. Hier roch es besser, als unten zwischen den Kriegern des Jarls. „Da kannst du schlafen", sagte Gisli. „Später bringe ich dir noch etwas zu essen. Aber verhallte dich ruhig, sonst schläfst du nicht allein." Er lachte laut, und ließ sich die Leiter herunter rutschen.

Sigurd hatte geschlafen wie ein Stein. Nicht einmal den Gisli hatte er gehört. Neben seinem Kopf lag ein Stück Brot und eine Zwiebel. Leise erhob er sich, nahm beides und ging zur Leiter. Jetzt lagen überall die jungen Sklaven und schliefen.
Als er durch das Langhaus ging, sah er auch, was Gisli gemeint hatte. So manche junge Sklavin lag mit einem Krieger in dessen Schlafsack. Manchmal war es auch ein junger Bursche. Sigurd schüttelte es, und hätte er etwas im Magen gehabt, so wäre ihm dies sicher hochgekommen. Er war froh, als ihm der kalte Wind in sein Gesicht wehte. Jetzt, wo er an der frischen Luft war, konnte er wieder atmen. Er aß das Brot und biss in die Zwiebel. Es wurde Zeit aufzubrechen! Der Prinz machte sich auf den Weg durch Askby, denn sein Pferd hatte er am anderen Ende des Dorfes in einen Stall gestellt. Was Sigurd nicht bemerkt hatte, war die junge Frau, die an dem Eingang zur Jarlshalle stand, und ihn beobachtete.

Eira hatte geschwiegen, bis ihre Mutter und Lagertha das Dorf wieder verlassen hatten. Sie wollte ihre Mutter nicht beunruhigen. Dann aber trat sie durch die Tür in den hinteren Teil der Jarlshalle, wo sie Einar und seine Familie wusste. Sie wurde freundlich begrüßt, trat an die Wiege und nahm den kleinen Ulf auf den Arm. Und dieser gluckste vor Vergnügen. Dann sprach sie: „Ich habe meinen Bruder gesehen!" Alle Augen waren nun auf das junge Weib gerichtet. „Ich habe Sigurd gesehen. Er kam aus dem Langhaus da drüben. Er muss meiner Mutter und Königin Lagertha gefolgt sein."

Mit verärgertem Blick saß Jarl Einar auf einer Bank, und fragte: „Du bist dir ganz sicher?" Eira nickte. „Es war Sigurd, ich habe keinen Zweifel. Er hat mich bestimmt gesehen, und Mutter auch!" Einar strich sich mit der Hand über seinen Bart. „Dann wird es nicht mehr lange dauern, und die Flotte Grjotgard Herlaugssons liegt in unserem Hafen vor Anker!" Diese Vermutung würde ganz sicher eintreffen, wenn der junge Sigurd seinem Vater berichten würde, was er gesehen hatte. Der Ladekönig würde es sich sicher nicht nehmen lassen, dem Jarl endlich beizukommen. Und von Ragnar brauchte er keine Hilfe erwarten, wenn dieser nicht sogar selbst nach seiner Bestrafung trachten würde. Schließlich hatte sich Einar seinen Befehlen widersetzt!

Da meldete sich Alma zu Wort. „Es gibt nur einen Ausweg! Wir müssen Eira von hier fortschaffen." Dem stimmte Ilva sofort zu. „Bringen wir sie zu Jarl Borka. Sigve wird sich sicher gern um sie kümmern." Doch da erhob sich Jarl Einar. Mit fester Stimme sprach er: „Nein! Schluß damit! Wir haben diese Schlacht verloren. Eira ist eine Prinzessin, und sie muss zurück zu ihrer Familie, sonst sind wir alle in Gefahr!"

In größter Verärgerung riefen Alma und Ilva ihre Einwände durcheinander, bis Eira sich mit einem lauten Ruf Gehör verschaffte. Der kleine Ulf begann zu weinen, und sie wiegte ihn, dass er sich beruhigte. „Jarl Einar hat Recht! Ich muss zu meiner Familie zurückkehren. Ihr alle seid in größter Gefahr, wenn Sigurd meinem Vater erzählt, was er sah. Und das wird er!"

Sie schüttelte energisch ihren Kopf. „Es war nur ein Traum, doch ich kann ihnen nicht entfliehen." Nun wurde es still in dem großen Raum hinter der Jarlshalle. Nur das leise Wimmern des kleinen Ulf war zu hören. Traurig sahen die beiden Frauen des Jarls die junge Eira an. Doch diese begann zu lächeln. „Noch gebe ich nicht auf! Vielleicht kann ich meinem Vater ja Björn als meinen künftigen Gemahl einreden. Mit einer Verbindung unserer Häuser könnten wir das Bündnis unserer Väter sicher stärken." Dies war gar nicht so abwegig, denn Björn und Eira verstanden sich gut, und der Sohn Ragnars war in der letzten Zeit auffallend oft nach Askby gekommen. Da lächelte Jarl Einar. „Raban wird dich nach Älvsborg bringen. Mit einem Skuder. Jetzt sofort!"

Noch zur selben Stunde machten sich Raban und Eira auf den Weg. Mit vier Männern an den Rudern, bewegte sich das kleine Schiff aus dem Hafen. Ihnen blieb nur der Weg über den See, und als das Segel sich aufblähte, nahm der Suder ordentlich Fahrt auf. Nur so konnten sie vor Sigurd die Königsstadt erreichen. Auch wenn der junge Prinz die Nächte durchreiten würde, bräuchte er drei Tage um Älvsborg zu erreichen. Über den See dauerte dies nur einen und einen halben Tag. Bei gutem Wind sogar nur einen! Und so erreichten Raban und die Prinzessin das Gästehaus von Älvsborg, während der Prinz noch mehr als einen Tag entfernt war.

„Ich bin Raban", stellte sich der große Sachse vor. Doch der Ladekönig beachtete ihn gar nicht. „Eira!", rief er laut, und sprang von dem Stuhl auf, auf dem er gesessen hatte.

„Du bist zurück, mein Kind." Der König aus dem Norden zeigte sich überglücklich, und schloß seine Tochter in die Arme. Keine bösen Worte, keine Schelte, die sie über sich ergehen lassen musste. Was war in den letzten Wochen mit Grjotgard geschehen? Oder lag es daran, dass Borkell, der Schwarze, nicht mehr an seiner Seite weilte? Auf jedenfall war das Donnerwetter ausgeblieben, welches Eira erwartet hatte. Und nachdem er seine Tochter überschwänglich begrüßt hatte, wandte sich der König dem Sachsen zu. „Wie sagst du, war dein Name?"

„Ich bin Raban, der Sachse", antwortete der große Mann in der Sprache der Dänen. „Ich hörte von der Suche nach der Prinzessin von Lade, und fand diese in einem Dorf weiter südlich. Sie gab sich mir zu erkennen, und äußerte den Wunsch zu ihrer Familie zurückzukehren. Und hier ist sie nun!"

„Vater, ich bin Raban sehr dankbar!" Eira lobte den Sachsen in den höchsten Tönen, und der König rief nach seinem Leibsklaven. Der dicke Ire kam auch sofort herbeigeeilt. „Ingolf, gebe dem Mann ein Stück Silber! Er soll für seine Mühen belohnt werden. Mein Weib wird Augen machen!" Ingolf nickte, und sprach: „Herr, die Königin ist immer noch nicht zurückgekehrt, und Prinz Sigurd ist auch fort. Was geht hier vor sich? Machst du dir keine Sorgen?" Ingolf kramte in seiner Geldkatze[32], die an seinem Gürtel hing, und fischte, wie befohlen, ein Silberstück hervor. Dies reichte er dem Sachsen, womit dieser seine Aufgabe erfüllt hatte. Er grüßte noch einmal, sah die Eira an und knipste mit dem Auge, dann ging er. Doch kaum hatte er das Gästehaus verlassen, kam Eira herausgestürzt. Weinend fiel sie dem großen Glatzkopf um den Hals. „Raban, nimm mich wieder mit", bat sie, obwohl Eira genau wusste, dass dies nicht ging.

---

[32] Geldkatze – kleines Ledersäckchen, meist am Gürtel befestigt

„Weine nicht, Prinzessin", versuchte Raban dem jungen Weib Trost zu spenden. „Vielleicht kommst du bald hierher zurück, und wirst das Weib des Björn. Dann sehen wir uns wieder." Eira nickte, denn sie hatte genau diese Hoffnung. „Nun lass mich los. Wenn uns jemand sieht, ist unsere Geschichte geplatzt." Widerwillig löste sich Eira von dem Sachsen, und dieser machte sich auf den Weg zum Hafen.

Vor den beiden Frauen, in dem Schlitten, erreichte Prinz Sigurd Älvsborg. Er zügelte sein Pferd vor dem Gästehaus, und sprang aus dem Sattel. Sigurd lief in die Halle, den größten Wohnraum des Hauses, und sah sich nach seinem Vater um. Erst als er diesen sah, wurde er ruhiger.
„Wo warst du?", fragte Grjotgard streng, ohne seinen Sohn zu begrüßen. „Seid ihr alle närrisch geworden?" Sigurd öffnete den Gürtel, und ließ diesen achtlos zu Boden fallen. Dann zog er seinen Mantel aus, und warf auch diesen zu Boden. Der böse Blick, welcher ihn traf, schien den jungen Burschen nicht im Geringsten zu stören. „Du wirst es nicht glauben, aber ich weiß wo Eira ist", sagte Sigurd stolz, und hoffte sich bei seinem Vater beliebt zu machen. Da nickte Grjotgard. „Stimmt! Ich werde es nicht glauben." Verstört sah der Prinz seinen Vater an. Er verstand den Ausspruch nicht, also ignorierte er diesen. „Sie ist im Dorf von Jarl Einar." Voller Stolz sah er seinen Vater an. Da schüttelte Grjotgard seinen Kopf. „Nein, das ist sie sicher nicht!" Die Überraschung bei dem Prinzen war groß. Hatte er sie doch mit eigenen Augen in Askby gesehen. „Aber... sie ist in Askby", stotterte er.
„Nein, sie liegt in ihrer Kammer und schläft."
„Das ist doch nicht möglich", widersprach Sigurd verstört. Hatte er all diese Strapazen auf sich genommen, um nun als Narr vor seinem Vater zu stehen?

„Vater, ich sah sie mit eigenen Augen. Ich sah, wie sie Mutter umarmte, und in der Jarlshalle von Askby verschwand." Da wurde Grjotgard böse. „Du schnüffelst hinter deiner Mutter her? Ich weiß nicht, wen du gesehen hast, aber es war weder Eira noch deine Mutter."
Nun wusste Sigurd nichts mehr zu sagen. Er wusste nicht wie, aber sie hatte es geschafft ihn zu überlisten. Er hatte sich blamiert, und musste nun Schweigen, wollte er nicht in Ungnade fallen.
Einen Tag später erreichten auch Andur und Lagertha die Königsstadt, und auch die Ladekönigin war erstaunt, als sie ihrer Tochter gegenüberstand. Doch sie ließ es sich natürlich nicht anmerken. Als Grjotgard davon berichtete, dass Sigurd felsenfest behauptet hatte, sie und Eira in Askby gesehen zu haben, war der Andur nicht mehr ganz wohl in ihrer Haut. Da war es Lagertha, die dem Grjotgard versicherte, nicht in Askby gewesen zu sein. So gab sich Sigurd geschlagen. Hatte er die Frauen etwas verwechselt?

Als endlich der Schnee zu tauen begann, ließ König Grjotgard seine Schiffe zur Abreise vorbereiten. Er hatte es nun eilig in das Trøndelag zurückzukehren. Er konnte sich über eine respektlose Behandlung zwar nicht beschweren, doch ihn zog es in sein eigenes Königreich. Dies konnte Ragnar natürlich gut verstehen, und er war auch nicht böse darüber, seine Gäste wieder loszuwerden. Und auch die Möglichkeit einer Verbindung der Familien durch die Hochzeit des Björn mit der Eira hatten die beiden Herrscher besprochen. Der junge Prinz von Ranrike selbst hatte dies seinem Vater schmackhaft gemacht. Doch Ragnar wollte seine Zustimmung noch nicht geben, denn er wollte erst einmal abwarten, wie sich das Bündnis mit den Trøndnern entwickeln würde.

Es war an einem trüben Morgen im dritten Mond, als die zehn Schiffe des Königs Grjotgard in den Vänern segelten. Alle waren froh, dass sich der Trøndnerkönig entschieden hatte aufzubrechen. Obwohl im Norden mit schlechterem Wetter zu rechnen war. Nur Prinzessin Eira lehnte auf der Reling, und sah sehnsüchtig zum Ufer, das nun schnell an ihnen vorbeizog.

*

8. RAUBZUG BEI DEN BALTEN

Endlich kam das Frühjahr nach Ranrike. Die Mönche schrieben das Jahr 834 nach der Geburt ihres Herrn Jesus Christus. Der Schnee begann zu schmelzen, und ließ die Flüsse ansteigen. Wiesen würden bald wieder ihn ihrem gewohnten Grün dem Vieh ihr Futter spenden. Das Eis, welches die Ufer bis weit in den See hinein fest im Griff hatte, ergab sich den Strahlen der Sonne, die täglich an Wärme zu nahmen. Und das Treiben in den Siedlungen rund um den riesigen See, nahm endlich wieder zu. Händler befuhren mit ihren Schiffen den Vänern, und zogen von Markt zu Markt. Und auch Wikingfahrer sorgten dafür, dass ihre Großsegler wieder Wasser unter den Kiel bekamen. So auch der Wellenwolf des Jarl Einar von Askby. Denn Einar hatte sich im Winter vorgenommen auf Raubfahrt zu gehen, sobald dies möglich war. Die Abgaben an König Ragnar waren nicht gering, und so blieb, für seinen Geschmack, zu wenig in der eigenen Schatztruhe.

Seit dem Julfest war Einar nicht mehr in Älvsborg gewesen. Er zog es inzwischen vor, sich von König Ragnar fernzuhalten. Die Freundschaft der beiden Männer war erkaltet. Nun war Einar ein Jarl, wie alle anderen Jarls in Ranrike auch. Es ging dem Ragnar wohl nur noch darum, dass Einar die Grenze des Reiches nach Osten sicherte. Mehr wohl nicht!

Dreißig Männer hatte der Jarl für seine Vorhaben ausgesucht. So blieben immer noch genügend Krieger im Dorf, um etwaige Angriffe abzuwehren. Allerdings gaben die Gauten seit dem letzten Sommer endlich Ruhe. Dieser Jarl Skögul, auf der anderen Seite des Waldes, schien also seine Lektion gelernt zu haben.

Alma übergab er die Befehlsgewalt über das Dorf, und Ilva erhielt den Befehl über die Krieger. Der alte Harald sollte ihnen wie, gewohnt zur Seite stehen.

Der Wellenwolf lag gut vertäut an dem Anlegesteg, und die Männer brachten ihre Seekisten an Bord. Thoke, der auch für die Verpflegung der Besatzung zuständig war, ließ die Vorräte von Sklaven heranschaffen, und verstaute diese in dem Laderaum unter dem Heckstand. Und noch bevor die Sonne im Zenit stand, wurde es voll im Hafen. Frauen und Kinder, Väter und Mütter kamen, um sich von den Wikingfahrern zu verabschieden. Aber auch Neugierige trieb es zum Wellenwolf.

So manche Träne floß an diesem Tag, und diese nicht nur bei Frauen und Kindern. Niemand wusste, ob er seinen Vater oder Sohn in diesem Leben noch einmal wiedersehen würde. Und dann ertönte das Horn. Bogtyr, der Stevenhauptmann rief die Mannschaft an Bord!

Langsam ruderten die Männer die Schnigge aus dem Hafen in den großen See hinaus. Dort holten sie die Ruder ein, und setzten das Segel. Der Wind griff in das Tuch, und der Wellenwolf nahm Kurs nach Westen. Man spürte deutlich, dass sich der Winter zurückzog. Immer wieder kreuzten jetzt Schiffe ihren Weg.

Kaum waren sie in die Götaälv gesegelt, kam ihnen eine große Schnigge entgegen. Jarl Einar stand an der Reling und sah interessiert zu dem anderen Schiff hinüber. Er hob zum Gruß seine Hand, doch niemand an Bord des Schiffes erwiederte den Gruß. Das Banner am Mast, auf dem er eine Krähe erkannte, war dem Jarl unbekannt. Auf dem Heckstand sah er eine Frau stehen, die ein Kind auf dem Arm trug. Er ahnte nicht, dass er diese noch näher kennenlernen würde.

Als sie am Hafen der Götaburg vorbeisegelten, sah Einar in der Ferne die Rauchsäulen aus den Häusern in den Himmel steigen. Was würde wohl Breka gerade tun? Dies war der Gedanke der ihm bei dem Anblick durch den Kopf ging. Er hätte es durchaus in Erfahrung bringen können, doch diesmal war ihm die Wikingfahrt wichtiger, als ein Besuch bei seinem Freund. Bevor sie in die offene See fuhren, lagerten sie noch einmal an einem Ufer in dem Haff, in das der Fluss mündete. So konnten sie einige Tage später, gut ausgeruht mit dem Wellenwolf in das Kattegat hinaus segeln. „Kurs nach Süden", befahl Einar, und Kjelt tat wie ihm befohlen.

„Du willst immer noch zu den Balten?", fragte Bogtyr seinen Anführer, denn die Wahl Einars hatte ihm schon in der Jarlshalle nicht gefallen. „Ich verstehe dich nicht. Das sind doch alles arme Schweine. Was glaubst du bei denen zu finsden?" Doch es war Olaf, der ihm antwortete. „Was soll das, Bogtyr? Die Entscheidung ist längst gefallen!" Da gab der Stevenhauptmann endlich Ruhe. Eigentlich gefiel Olaf das ausgesuchte Ziel auch nicht, aber er wusste, dass keine Entscheidung seines Jarls in Stein gemeißelt war. So segelte die Schnigge an der Küste des Schonenlandes[33] und nahm irgendwann Kurs nach Osten. Als sie Schonen umschifft hatten, segelten sie den geraden Weg über die Ostsee und erreichten irgendwann die Küste des Baltenlandes. Es war das Land der Kuren[34], und hier hatten nordische Raubfahrer schon des Öfteren geplündert. Jarl Einar hatte von diesem Land der Kuren gehört, und wollte sein Glück auch einmal versuchen.

„Dort drüben", rief Bogtyr über das Schiff, und Einar wurde aufmerksam. „Eine Mündung!"

---

[33]Schonen – südwestliche Gaue im heutigen Schweden, zum Reich der Dänen gehörig

[34] Kuren – baltischer Volksstamm im heutigen, westlichen Lettland

Der Jarl trat an die Reling und sah nun auch, was der Mann am Vordersteven entdeckt hatte. Der Kiesstrand an dem sie entlang segelten, verschwand und wurde zu einer, mit Wald bewachsenen Böschung. Diese zog sich nun mehr und mehr zurück, und öffnete ein kleines Haff. Da wandte sich der Jarl um, und rief dem Steuermann zu, er möge den Wellenwolf dorthin steuern. Keiner an Bord wusste, ob sie dieser Weg zu einem Hof oder einem Dorf führen würde. Kaum hatten sie das Haff erreicht, verlor der Wellenwolf spürbar an Fahrt. Langsam segelten sie an dem rechten Ufer des Haffes entlang. Hier sahen sie nichts, ausser einer steilabfallenden Böschung, und darauf Wald. Nichts als dicht beisammen stehende kahle Bäume!

Noch war die Besatzung ruhig, sie unterhielten sich, und besahen sich die Gegend. Dann erreichten sie die Mündung eines Flusses. „Fluss voraus", rief Bogtyr, der immer noch am Vordersteven stand. Nun begab sich Jarl Einar zu dem Rotschopf. Auch er sah nun die Mündung. „Gut, suchen wir dort unser Glück!" Kjelt erhielt den Befehl, und steuerte den Wellenwolf in den Fluss hinein. Auch hier reichte der Wald bis an das Ufer. Und obwohl die Bäume noch kein Laub trugen, sah man nicht viel.

Bald schon würde die Dämmerung einsetzen, und da sie die letzten Nächte auf See verbracht hatten, wäre den Männern ein Lager an Land nur recht gewesen. Doch es dauerte noch eine ganze Weile, bis sie einen geeigneten Platz fanden. Es war Thoke, dem eine kleine Lichtung am Ufer auffiel. Hier standen kaum noch Bäume bis vor zur Böschung. Nur eine große Weide und einige, weißstämmige Birken, säumten das Ufer. Die Männer holten das Segel ein, und legten den Wellenwolf an das steile Ufer, wo sie ihn an der Weide und einer Birke festmachten. Auf dem schmalen Landstreifen schlugen sie ihr Lager auf. Mehrere Zelte errichteten sie, entzündeten Feuer, und einige Männer begaben sich auf die

Jagd. Zwei Tage ließen sie es sich an dem Ufer des Flusses gut gehen. Nun waren sie gesättigt mit Hasenbraten und sie waren ausgeruht. Und was sie nicht ahnten, sie waren längst entdeckt worden.

Schon als sie den Wellenwolf in den Fluss gesteuert hatten, lagen mehrere Augenpaare auf ihnen, und die Nachricht von ihrer Ankunft wurde in die nächste Siedlung getragen. Und während sich die Wikingfahrer von der Seereise erholten, erreichte die Nachricht den König des hier angesiedelten Stammes der Kuren. Dieser hatte bereits Erfahrung mit den Überfällen der Wikinger, denn es waren meist die Swea[35], die mit ihren Langschiffen über die Ostsee kamen. Und so schickten sie den Kriegspfeil von Dorf zu Dorf.

Auch Jarl Einar Blutauge hatte seine Späher ausgeschickt. Und diese hatten, eine halbe Tagesreise landeinwärts, eine Siedlung entdeckt. So machten sich die Wikinger aus Ranrike auf den Weg.

Drei Krieger hatte Einar zurückgelassen, die den Wellenwolf bewachen sollten, der Rest der Besatzung marschierte durch den Wald nach Osten.

Die Bewohner eines Hofes waren die ersten, die den Wikingern begegneten. Und sie sollten diese Begegnung nicht überleben. Der Jarl ein wenig verärgert darüber, dass die Männer die Familie des Bauern so voreilig und gnadenlos getötet hatten. Ihr Wissen über diese Gegend wäre den Wikingern sicher von großem Nutzen gewesen. Doch er konnte nichts mehr daran ändern! Vielleicht konnten sie ja die ergreifen, denen die Flucht in den nahen Wald gelungen war.

Zu aller Enttäuschung gab es nicht einmal etwas zu holen. Der Bauer war ein wirklich armes Schwein, dem sie mit

---

[35] Swea - Schweden

seinem Tode wahrscheinlich noch einen Gefallen getan hatten, dachte sich Einar.

Während sie weiter marschierten, trat Olaf neben seinen Jarl. „Was ist mit dir los?", fragte er streng. „Was meinst du?" Einar wusste nicht worauf Olaf hinaus wollte. „Wir sind Wikinger!", sprach Olaf. „Mir kommt es vor, als hättest du wenig Spaß an der Raubfahrerei!"

„Was redest du da für dummes Zeug?", versuchte sich Einar herauszureden, doch Olaf kannte seinen Anführer gut.

„Ich habe doch gesehen, dass dir das Ende des Bauern und seiner Familie nicht gefiel. Du warst sogar erzürnt!" Olaf kannte Jar Einar wirklich gut, und hatte den Jarl durchschaut. „Du wirst doch nicht etwa weich? Das könnte dich deine Führerschaft kosten." Einar sah an Olaf hoch, und hob seine Augenbrauen. „Du hast es bemerkt?" Olaf begann zu grinsen. „Natürlich habe ich es an deinem Gesicht gesehen. Aber es waren nur Bauern!" Da sah Einar den großen Blonden ernst an, und zeigte auf die Männer, die sich seiner Mannschaft angeschlossen hatten. In der Hoffnung nach dem Winter etwas Reichtum anzuhäufen.

„Sven ist Bauer, und der da auch." Ihm fiel der Name gerade nicht ein. „Und da, Bodi. Auch er ist ein Bauer!" Olaf verstand worauf sein Jarl hinaus wollte. „Sie alle sind eigentlich keine Krieger", sprach Einar, „Und wer wird die Höfe wieder aufbauen, damit wir im nächsten Jahr noch etwas zu rauben haben?" Da nickte Olaf. „Und trotzdem, werden die Männer es nicht verstehen. Zeige keine Schwäche, Einar!" Olaf hatte durch aus Recht, mit dem war er sagte. Es gab einige Männer, die schon lange über die Führung des Jarls maulten. Einer von ihnen war Siegtryg, der Krieger, der vor zwei Wintern nach Askby gekommen war, und der den Meuchelmörder Skeggi als Gautenspitzel entlarvt hatte. Als einstiger Wikingfahrer, war diesem der Kampf in einem königlichen Heer zuwider. Genauso wie die

Art, mit der Jarl Einar seine Gefolgschaft führte. So kam es vor, dass er, wenn das Bier ihm die Sinne vernebelte, den Mund nicht halten konnte. Er stichelte gegen den Jarl, und schaffte es, so manchen Unzufriedenen auf seine Seite zu ziehen.

„Einar, wir müssen mit diesem Raubzug die Zweifel der Männer endgültig zerstreuen", sprach Olaf eindringlich, und es schien als mache er sich ernsthafte Sorgen. Da legte Einar ihm seine Hand auf die Schulter. „Das werden wir, mein Freund. Das werden wir!"

*

Lange waren sie marschiert, hatten einen weiteren Hof überfallen, geplündert und gebrandschatzt. Aber auch hier hatten sie nur wenig erbeutet. Diese Menschen waren einfach zu arm.

Und nun standen sie auf einer Wiese, und sahen vor sich die Dächer eines Dorfes. Friedlich lag die Siedlung auf einer breiten, verschneiten Ebene im Sonnenlicht. Aus den Dächern stiegen die grauen Rauchsäulen der Feuerstellen in den Himmel, und nichts deutete darauf hin, dass man sie entdeckt hatte. „Sieht nicht besonders lohnenswert aus", sprach Bogtyr, der auf seinen Speer gestützt, den Schild auf dem Rücken tragend, neben Einar stand.

Sie waren nur wenig mehr, als dreißig Männer, und so waren ihre Angriffsziele auch meist nicht besonders groß.

„Hoffentlich gibt es hier wenigstens etwas zu holen", maulte Bogtyr, denn ihm gefiel der bisherige Verlauf des Raubzuges gar nicht. Und mit dieser Meinung war der rothaarige Stevenhauptmann nicht allein.

„Gut, gehen wir!" Der Befehl des Jarls setzte die Meute in Bewegung. Mit dem Rundschild vor der Brust, und dem Schwert, der Axt oder dem Speer in der Hand, marschierten die Wikinger auf das Dorf zu. Doch je näher sie kamen, umso mehr beschlich Einar ein ungutes Gefühl. „Hier stimmt etwas nicht", wandte sich der Sachse Raban dem Jarl zu. „Es ist so ruhig hier." Und das stimmte, denn aus der Siedlung drang keinerlei Lärm an ihre Ohren. Noch war es heller Tag, und so erwarteten sie die gewohnten Geräusche. Doch diese gab es hier nicht!

Und als sie noch näher an das Dorf herantraten, sollten sie den Grund erfahren. Ein Hornsignal ertönte, und zwischen den Hütten stürmten Krieger hervor. Ein Mann, auf dem Rücken eines Pferdes ritt zwischen den Häusern hervor, auf den Weg. Er schien der Anführer zu sein, denn er rief die Befehle. Die kurischen Krieger sammelten sich, und bildeten eine dreireihige Angriffslinie. Zur Rechten der Wikinger hatten sich mehrere Bogenschützen aufgestellt. Diese warteten auf den Befehl ihre Wundbienen fliegen zu lassen.

„Schildwall", entfuhr es dem Jarl, und die Wikinger rückten sofort zusammen. Drei Reihen bunter Rundschilde übereinander sollten die Männer vor den Pfeilen schützen, die nun auf sie abgeschossen wurden. „Haltet stand!", rief Einar, und schon schlugen die Pfeile in die Schilde ein. Plötzlich schrie einer der Männer auf. Ein Pfeil hatte einen der Schilde durchschlagen und sich in sein Gesicht gebohrt. Er war einer der eher unerfahrenen Krieger, und nun würde eine Narbe ihn für den Rest seines Lebens an diesen Tag erinnern.

Wieder ertönte das Horn, und nun stürmten die Kuren gegen den Schildwall der Wikinger. Die ehernen Blätter ihrer Äxte und die Speerspitzen drangen in das Holz der Schilde. Dann versuchten sie die Wikinger zurückzudrängen. Doch die Krieger aus Ranrike hielten stand, stemmten sich mit aller Kraft dagegen, bis Einar rief: „Schilde runter! Schlagt sie!" Nun löste sich der Schildwall auf, und die andrängenden

Kuren gerieten ins Straucheln. Nun schlugen die Wikinger mit ihren Schwertern und Äxten auf die Stolpernden ein. Die von den Klingen getroffenen schrien auf. Der Anführer der Kuren rief erneut Befehle, und wieder flogen die Pfeile den Wikingern entgegen. Einen Krieger, der neben dem Jarl kämpfte, schlugen gleich drei Pfeile in die Brust. Und dem Siegtryg steckte ein Pfeil im Oberarm. Doch der erfahrene Wikinger ließ sich durch den Pfeil nicht aufhalten. Er ließ seine Axt kreisen, und jeder der sich ihm näherte, bekam diese zu spüren. Doch der Jarl erkannte sofort, dass sie diesen Kampf nicht gewinnen konnten. Zwar zeigte sich, dass sie im Kampf den Angreifern überlegen waren, doch diese drohten die Nordmänner zu überrennen. Und wieder sah er, wie einer seiner Männer zu Boden ging. Sofort stürzten sich drei Kuren auf den am Boden liegenden und schlugen mit ihren Waffen auf diesen ein. „Es sind zu viele!", rief da Bogtyr, der sich neben den Jarl gekämpft hatte. Doch dieser antwortete nicht, und stieß sein Schwert Blutauge in den Sand. Dann riss er dem Rotschopf den Speer aus der Hand, und schleuderte diesen mit aller Kraft. Die Lanze flog über die Köpfe der Kämpfenden hinweg und fand sein Ziel im Körper des Kurenhäuptlings. Dieser fiel daraufhin sterbend von seinem Pferd. Der Wikinger zog sein Schwert wieder aus dem Boden, und wehrte damit den Hieb eines Angreifers ab.

Dieser aber starb nur einen Wimpernschlag später durch die Klinge des Bogtyr. Gerade wollte der Jarl den Rückzug befehlen, da sah er wie ein weiterer seiner Krieger zu den Göttern ging. „Zurück zum Schiff!", rief er, und die Männer folgten seinem Befehl. Eine Weile dauerte es, bis die Kuren auf den Rückzug reagierten. Denn der Tod ihres Anführers hatte ihnen den Befehlgeber geraubt. Doch dann rief einer, sie müssten die Wikinger ins Meer treiben. Da erst folgten sie den Beutefahrern.

Doch ohne den Häuptling dauerte ihre Kampfeslust nicht lange an. Der Feind zog sich zurück, wozu sollten sie ihm dann noch folgen?

Erschöpft hatten sie den Wald erreicht, und nach einer Weile bemerkten sie, dass die Verfolger aufgegeben hatten. Nun hatte die Hatz ein Ende, und sie konnten Luft holen. Nachdem sie wieder im Lager am Fluss angekommen waren, wurde ihnen das Ausmaß ihrer Niederlage bewusst. Drei Männer hatten den Tod gefunden. Acht waren verwundet, davon einer schwer. Thoke warf seinen Rundschild wütend auf die Planken der Schnigge. „Nur blutige Köpfe haben wir uns geholt!"

„Sie haben uns erwartet", stellte der Jarl fest. „Natürlich haben sie uns erwartet!", rief Bogtyr ärgerlich, und lehnte seinen Schild gegen einen Baum.

„Irgendeinem unglückseeligen Zufall haben wir es zu verdanken, dass sie von unserer Ankunft erfuhren." Olaf hatte den jungen Kerl an seiner Seite, dessen Gesicht von der Pfeilspitze gezeichnet war. „Thoke, komm her und hilf mir", rief er den wütenden Zimmermann, um den jungen Bauern von dem Pfeil in seinem Gesicht zu befreien.

„Wahrscheinlich hat man unser Schiff gesehen, als wir durch das Haff segelten", vermutete Kjelt, der sich auf den Boden fallen ließ. „Den Rest konnten sie sich denken." Der junge Bursche, der auf dem Meer nach Freiheit und Reichtum suchte, strengte sich mit aller Kraft an, sein Gesicht vor den anderen nicht zu verlieren. Doch die Schmerzen waren groß, als Thoke die Spitze des Pfeiles aus dem Knochen unter seinem rechten Auge zog. Es war nur ein kurzer Schrei, der dem Mund des jungen Kriegers entfuhr. Dann aber reichte Ubbe dem Zimmermann ein Messer, dessen Klinge rot glühte. Dieses legte er kurz auf die Wunde, sodass die Blutung zum Stillstand kam. Und jetzt entfuhr dem jungen Krieger ein markerschütternder Schrei. Seine Augen füllten sich mit Tränen. Ein abfälliger Blick des Siegtryg, der etwas Abseits stand und wartete, fiel auf den Verwundeten jungen Kerl.

Aus seiner Kiste hatte der Zimmermann ein kleines Leinensäckchen hervor geholt. Dieses drückte er nun fest auf die Wunde, und wickelte dann ein gefaltetes Tuch um den Kopf. „Was ist das?", wollte der Bursche wissen, nach dem er sich beruhigt hatte. Er verspürte sofort, dass die Schmerzen nachließen. „Es heilt! Ich habe es von unserem Kräuterweib. Drück das Säckchen auf die Wunde!" Thoke nahm die Hand des Burschen und legte sie auf die Stelle, wo zuvor der Pfeil herausgeragt hatte.

„Bist du bald fertig?", wurde nun Siegtryg ungeduldig. Auch aus seinem Arm ragte ein Pfeil. „Zieh ihn raus, und verbinde es. Das reicht mir!" Der Krieger setzte sich dort hin, wo zuvor der junge Bursche gesessen hatte. Mit dem Messer schnitt Thoke den Ärmel von Siegtrygs Mantel und auch den der Tunika ab. „Bist du närrisch geworden?", maulte der Wikinger. „Das ist mein einziger Mantel." Da besah sich Thoke ruhig die Wunde, und sah den Wikinger böse an. „Vielleicht reicht dir ja bald ein Mantel mit nur einem Ärmel." Da schwieg Siegtryg!

Thoke fuhr sich nachdenklich durch seinen Bart. „Olaf, ich brauche dich hier", sagte er, und der Blonde kam. „Du musst ihn halten. Der Pfeil steckt zu tief, ich kann ihn nicht herausziehen."

„Was soll das heißen?" Siegtryg war nun nicht mehr so forsch wie zuvor. Thoke nahm ein Stück Holz und reichte es dem Wikinger. „Schiebe dir das zwischen die Zähne", befahl er, und Siegtryg gehorchte. Mit beiden Händen griff der Zimmermann an den Schaft des Pfeiles, und zerbrach diesen. Siegtryg atmete schnell, gab aber keinen Ton von sich. Nun ragte nur noch ein halb so langes Holzstück aus dem Arm. Olaf setzte sich hinter den Krieger und hielt diesen mit beiden Armen umklammert. Thoke nahm sein Saxmesser, legte die flache Seite der Klinge auf das Ende des Pfeiles. Dann nahm er seine Axt und schlug mit der stumpfen Seite auf das Saxmesser. So begann er, den Schaft durch den Arm zu treiben. Immer schneller atmete Siegtryg, doch er schrie nicht. Nach dem vierten Schlag bohrte sich die Spitze auf der Hinterseite des Armes durch die Haut. Nun konnte Thoke den Pfeil durch den Arm ziehen. Dicke Schweißperlen standen dem Siegtryg auf der Stirn, und er atmete noch schneller als zuvor. Und dann kam Ubbe wieder mit dem glühenden Messer. Thoke nahm ihm die Klinge ab, und Ubbe hielt den Arm, auf den der Zimmermann nun die Klinge drückte. Und da spuckte der Wikinger das Holz aus dem Mund und schrie auf. Doch die Prozedur war noch nicht beendet. Denn auch auf der Rückseite des Armes musste die Blutung zum Stillstand gebracht werden. Da verließ Siegtryg die Kraft, und er sank in eine tiefe Ohnmacht.

Sie waren es nicht gewohnt zu fliehen, und so kratzte die Niederlage gehörig an ihrer Ehre. Doch Jarl Einar wollte noch nicht aufgeben. „Wir werden uns etwas einfallen lassen." Auch er hatte seinen Schild auf den Waldboden geworfen, und saß nun an der erkalteten Feuerstelle. Einer der Männer holte Holz heran, und entzündete das Feuer.
   „Ich werde hier nicht ohne Beute fortgehen." Trotzig sah der Jarl seine Männer an. Einer nach dem anderen, wurden die Verwundeten versorgt. Andere Krieger teilte Einar nun als Wachen oder für andere Arbeiten ein. Es schien, dass ihnen niemand gefolgt war.
Als endlich der Morgen graute, waren sie sich gewiss, dass die Feinde ihre Verfolgung tatsächlich aufgegeben hatten. Sie waren nun überzeugt, in ihrem Lager einigermaßen

sicher zu sein. Nun erholten sie sich von dem Kampf mit den Kuren, und schmiedeten neue Pläne.

*

„Wir haben nun also schmerzlich erfahren müssen, dass es hier nicht viel zu holen gibt", begann Jarl Einar, als sie am Abend um das Lagerfeuer versammelt waren. „Die Siedlung ist gut geschützt, und die Höfe haben nicht viel, was es zu rauben lohnt!" Da meldete sich Siegtryg zu Wort. „Eine schöne Wikingfahrt ist das. Wir kehren ohne Beute heim. Du hast das Heil der Götter verloren, Jarl!" Einige Männer nickten zustimmend. Doch die meisten Krieger sahen den Siegtryg mit bösen Blicken an.

„Du hast recht, Siegtryg", stimmte Jarl Einar, unter den staunenden Blicken seiner Männer, dem Krieger zu. „Bis jetzt sieht es aus, als hätten die Götter mich verlassen. Doch ich sage dir, dem ist nicht so!" Er hatte bis jetzt auf einen großen Stein gehockt, doch nun erhob er sich.

„Wir werden uns nicht geschlagen geben!" Er ging um das Feuer herum. „Ich habe einen Plan!"

Nun wurden die Männer aufmerksam. Auch diejenigen, denen bereits die Augen zu fielen. „Wir werden Sklaven fangen, die werden wir nach Borgundarholm[36] bringen, und dort verkaufen!" Die Meinung der Männer war geteilt. Die einen zeigten sich einverstanden, denn es schien hier nichts anderes zu geben, was man veräußern konnte. Andere, allen voran Siegtryg, beschwerten sich lautstark. „Sind wir nun zu Sklavenhändlern verkommen?", rief der Wikinger aus dem Norden. Nun aber wurde Einar böse. Er trat auf den Siegtryg zu, und sprach: „Gerade hast du dich noch darüber beschwert, dass wir keine Beute machen. Ich sage dir,

---

[36] Borgundarholm – Bornholm

145

Siegtryg, halt dein Maul! Ich bin hier der Jarl! Und ich gebe
die Befehle! Und wenn es dir nicht gefällt, kannst du gerne
hier bleiben!" Da senkte der Mann aus dem Norden seinen
Kopf, und spukte verächtlich auf den Boden. „Gibt es noch
jemanden, dem meine Befehle nicht gefallen?"
Nun schwiegen die Männer, während Olaf grinste. „Schlaft
euch aus. Morgen braucht ihr eure Kräfte", sprach Einar und
ging zum Schiff, um seinen Schlafsack zu holen.

Alle verletzten Männer ließ der Jarl am Morgen im Lager
zurück. Mit den restlichen Kriegern machte er sich wieder
auf den Weg. Zuerst marschierten sie noch einmal zu dem
Hof, den sie als erstes überfallen hatten. Doch hier gab es
niemanden mehr. Der Hof war verwaist! So gingen sie
weiter, und hofften darauf unbemerkt zu bleiben. Auf dem
zweiten Hof, den sie betraten, schien auch niemand mehr zu
sein. Doch hier hatte Einar ein Gefühl, beobachtet zu
werden. So gab er den Befehl, den Hof gründlich zu
durchsuchen. Und plötzlich drang Geschrei an sein Ohr. Die
Krieger hatten gefunden, wonach sie suchten. Drei Frauen
und vier Männer, brachten die Krieger auf den Platz vor
dem Haus. Eine der Frauen, war scheinbar die Bäuerin und
Mutter. Sie war kein schöner Anblick, obwohl sie sicher
nicht mehr als fünfunddreißig Winter zählte. Genau so war
es bei dem Bauern. Aber die beiden jungen Frauen schienen
nicht älter als siebzehn Winter zu sein. Und hässlich waren
sie auch nicht. Es stellte sich heraus, dass die eine die
Tochter und die andere die Magd waren. Der Bauer hatte
auch zwei Söhne, diese waren kräftig und gesund. Dazu
kam ein Knecht, der etwa gleichen Alters wie der Bauer zu
sein schien. „Die hier bringen nichts", schätzte Bogtyr die
Beute ab. „Sie sind zu alt." Dann trat er vor den Knecht.
„Der hier auch nicht!" Er trat vor Frauen, und zeigte auf
die beiden jungen Mädchen. „Die beiden hier, und die zwei

Kerle!" Die zwei jungen Weiber weinten, und schrien nach ihren Eltern, während Ubbe ihnen die Hände fesselte, und sie mit Seilen aneinander band. Dann waren die beiden Burschen an der Reihe. Doch der eine wagte es sich zu sträuben. Da lachte Ubbe auf. „Der Kerl hier hat Mut!" Kaum hatte er ausgesprochen, lag der junge Bauernsohn auch schon im Staub. Der kräftige Schlag hatte ihn von den Beinen gehoben. Olaf griff zu und zog den benommenen Kerl wieder auf die Füße. „Du solltest Ubbe besser nicht reizen, Junge", sprach er, ohne daran zu denken, dass der Balte ihn nicht verstand. Mit den vier aneinander gebundenen Sklaven, machten sie sich auf den Weg. Den Tod der Eltern und des Knechtes mussten die Gefangenen daher nicht mehr mitansehen.

Sie marschierten einen halben Tag. Niemand hatte sie gesehen, und so hatte es auch keine Angriffe durch die Kuren gegeben. Sie hatten den Rand eines Waldes erreicht, und sahen über eine große Wiese in der Ferne einen Hof. Aus einem Haus stieg Rauch in den Himmel. Der Hof war also bewohnt. Zwei Krieger erhielten den Auftrag die Gefangenen zu bewachen. Diese mussten sich auf den Boden hocken, und einer der Krieger machte ein Feuer. Er trat vor einen der jungen Männer und fragte diesen, wo noch weitere Höfe seien. Doch der junge Mann verstand ihn nicht. Der Krieger holte aus, um den Kerl zu schlagen, doch der andere Wikinger hielt seinen Arm fest. „Was soll das? Der Kerl versteht doch nicht, was du sagst. Also lass ihn in Ruh." Verärgert wandte sich der Krieger ab, und setzte sich an das Feuer.

.

Es gab keine Möglichkeit sich an den Hof heran zu schleichen. So gingen die Männer aufrecht, ihre Schwerter und Rundschilde in Händen, über die große Wiese, in der Hoffnung so lange wie möglich unentdeckt zu bleiben. Und dies dauerte, zu Jarl Einars Verwunderung, sogar recht lange, bis ein Hornsignal erschallte. Erst als sie nur noch einen Pfeilschuss entfernt waren, drangen Schreie an ihre Ohren. Olaf sah den Jarl an und grinste. „Man hat uns wohl entdeckt!" Einar nickte. „So ist es!" Er hob sein Schwert, und lief los. „Angriff!" So fielen sie über den Hof und seine Bewohner her.

Ein bärtiger Mann mit einem Schwert, und drei Kerle mit Heugabeln und Spießen stellten sich ihnen entgegen. Doch dies bekam ihnen nicht gut! Der Bärtige trat dem Kjelt in den Weg, und dieser ließ sein Schwert auf den Bauern niederfahren. Doch der Mann war recht geschickt. Er wich dem Kjelt immer wieder aus, und schlug dann mit dem eigenen Schwert nach dem Steuermann. Der Schild des Kjelt hatte durch die Hiebe arg zu leiden.

Die Knechte versuchten sich mit ihren Spießen und Heugabeln die Wikinger vom Hals zu halten. Doch dies gelang ihnen nicht lange. Das Schwert Blutauge hatte bereits den hölzernen Schaft der Heugabel mit nur einem Streich zerteilt, und ein kräftiger Tritt gegen die Brust ließ den Knecht zu Boden sinken. Einar hätte den Burschen jetzt zu seinen Göttern schicken können, aber er tat es nicht. Kjelt hatte immer noch mit dem Bauern zu tun, denn dieser kämpfte mutig, und war fest entschlossen seinen Hof zu verteidigen. Doch plötzlich eilte Bogtyr heran, riss seine Axt in die Höhe, und schlug sie dem Bauern in den Rücken. Dieser sank sofort auf die Knie, röchelte und fiel dann auf sein Gesicht. Der Rotschopf sah den Jarl grinsend an. „Das dauert mir schon zu lange."

Nun ergaben sich auch die anderen beiden Knechte. Beide wurden gefesselt, und Olaf trat vor sie und fragte: „Wo sind die Frauen und Kinder?" Doch beide Kerle schüttelten den Kopf. Da zuckte der Blonde nur mit der Schulter, und schlug zu. Der eine Knecht fiel wie vom Blitz getroffen nach hinten, wo er, wie ein Käfer auf dem Rücken, liegen blieb. Da fing der andere Knecht an zu reden. Er plapperte wie ein Wasserfall, nur konnten die Wikinger kein Wort verstehen. Dies begriff der Kerl und zeigte zum Haus.

„Irgendwo da müssen die Weiber und Kinder sein", rief Olaf erfreut, und marschierte los. Thoke, Ubbe und Kjelt folgten ihm.

Es dauerte gar nicht lange, da kamen sie zurück, und brachten vier Frauen und drei Kinder mit sich. Diese jammerten und weinten. Nur eine der Frauen, eine junge mit braunem Haar, welches zu einem Zopf gebunden auf ihrer Schulter lag, stierte die Wikinger mit hasserfülltem Blick an. Einar Blutauge ging von einer zur nächsten, besah sie sich und schätzte ab, ob man sie verkaufen könne. Zwei der jungen Frauen glichen sich wie ein Ei dem anderen. Bei einer der Frauen blieb er länger stehen. Sie war die Älteste, und Einar schätzte sie auf weit mehr als dreißig Winter. Sie war die Herrin des Hofes, und um ihren Hals hing ein Schmuckstück, welches dem Jarl sofort aufgefallen war. Ein in Silber eingefasster Amberstein. Einar griff zu. Die Frau wich zurück. Doch ein scharfer Blick des Wikingers, brachte die Bäuerin zur Vernunft. Widerstandslos ließ sie sich das Schmuckstück abnehmen. „Sieh dir das an!" Einar hielt dem Olaf die Kette entgegen. „Mir scheint, so arm ist dieser Bauer nicht gewesen", stellte Olaf fest, und grinste.

Gefesselt und aneinander gebunden, warteten die neun Gefangenen darauf, was nun geschehen würde. Doch noch waren die Fremden erst einmal damit beschäftigt den Hof zu plündern. Große Schätze erwarteten sie hier natürlich auch nicht, doch sie sollten sich täuschen. Unter dem Schlaflager, welches wohl dem Bauern gehört hatte, fanden sie, unter dem Boden, in einem Erdloch ein hölzernes Kästchen. Thoke brachte es dem Jarl, und dieser grinste. „Er war nicht nur ein guter Kämpfer, unser Bauer, sondern auch ein reicher Mann, wie mir scheint." Thoke nickte zustimmend. „Mach es auf!"

Jarl Einar staunte nicht schlecht, als er dem Rat des Zimmermannes folgte. Neben einigen Silberstücken, war das Kästchen mit Ambersteinen[37] gefüllt. Da grinste auch Einar zufrieden. Sie hatten nun dreizehn Sklaven und ein Kästchen voller Ambersteine erbeutet. So entschied Einar zum Lager zurückzukehren. Aneinandergebunden, im Gänsemarsch hintereinander, gingen die Skaven von den Wikingern umringt. „Wo ist eigentlich Bogtyr?", fragte Olaf den Jarl, nachdem ihm aufgefallen war, dass der Stevenhauptmann fehlte. Einar sah sich um, konnte den Rotschopf aber auch nirgends erblicken. „He, du!", rief er einem der Jungen Burschen zu, die sich der Raubfahrt angeschlossen hatten.

„Leif, mein Name ist Leif", sagte der Bursche ein bisschen verärgert. Er hätte schließlich erwartet, dass der Jarl inzwischen seinen Namen kennen würde. „Gut, Leif. Geh zurück, und suche nach Bogtyr!" Der Wikinger nickte, und machte kehrt.

Weit musste Leif nicht gehen, als ihm auf der Wiese der Stevenhauptmann entgegen gelaufen kam. Langsam und gemächlich, als sei dies ein Spaziergang, trottete er über den Schnee und zog, an einer Leine, eine Kuh hinter sich her. Grinsend ging Leif auf den Hauptmann zu. „Der Jarl sucht dich", sagte er ruhig. „Tja, ich käme schon hinterher, aber die Kuh ist ziemlich träge", gab Bogtyr zur Antwort. „Ich will mich noch einmal ausgiebig satt essen, bevor wir in See stechen." Bogtyr ärgerte sich ein wenig darüber, dass sie das Vieh zurücklassen mussten. Der Bauer hatte vier Kühe, und einige Schafe. Die hätten sie sicher gut gebrauchen können. Aber ohne das Knarr gab es keine Möglichkeit das Vieh

---

[37] Amberstein – Bernstein, engl. Amber

lebend heimzuschaffen. So sollte wenigstens eine Kuh der Mannschaft als Mahlzeit dienen.

Längst war Einar Blutauge mit den Männern und den Sklaven im Lager angekommen. Und er wunderte sich nicht schlecht, als er den Siegtryg an einen Baum gefesselt erblickte. „Was ist geschehen?" Einar Blutauge ging zu einem der leichtverletzten Krieger, die als Schiffswachen zurückgeblieben waren. „Er wollte uns überreden mit dem Wellenwolf zu verschwinden", bekam Einar zur Antwort. Das Siegtryg schon seit einer Weile nicht mehr mit der Führung Jarl Einars zufrieden war, war diesem natürlich aufgefallen. Dass der Kerl es aber wagen würde, sich offen gegen ihn zu stellen, erstaunte den Jarl mit dem Blutauge doch sehr. Langsam trat er zu dem Baum, an den Siegtryg gefesselt war. „Ich höre, du wolltest dir mein Schiff ausleihen, Siegtryg", sprach Einar ruhig, und mit einem Lächeln auf dem Gesicht. Beleidigt sah der große Mann auf den Jarl herab. „Die anderen waren nicht deiner Meinung", sagte Einar, als hielt er einen freundschaftlichen Plausch mit dem Gefangenen. „Ich dachte, du wärst mit deinem Leben in Askby zufrieden. Nun sehe ich, dass dem wohl nicht so ist." Da traten Olaf und Thoke heran. „Wenn du willst, schneide ich ihm gleich jetzt die Eier ab", bot sich der Blonde an, doch Einar wiegelte ab. „Wir nehmen ihn mit nach Hause. Er ist kein einfacher Strauchdieb, und daher soll er sich vor dem Thing[38] verantworten."

„Ich hoffe, dass dies kein Fehler ist", wandte Thoke ein. Doch der Jarl blieb stur. Ein Krieger seiner Gefolgschaft hatte ein Anrecht seine Tat vor dem Thing zu erklären.

Nun saßen sie an den Feuern und wärmten ihre klammen Glieder, als Bogtyr und Leif mit der Kuh durch den kahlen

---

[38] Thing – Ratsversammlung der Nordleute

Wald spazierten. „Das wurde auch Zeit", beschwerte sich Einar, hatte aber sofort die Gedanken des Bogtyr erraten. Er sah den Stevenhauptmann an, und sprach grinsend: „Gut, soviel Zeit werden wir uns noch nehmen. Los, facht das Feuer an und bereitet alles vor."

Mit Tränen in den Augen, sahen die Bewohner von dem Hof des reichen Bauern ihre Kuh sterben. Ausgenommen und zerteilt, danach in handliche Stücke geschnitten, garte das Fleisch nun über dem Feuer.

Es war ein Festmahl, und die Männer aßen sich satt. Auch die Sklaven bekamen einen Teil des Fleisches. Da sie nicht wussten, wann sie wieder etwas zu essen bekamen, griffen sie zu. „Es ist doch genug davon da, und ein gutgenährter Sklave bringt mehr ein." Olafs Worte besänftigten den verärgerten Bogtyr, der nicht einsah, warum die Sklaven seine Kuh fraßen. Außerdem konnten sie die ganze Kuh sowieso nicht essen, argumentierte Olaf noch. So gab der Stevenhauptmann nach.

Während die Dunkelheit über das Land zog, und die Wikinger sich zur Ruhe legten, hatte die Nachricht vom Überfall der Krieger auf die Bauernhöfe, die Siedlung erreicht, in der das Heer der Kuren immer noch verweilte. Sie wollten sicher gehen, dass die Angreifer nicht zurückkommen würden. Außerdem hatte ihr Anführer den Kampf nicht überlebt, und es musste ein neuer gewählt werden. Die Nachricht vom Angriff auf die Höfe, erzürnte die Kurenkrieger und sie sannen auf Rache. Beflügelt von dem Sieg über die Wikinger, sammelten sie sich, und marschierten los.

Ihr Weg führte sie zum Hof des reichen Bauern. Doch außer dem Leichnam des Hofherrn fanden sie niemanden. Zu dem war es nun dunkel geworden, sodass man kaum noch Spuren erkennen konnte. Also entschieden sie sich, auf dem

Hof die Nacht zu verbringen, und am Morgen die Verfolgung fortzusetzen. Diesmal waren sie entschlossen, das Lager der Nordmänner zu finden, und diese Plage endgültig auszumerzen.

Vollgefressen hatten die Raubfahrer tief und fest geschlafen. Sogar die Wachen waren irgendwann eingenickt, und hätten sicher mit Strafen rechnen müssen, wären sie entdeckt worden. Doch alle schliefen. Bis auf eine!
Die eine junge Sklavin, die bisher keine Träne vergossen hatte, und die ihrem Hass mutig freien Lauf ließ, war wach. Immer wieder hatte sie versucht ihre Fesseln zu lösen, zerrte und zog daran. Bewegte ihre Hände, in der Hoffnung, dass sich das Seil lösen würde. Versuchte mit den Zähnen den Knoten aufzubeißen. Doch dieser war fest gebunden.
Erst als der Morgen dämmerte schien sich der Knoten zu öffnen. Ein siegessicheres Lächeln huschte über ihr Gesicht. Da erwachte das Weib an ihrer Seite. Diese war die ältere Schwester, und zählte bereits zwanzig Winter. „Dawina, was tust du da?", fragte sie angsterfüllt. „Ich werde fliehen", antwortete die junge Frau mit dem braunen Zopf auf ihrer Schulter. „Ich werde nicht als Sklavin leben", sagte sie trotzig. „Aber sie werden dich töten! Und uns auch!"
Dawina war sich nicht sicher, wem die Angst ihrer Schwester nun galt. Ihr oder doch dem Verlust des eigenen Lebens.
Nach und nach löste sich der Knoten, und hätte sie die Hände erst einmal befreit, wäre die Schlinge um ihren Hals sicher kein großes Hindernis mehr.
Und dann fiel das Seil auf ihren Schoß. Sie hätte vor Freude aufschreien mögen, was sie aber natürlich nicht tat. Als sie gerade damit beginnen wollte, die Schlinge um ihren Hals zu lösen, spürte sie etwas Kaltes an ihrer Kehle. „Du wirst uns doch nicht verlassen wollen, du kleines Biest", flüsterte

ihr jemand ins Ohr. Da schrie ihre Schwester auf, denn sie hatte das Messer an Dawinas Hals entdeckt. „Halt dein Maul, du weckst ja alle auf", ranzte sie die dunkle Stimme an. Das Messer verschwand, und der Wikinger hinter dem Baum, an den die beiden Sklavinnen gefesselt waren, trat hervor. Es war Thoke, der Zimmermann, der die beiden Frauen böse ansah. Er legte seinen Zeigefinger auf den Mund, und die beiden Frauen wussten, dass sie Schweigen sollten. Nachdem er die Sklavin Dawina wieder gefesselt hatte, wandte er sich ab und legte frisches Holz in das heruntergebrannte Feuer. Dies tat er auch bei den anderen Feuerstellen. Und nun erwachten auch mehrere Krieger, und die an die Bäume gefesselten Sklaven. Es kam wieder Leben in das Lager.

Nach und nach erhoben sich die Männer, bis Bogtyr in das Horn stieß. Da krochen auch die letzten Schläfer aus ihren Schlafsäcken. Noch einmal brieten sie Teile der Kuh, die noch übrig geblieben waren, und aßen diese zum Morgenmahl. Dann begannen sie ihr Lager abzubauen. Und dies war auch höchste Zeit, denn was sie nicht ahnten war, dass der Feind bereits sehr nahe war.

Das Heer der Kuren war schon sehr früh vom Hof des Bauern aufgebrochen, und folgte der Spur der Wikinger, die sie zum Wald am Fluss führten.

„Ich hielt dich für einen treuen und aufrichtigen Mann, Siegtryg", sprach Jarl Einar, als man den Gefangenen an ihm vorbei zum Wellenwolf führte. „Das bin ich auch, Jarl Einar! Doch ich bin auch ein Krieger, der kämpfen will! Ich bin keine Händlerseele wie du. Ich will einem Anführer folgen, der es Wert ist, dass man für ihn kämpft. Du bist nicht dieser Mann!" Verächtlich sah Siegtryg den Jarl an. „Und ich sage dir, ich werde nicht der einzige sein, der sich von dir abwendet!" Diese Antwort gefiel Einar gar nicht, denn diese Worte konnten bedeuten, dass Siegtryg versuchen würde, Männer auf seine Seite ziehen. Er wollte ihn beleidigen, beschuldigte den Jarl gar der Feigheit, und vielleicht wollte er ihn sogar herausfordern. War seine Entscheidung, den Mann vor das Thing zu bringen etwa ein Fehler?

Auf breiter Front schlugen sich die Kurenkrieger durch das Unterholz, und kamen dem Lager der Wikinger immer näher. Und dann sahen sie, durch das kahle Geäst der Büsche, der jungen Bäume und der dicken Stämme, den Steven des Wellenwolfes. Der Anführer gab den Befehl zum Angriff, und die Krieger stürmten durch den Wald. Als sie das Lager erreichten, mussten sie jedoch feststellen, dass der Feind bereits abgelegt hatte. Die große Schnigge trieb in den Wellen des Flusses, und die Männer an Bord zogen gerade die Rahe am Mast hoch. Der Wind griff in das Segel, und trieb das Schiff voran. Zwar schickten die Kuren den Wikingern ihre Pfeile hinterher, doch richteten sie keinen Schaden an. Vergnügt sahen die Männer an Bord, wie die einheimischen Krieger fluchend versuchten dem Schiff zu folgen. Doch bald schon gaben sie auf.

*

9. DIE HERAUSFORDERUNG

Der Wellenwolf hatte das Ostmeer mit Kurs nach Westen überquert, und segelte nun durch die dänischen Gewässer.

„Dort drüben liegt Borgundarholm", hatte Olaf seinen Jarl auf die Insel aufmerksam gemacht. „Vielleicht können wir dort unsere Sklaven loswerden?" Doch Jarl Einar schüttelte seinen Kopf. „Mir wäre es lieber, wir segeln nach Hedeby[39]. Dort erzielen wir sicher einen besseren Preis." Dem stimmte Olaf zwar zu, jedoch gefiel ihm eine Fahrt zu einem der dänischen Handelsplätze ganz und gar nicht. „Du denkst doch daran, dass König Horik unser Feind ist?"

Da grinste Einar. „Aber warum? Wir sind doch nur harmlose Handelsfahrer, und wollen den Dänen unsere Ware anbieten. Dagegen kann Horik nicht einzuwenden haben." Da lachte der Blondschopf, und gab dem Jarl recht. „Also nach Hedeby!"

Bald schon erreichten sie die Insel Laaland[40], wo sie den Wellenwolf in einem Fjord auf den Strand setzten. In der Hoffnung unentdeckt zu bleiben, schlugen sie ein Lager auf. Nach mehreren Nächten auf See, wurde es Zeit sich auszuruhen.

Der Jarl saß mit Olaf und Ubbe vor seinem Zelt an einem Feuer, und wärmte sich die Füße. Seine Schuhe aus Rentierleder lagen auf den Steinen, die die Feuerstelle umgaben, um zu trocknen. Da trat Thoke aus einem nahen Gebüsch. „Es ist schon ein merkwürdiges Gefühl zu scheißen, ohne dass es schauckelt." Die Männer begannen

---

[39] Hedeby, Haithabu - dänische Handelsstadt an der Schlei (Schleswig Holstein)

[40] Laaland – heute Lolland, drittgrößte dänische Ostseeinsel, südlich von Seeland gelegen

zu lachen, konnten den Zimmermann aber gut verstehen. Er trat näher, und nahm dem Jarl gegenüber Platz. Schweigend sah er in die Flammen, hob dann den Kopf, und sprach zu Jarl Einar. „Ich weiß wohl, es ist noch zu früh, um über die Aufteilung der Beute zu sprechen. Aber ich will die kleine braunhaarige Sklavin für mich." Da sahen sich die Männer erstaunt an. Thoke war eigentlich nicht der Mann, der Sonderwünsche äußerte. Olaf war der erste, der zu lachen begann. „Was willst du denn mit der? Ich dachte, dich stören die Weiber nur."

„Jeder findet irgendwann das Weib, welches er an seiner Seite wissen will", widersprach Jarl Einar dem Blonden erfreut. Es war nicht unüblich, dass sich Krieger eine Sklavin zum Weib nahmen. Allerdings erstaunte es auch den Jarl, dass es der Zimmermann war, der um die Sklavin bat.

„Bald sind wir in Hedeby, und dann ist es für mich zu spät!" Der Einwand des Thoke war nicht unbegründet.

„Warum gerade diese widerspenstige Katze?", wollte Ubbe wissen, und Thoke gab grinsend zur Antwort: „Gerade darum! Ich werde sie zähmen, und zu meinem Weib machen." Es war ein sehr hoher Anteil an der Beute, der dem Zimmermann gar nicht zustand, doch der Jarl überlegte. Thoke war bisher immer ein guter und treuer Weggefährte gewesen. Er widersprach nie und meckerte nur selten. Außerdem war er der beste Schiffszimmermann den der Jarl kannte, und er hätte sich das Weib sicher verdient.

„Was meint ihr?" Der Jarl sah Olaf und Ubbe fragend an. Olaf stimmte sofort zu, und Ubbe wiegte noch ab. Dann aber sagte auch er: „Soll er sie haben!"

„Gut", sprach Jarl Einar. „Dein Anteil ist beglichen. Die Sklavin ist dein." Da freute sich Thoke, und dankte den Freunden.

Einige Tage später erreichten sie die Mündung der Slie[41], jenem Fluss, der sie nach Hedeby führen würde. Und so kamen sie bald auch in das Haff, in dem die Handelsstadt erbaut war. Eine große Palisadenwehr durchschnitt im großen Bogen das Haff, und ließ nur eine schmale Einfahrt offen.

Acht Anlegestege, die weit in die Bucht ragten, zählte Olaf, der am Vordersteven stand. Und schnell fanden sie einen Anlegeplatz für den Wellenwolf. Dies war im Frühling nicht mehr so einfach.

Jarl Einar trat zu den Sklaven, und löste die Dawina aus der Schlinge. Er zog sie hoch, und schob sie dem Thoke entgegen. „Hier, nimm sie!" Erstaunt sah die Sklavin erst den Jarl, und dann den Zimmermann an. „Die anderen bringt von Bord", befahl der Jarl. Da trat Bogtyr vor den Anführer. „Was hat das zu bedeuten, wenn ich mal fragen darf?"

„Bin ich dir Rechenschaft schuldig, Stevenhauptmann?", fragte Einar streng. „Sie gehört jetzt Thoke!"

„So?" Die Entscheidung Einars schien dem Rotschopf nicht zu gefallen. „Sie ist ein Teil unserer Beute. Also gehört sie uns allen. Warum gibst du sie ihm?"

„Weil es ihm egal ist, ob ihr euren gerechten Anteil bekommt", mischte sich der gefesselte Siegtryg ein. Da trat Olaf vor den Stevenhauptmann. „Du halt dein Maul", ranzte er den Gefangenen an. „Und du, mach hier nicht soviel Wind!", bekam auch der, um mehr als einen Kopf kleinere Gefährte sein Fett weg. „Es ist Einars Entscheidung, denn er ist der Jarl!" Nun trat auch Ubbe heran, der auf den Streit

---

[41] Slie – die Schlei, Fluss in Schleswig Holstein

aufmerksam geworden war. „Einar ist der Jarl! Ihm gehören das Schiff, und auch die Beute. Er bestimmt, wer welchen Anteil bekommt. Du hast ihm die Gefolgschaft geschworen, und wirst seine Entscheidungen anerkennen." Ein wenig erstaunt sah Einar, wie Ubbe und Olaf für ihn einstanden. „Höre, Bogtyr. Du bist mein Stevenhauptmann und ich vertraue dir. Gleiches erwarte ich von dir. Oder muss ich Zweifel an meiner Entscheidung hegen, dich zu meinem Hauptmann gemacht zu haben." Eigentlich hatte Jarl Einar geglaubt, die Streitigkeiten und der Zwist mit dem Bogtyr würden der Vergangenheit angehören. Doch nun begann er tatsächlich daran zu zweifeln. Langsam nickte der Rotschopf mit dem Kopf. „Nun gut. Verzeih meine rüden Worte." Jarl Einar nickte, und die Angelegenheit war erledigt. So dachte er!

Während die anderen Sklaven auf den Markt von Hedeby geführt wurden, blieb das Kurenmädchen Dawina auf dem Schiff im Hafen zurück. Acht Männer hatte der Jarl mit sich genommen. Diese führten die Gefangenen über die breiten holzbeplankten Wege, vom Hafen den Strand hinauf in die Stadt. Zu beiden Seiten des Weges, den sie gingen, denn es gab viele davon, standen die Hütten und Häuser der Bewohner. Zuerst die der Ärmeren, dann, je weiter sie sich dem Stadtkern näherten, die der Wohlhabenderen. Und dann erreichten sie den Marktplatz.
Wie an jedem Tag, war es hier gut gefüllt. Nachdem der Schnee und das Eis den Rückzug angetreten hatten, wagten sich die Menschen wieder auf das Meer. Doch auch im Winter kamen viele Händler und Bauern aus dem Hinterland hierher, um ihre Waren zu veräußern. Manche kamen aus dem Saxland[42] und dem Land der Friesen.

---

[42] Saxland – Bezeichnung der Nordleute für das Sachsenland, reichte vom heutigen Ruhrgebiet bis hinauf nach Niedersachsen

159

Auch Thoke zog es auf den Markt, doch aus einem ganz anderen Grund. Er wollte etwas kaufen, nicht verkaufen. So machte er sich auf die Suche, und fand auch bald einen Stand, an dem es gab, was er wollte. Danach begab er sich eilig zurück zum Hafen. Ein bisschen machten sich die Männer schon über ihn lustig, als der Zimmermann an Bord kam. Besonders Bogtyr konnte sich nicht zurückhalten. „Na, Thoke, hast du etwas für dein Liebchen gekauft?" Er sah sich beifallerhaschend um. „Das hast du doch gar nicht nötig, Mann, denn sie ist dein Eigentum. Deine Beute! Die kannst du vögeln wann du willst." Das Gelächter war groß, doch Thoke strafte den Stevenhauptmann nur mit einem bösen Blick. Langsam ging er zu dem Mastfisch[43], auf dem Dawina saß, denn sie war mit der Schlinge um den Hals, an den Mast gebunden. Das große Bündel unter seinem Arm, legte er der Sklavin vor die Füße. Er zog sein Messer und zerschnitt die Kordel, die das Bündel zusammenhielt. Es waren ein blaues Kleid, und ein weißes Unterkleid, das zum Vorschein kamen. Dazu ein Gürtel, wollene Strümpfe und ein paar warme Schuhe. Und zuletzt ein warmer Umhang, in den all die Sachen eingebunden waren. Fragend sah Dawina den Wikinger an. Thoke zeigte auf das Kleid. „Zieh es an, ich habe es für dich gekauft", sprach er, und zeigte erst auf die Sachen und dann auf das Mädchen. „Du sollst mir auf See nicht erfrieren." Er trat vor und löste ihre Fessel. Dann nahm er ihr die Schlinge vom Hals. „Los, zieh dich an." Mit gierigen Blicken warteten die anderen Kerle nun darauf, dass die Sklavin sich umzog, doch da wurde Thoke böse. Er wandte sich um, und schnauzte. „Habt ihr nichts Besseres zu tun, als sie anzugaffen?" Einige der Männer drehten sich weg, und widmeten sich wieder ihrer Beschäftigung. Doch andere dachten gar nicht daran, sich diesen Spaß entgehen zu lassen, und als sich Thoke um diese kümmern wollte, lief

---

[43] Mastfisch – schwerer Holzblock in dem der Mast steckte

die Sklavin los. Mit einem mächtigen Satz war sie auf der Reling und wollte an Land springen, doch da traf sie eine der Ruderpinnen heftig gegen die Brust. Sie verlor das Gleichgewicht und fiel vom Schiff. Benommen lag sie auf dem Anlegesteg. Bogtyr stand, mit der Ruderpinne in Händen, auf den Planken des Wellenwolfes und lachte. „Du solltest besser auf dein Weib aufpassen. Es scheint, als sei ihre Liebe zu dir, noch nicht sehr groß!" Verärgert sprang Thoke über die Reling auf den Steg. Mit seinen starken Händen ergriff er das Weib im Nacken, und zog es auf die andere Seite des Steges. Mit einem kräftigen Stoß, beförderte er die Sklavin in die eiskalten Fluten des Haffs, an dem Hedeby erbaut war. Dawina keifte und fluchte wie ein Rohrspatz. Dann aber beruhigte sie sich, und stand frierend und zähneklappernd in dem eisigen Wasser. Ohne ein Wort zu verlieren, trat Thoke an den Rand des Stegs und hielt ihr seine Hand entgegen. Stur sah die Braunhaarige den Wikinger an, ergriff die Hand aber doch. Nachdem Thoke die Sklavin auf den Steg gezogen hatte, riss er ihr die Kleider vom Leib, und stieß sie zurück auf den Wellenwolf. Nackt wie sie nun war, zog sie natürlich erstrecht die Blicke und das Gelächter der Männer auf sich. Doch daran dachte die Sklavin in diesem Moment nicht. Thoke aber schon.

„Glotzt woanders hin, sonst schließe ich euch die Augen", keifte er die Männer an. Die Wirkung seiner Drohung blieb allerdings aus. An Bord nahm er den wollenen Umhang und legte ihn dem jungen Weib um die Schultern. Als er sie getrocknet hatte, zeigte er ihr, wie sie die Kleidung anzuziehen hatte. Die Strümpfe, und Schuhe. Dann zog er ihr das Unterkleid über den Kopf. Und von nun an, war die Sklavin für die Männer wieder langweilig, und sie beschäftigten sich mit anderen Dingen. „Siehst du, so geht das", sprach Thoke nun ruhig, und lächelte sogar ein wenig. Er strich den Stoff glatt, und griff nach dem blauen

Überkleid. Doch diesmal nahm Dawina es ihm aus der Hand und streifte es sich selbst über den Kopf. Thoke band ihr den Gürtel um die Hüften, und legte ihr den Umhang um die Schultern. Dann begann er in seiner Geldkatze zu kramen, die an seinem Gürtel hing. Er zog eine Fibel hervor, mit der er dem Umhang verschloß.

Nun stand Dawina in ihren neuen Kleidern auf dem Deck der Schnigge. Und nichts unterschied sie, von den Frauen in Askby. Thoke trat einige Schritte zurück, und nickte zufrieden. Er hob das Seil auf, und fesselte der Sklavin wieder die Hände. Er legte ihr die Schlinge um den Hals, und befestigte das andere Ende am Mast. Mit gesenktem Haupt setzte sich die junge Frau wieder auf den hölzernen Klotz inmitten des Schiffes.

So wie immer, wenn Jarl Einar Sklaven veräußerte, und dies war selten, suchte er sich einen Sklavenhändler. Doch dies war nicht so einfach, wie es die Wikinger gedacht hatten. Noch gab es nicht viele auf dem Markt, die mit Menschen handelten. Dies weckte bei den Wikingern die Hoffnung auf einen guten Preis. Doch der erste Händler, dem Einar seine Beute präsentierte, zeigte wenig Interesse. Natürlich wusste Einar, dass dies nur dazu diente, den Preis hinunter zu drücken. Doch Jarl Einar war nicht dumm.

Die Sklaven standen in einer Reihe, so dass der Händler diese ausführlich begutachten konnte. Dabei grunzte er sich immer wieder etwas in den Bart, was Einar nicht verstand. Natürlich wusste der Jarl, was nun kam. „Die sind nicht viel wert!", behauptete der Händler dreist. „Drei sind ja noch Kinder!" Jarl Einar schwieg. Er ließ den Händler erst einmal reden. Der Mann trat vor die Älteste der Frauen. „Die hier ist schon zu alt", behauptete er. Olaf verzog verärgert sein Gesicht, und wollte etwas sagen. Doch Einar legte ihm seine Hand auf den Arm. So schwieg der blonde Krieger.

Nachdem der Händler die Reihe der Sklaven abgeschritten hatte, sah er den Jarl an, und fragte: „Nun sag schon, wie ist dein Preis?"

Einar wiegte den Kopf hin und her. „Sie sind alle gesund und kräftig. Die Weiber sind nicht hässlich und gut beisammen. Ich will vierzig Silberstücke!" Da prustete der Händler, der zwar nicht groß, aber dafür kräftig gebaut war, wie ein Ross auf. „Bist du närrisch, Mann?" Da traf den Kerl, den eine dicke Narbe quer über sein Gesicht nicht gerade schöner erscheinen ließ, ein böser Blick des Olaf. Jarl Einar aber blieb ruhig. „Warum? Das sind die Sklaven wert, und du wirst sicher noch einen guten Gewinn machen, wenn du sie verkaufst", bewiss der Jarl nun sein Verhandlungsgeschick. „Aber wenn du sie nicht willst, dort drüben der Händler schaut recht interessiert herüber." Da zeigte sich der Händler bockig. „Dann nehme sie, und verschwinde!" Der Jarl nickte und rief: „Gut, gehen wir!" Doch da knickte der Händler ein. „Gut, gut! Warte, Mann!" Er hielt den Jarl am Arm, und Einar drehte sich ihm wieder entgegen. Mit einem überheblichen Blick, sah er zu dem anderen Händler hinüber. Und freute sich wohl, dass er die Sklaven zuerst angeboten bekam.

„Ich gebe dir fünfunddreißig Silberstücke. Keines mehr!" Bei diesem Angebot schlug Einar ein. So hatte er für jeden Mann an Bord ein Silberstück. Dies war nicht wenig, für eine Raubfahrt zu den Balten.

*

Die Männer staunten nicht schlecht, als sie die Sklavin Dawina in ihrer neuen Gewandung sahen. Jarl Einar lächelte sie sogar an, als er an ihr vorüber schritt. Dass diese zurück lächelte, konnte er natürlich nicht erwarten. Schließlich hatte er gerade ihre Familie auf einem Markt an einen Sklavenhändler verkauft.

„Ich sehe, du kümmerst dich um dein Eigentum", sprach er grinsend zu dem Zimmermann, der seine Seekiste zurechtrückte. Dieser nickte zustimmend. „Aber sie muss noch lernen, wer ihr Herr ist."

„Ich denke, das wird sie müssen!" Einar wandte sich Bogtyr zu. „Leinen los, und abstossen. Alle an die Ruder!" Der Schiffsführer ging zum Heckstand, legte seine Hand auf die Schulter des Steuermannes. „Bring uns nach Hause, Kjelt."

Bogtyr sorgte dafür, dass die Befehle des Jarls ausgeführt wurden. Raban stand an dem Gestell, welches sich längs über das Schiff zog, und auf dem die Rahe mit dem Segel, sowie die Ruderpinne abgelegt waren. Er verteilte diese an die Männer, die sich zuvor ihre Seekisten zurechtgerückt hatten. Auf den Befehl des Stevenhauptmannes hin, steckten sie diese durch die Löcher in der Reling, und ließen sie in das Wasser herab.

Langsam ruderten sie den Wellenwolf aus dem Hafen von Hedeby, in das Haff hinaus, und dann in den Fluss. Dort ließ Einar das Segel hissen, und sie nahmen Kurs nach Osten. Als sie endlich das Ostmeer erreichten, und zwischen den vielen Inseln hindurch nach Norden in das Kattegat segelten, fiel fadenartiger Regen vom Himmel, und durchnässte die Kleidung der Seefahrer. Thoke kam, und legte ein Stück Plane über die Sklavin. Außerdem löste er ihre Fessel und die Schlinge, die sie um den Hals trug. Wohin sollte sie hier auf See schon flüchten?

Immer wieder kreuzten Schiffe der Dänen ihren Weg. Diese machten aber keine Versuche, sich dem Wellenwolf zu nähern. Wahrscheinlich kannten sie das Banner des Jarls Einar Blutauge nicht, und wussten auch nicht, dass er ein

Mann König Ragnars war. „Es scheint, sie wissen nicht, dass wir noch im Krieg liegen", stellte Kjelt fest. „Und das ist auch gut so", befand der Jarl, der an seiner Seite auf dem Heckstand weilte.

Auf einer kleinen Insel vor Seeland, verbrachten sie die Nacht. So konnten sie sich an den Feuern trocknen. Dawina blieb an der Seite des Zimmermanns, der sie wieder gefesselt, an der Halsschlinge führte, wie einen Hund an der Leine. Doch an Bord wollte Thoke sie nicht lassen, denn auch sie war durchnässt. Er hockte sich neben sie, und begann mit ihr zu sprechen. Natürlich verstand sie nicht, doch Thoke bewies Geduld, und begann ihr seine Sprache zu lehren. Er zeigte auf den Wellenwolf. „Schiff", sagte er ruhig, und stieß sie an, damit sie das Wort wiederholte. Und so beschäftigte er sich mit dem jungen Weib, bis sie beide eingeschlafen waren.

Es war schon weit nach Mitternacht, da öffnete die Sklavin ihre Augen. Sie sah zu dem Mann, der leise schnarchend an ihrer Seite lag. Thoke schlief tief und fest. Vorsichtig hob sie ihren Kopf und sah sich um. Alle schienen zu schlafen! Sie hob langsam ihre Hände, und zog die Schlinge um ihren Hals auf, und über den Kopf. Nun rollte sie sich langsam zur Seite. Thoke bemerkte von alledem nichts.

Vorsichtig erhob sich Dawina, und ging gebeugt in die Richtung, in der sie den nahen Wald vermutete. Keiner der Männer erwachte, und als sie das Buschwerk des Waldes erkannte, hätte sie vor Freude aufschreien können. Ohne dass es eine der Wachen bemerkt hatte, verschwand die Sklavin im Unterholz des Waldes. Weiter und weiter ging sie durch den Wald, und bemerkte nicht, dass bereits zwei Augenpaare auf ihr ruhten. Und dann standen, wie aus dem Nichts, zwei Männer vor ihr. In zerlumpten Kleidern stellten sie sich ihr in den Weg, und Dawina überkam große Angst. Eine Hand hatte sie gepackt und drückte nun kräftig zu.

„Wo willst du denn hin, kleines Täubchen?" Sie verspürte einen Schmerz an ihrem Arm, und die Kerle zögerten nicht länger, über Dawina herzufallen. Die Herumtreiber stießen sie zu Boden, und während der eine sie hielt, versuchte der andere ihre Kleider hochzuraffen. Doch die Sklavin war wehrhaft, wandte sich wie eine Schlange, und kratzte wie eine Katze. Da schlug der eine Kerl zu!

Die dunkle Männerstimme war das Letzte, was an ihr Ohr drang. Sie verspürte einen kurzen Schmerz und sank in tiefe Ohnmacht. Kichernd raffte der Kerl die Kleider hoch und offnete den Bund seiner Beinkleider. Diese rutschten über seine Knie. Der Kerl spreizte ihre Beine, glotzte auf ihren gelockten Schoß, und kniete sich dann nieder. Lachend griff er gierig nach ihrer Scham. „Los mach, ich will auch an die Möse", drängte der andere Kerl. Doch da erstarrte der Vergewaltiger, röchelte und fiel zwischen die Beine der Sklavin. Aus seinem Rücken ragte eine kurzstielige Axt, und der Mann, der diese geworfen hatte, stürmte auf das Geschehen zu. Thoke war erwacht, nachdem Dawina sich erhoben hatte. Er hatte eine Weile gebraucht um zu verstehen, war der Sklavin dann aber gefolgt.

Das Entsetzen im Blick des Landstreichers war groß, doch für eine Flucht war es zu spät. Mit weiten Sätzen war der Krieger herangeeilt. Das Schwert des Thoke traf ihn zuerst auf der Brust, und ein zweiter Hieb schlug dem Dänen tief in die Schulter. Wie die Fontäne eines Wals, schoß das Blut aus dem Körper, und der Kerl folgte seinem Kumpane. Der Wikinger reinigte sein Schwert und schob dieses zurück in die Scheide. Dann riss er die Axt aus dem Körper des toten Landstreichers, und schob diese in seinen Gürtel. Er ergriff den Toten, und warf ihn beiseite. Nun beugte er sich herunter, ergriff die besinningslose Sklavin, und legte sie

166

sich über die Schulter. Er sah noch einmal auf die Toten, spuckte aus, und machte sich auf den Rückweg in das Lager der Wikinger.

Als Dawina ihre Augen öffnete, sah sie wie graue Wolken schnell über den Himmel zogen. Salziger Geschmack in ihrem Mund, bewies ihr, dass sie nicht geträumt hatte. Plötzlich schob sich das bärtige Gesicht des Thoke vor den wolkenverhangenen Himmel. „Du bist nicht sehr schlau", sagte er ruhig, und schien sich über den Fluchtversuch der Sklavin überhaupt nicht zu ärgern. „Was glaubst du, wollten die beiden Dänen mit dir machen?" Er schüttelte seinen Kopf und ging. Dawina sah ihm mit fragendem Blick nach, doch sie ahnte, was der Wikinger zu ihr gesagt hatte. Olaf hatte all dies beobachtet, und richtete das Wort an den enttäuschten Thoke. „Vergiss nicht, sie ist eine Sklavin. Es ist noch nicht lange her, seit wir sie gefangen haben."

„Aber sie muss doch verstehen, dass ich es gut mit ihr meine", antwortete Thoke verärgert.

„Nein, das tut sie nicht. Noch nicht!" Olaf sah Thoke ernst an. „Sie versteht dein Handeln nicht, und deine Worte versteht sie auch nicht. Wenn du sie zu deinem Weib machen willst, dann gebe ihr Zeit, mein Freund. Oder du verkaufst sie!" Da schüttelte Thoke seinen Kopf, und legte dem großen Kerl seine Hand auf die Schulter. „Ich danke dir für deine Worte, Olaf."

Als sie ihr Lager abgebrochen hatten, und der Wellenwolf wieder in See stach, änderte sich auch das Wetter. Die graue Wolkendecke riss auf, und die Sonne kam zum Vorschein. Unter Segel erreichten sie das offene Kattegat, und so ließen sie die dänischen Inseln hinter sich.

*

Es war schon spät, und Thoke saß auf den Planken an die
Reling gelehnt. Mit geschlossenen Augen döste er vor sich
hin. Als sich plötzlich Dawina von dem Mastfisch erhob,
und neben dem Zimmermann des Schiffes niederließ. Sie
sah den Wikinger an, und lächelte. Zum ersten Mal! Dann
zeigte sie auf das vom Wind geblähte Tuch an der Rahe,
und sagte leise: „Segel!" Da huschte auch dem Thoke ein
Lächeln über das Gesicht. Er nickte. „Ja, Segel!"
So verbrachten sie den Abend damit, der Sklavin weitere
Worte der nordischen Sprache beizubringen, und Thoke
Hoffnung wuchs.

„Werden wir Breka einen Besuch abstatten?", fragte Kjelt
den Einar, der sich neben ihm auf dem Heckstand
niedergelassen hatte. Der Jarl war ein wenig verschlafen und
schüttelte nur den Kopf. Es war noch früh am Morgen, die
meisten schliefen sogar noch in ihre Schlafsäcke gehüllt.
Nebeneinander lagen sie auf den Planken des Wellenwolfes.
Und wer erwachte, staunte gar nicht schlecht, als er sah,
dass sich Thoke und die Sklavin einen Schlafsack aus
Robbenfell teilten.
Beim Anblick der beiden Schlafenden musste Einar grinsen.
Und dann wandte er sich wieder dem Steuermann zu, der
bei Anbruch des Tages den Olaf am Steuerruder abgelöst
hatte. „Bring uns nach Askby, Kjelt", befahl der
Schiffsführer und Jarl dem Steuermann. Und dieser war froh
darüber. Ihn zog es endlich heim in das Dorf.

*

Seit einigen Tagen lag der Wellenwolf nun neben dem
Knarr Asenzorn am Anlegesteg im Hafen von Askby. Als
sie sich auf den Weg gemacht hatten, lag noch Schnee und

die Ränder des großen Sees waren gefroren. Nun da sie zurückgekehrt waren, war von alldem nichts mehr zu sehen. Die Ufer waren frei von Eis, und der Schnee war gänzlich geschmolzen. Es war der vierte Monat des Jahres, den die Christen April nannten.

Alle waren froh wieder zuhause zu sein. Thoke hatte die Sklavin Dawina in sein Heim geführt, und er hatte sich vorgenommen aus Älvsborg einen Sklaven zu holen, der beiden Sprachen mächtig war. Dieser sollte dann der Dawina das Lernen erleichtern. Brok, der andere Zimmermann in Askby, der sich mit dem Thoke die Werkstatt teilte, zeigte sich misstrauisch. „Sei nicht närrisch, Thoke. Sie ist eine Sklavin, nicht deine Geliebte. Was du dir von ihr holst, gibt sie unter Zwang." Brok war um einige Winter jünger als Thoke, doch hatte er ein Weib und Kinder. „Was weißt du schon?", ärgerte sich der Ältere der beiden Zimmermänner. „Sie wird es lernen, mich zu lieben!" Da zuckte der Brok mit den Schultern.

„Oder sie schneidet dir die Eier ab!" Er wandte sich, und widmete sich seiner Arbeit.

Die Behausung des Thoke war nicht die eines reichen, baltischen Bauern. Obwohl Thoke sicher nicht arm war. Seine Arbeit brachte ihm mehr ein, als vielen anderen im Dorf. Sogar aus anderen Dörfern kamen Leute, um ihm Aufträge zu bringen. Genauso erging es auch Brok, der für seine Schnitzarbeiten weit bekannt war.

Nur stellte Thoke, der Zimmermann, der meist auf See sein Leben verbrachte, wenige Ansprüche an das Leben an Land. Doch dies sollte sich jetzt ändern. So hattte er es sich vorgenommen. Er erzählte und schwärmte dem um viele Winter jüngeren Weib von seinen Plänen vor. Baute in Gedanken an dem Haus, und vor allem an einem großen Bett. Und schon in den folgenden Tagen, begann er mit der Arbeit.

Die Leute im Dorf hatten nicht schlecht gestaunt, als man den Siegtryg in Fesseln über den Dorfplatz führte. Jeder wollte sofort wissen, was vorgefallen war. Und Jarl Einar wollte auch nicht lange mit dem Thing warten, und befahl den Dorfbewohnern schon am nächsten Abend in die Jarlshalle zu kommen.

Seine Familie hatte der Jarl ausgiebig begrüßt. Besonders seine Kinder schloß er liebevoll in seine Arme. Und Alma hatte sogar eine Überraschung für den Jarl. „Ich trage ein Kind unter dem Herzen", hatte sie glücklich verkündet, und die Freude bei Einar war groß. Weniger schön waren die Nachrichten, die Harald dem Jarl brachte. Einar, Olaf, Kjelt, und Bogtyr saßen in den Räumen des Jarls an einem Tisch.

„In unserem Dorf war alles ruhig, doch in Älvsborg hat sich etwas ereignet", sprach der Alte. Neugierig sah Einar diesen an. „So, was kann schon so bedeutendes geschehen sein?"

„Königin Lagertha ist fort!" Wie ein Donnerhall dröhnten die Worte in den Ohren der Anwesenden. Der Mann nickte überlegen. „Ja, ihr hört richtig! Die Königin ist fort! Und mit ihr Prinz Björn, und auch die Schildmaiden der Königin." Der Jarl verstand sofort, dass dies auch seine Schwester Thordis betraf, die als eine der Schildmaiden die Königin beschützte.

„Aber was ist denn vorgefallen?" Jarl Einar gefielen diese Neuigkeiten gar nicht. Lagertha war immer eine gute Fürsprecherin gewesen. Sie würde ihm fehlen, wenn er wieder einmal mit Ragnar aneinander geraten würde.

„Es kam ein Weib nach Älvsborg! Eine Königin erzählt man sich. Ob das stimmt, vermag ich nicht zu sagen. Aber das sie ein Kind mit sich brachte, dass weiß ich."

„König Ragnars Kind?", fragte Olaf vorwitzig dazwischen. Der Mann nickte. „Ja, so ist es wohl! Ein Andenken von

einem Besuch in Vestfold im letzten Frühjahr. Ihr Name ist
Kraka[44], sagt man." Da entsann sich Jarl Einar dem Schiff,
das ihnen auf der Götaälv entgegen gekommen war. Die
Frau mit dem Kind auf dem Arm, konnte nur diese Kraka
gewesen sein. „Soll das nun heißen, wir haben eine neue
Königin?", fragte Bogtyr, und Harald nickte.

*

Die Jarlshalle hatte sich im Laufe des Abends mehr und
mehr gefüllt. Alle waren neugierig, wie die Verhandlung um
das Schicksal des Siegtryg ausgehen würde. Die meisten
wussten noch nicht einmal, was dem Wikinger vorgeworfen
wurde, und für ein Urteil wurden ihre Stimmen gebraucht,
denn es gab nur einstimmige Entscheidungen. Dies galt
besonders bei Todesurteilen! Doch niemand glaubte, dass
der Jarl soweit gehen würde. Wahrscheinlicher war eine
milde Strafe oder die Verbannung des Siegtryg aus Askby.
Doch zuerst verteilte Einar die Beute unter den
Wikingfahrern. Jeder der Männer bekam ein Stück Silber,
was für eine Fahrt über das Ostmeer nicht wenig war. Das
Kästchen mit den Ambersteinen und auch den Schmuck
darin, behielt der Jarl für sich.
Lange hatte Einar auf seinem Hochstuhl gesessen, neben
sich die Ilva, denn der Alma ging es auf Grund der
Schwangerschaft nicht gut. Außerdem gehörte die Ilva zum
Rat, den der Jarl um sich scharte, wenn es darum ging
Urteile zu fällen oder Entscheidungen zu treffen.
Desweiteren standen noch fünf Stühle auf dem Podest. Auf
diesen saß der Rat. Bogtyr, Ubbe und Kjelt, sowie Thoke.
Da trat der große Olaf vor, und sorgte für Ruhe. Danach
nahm er auf dem letzten freien Stuhl platz. Nun erhob sich
der Jarl und trat vor, bis an den Rand des Podestes. Laut

---

[44] Kraka - Krähe

171

verkündete er, was dem Siegtryg vorgeworfen wurde, und dass es an der Zeit war, eine Strafe zu finden.

Doch es zeigte sich auch, die Meinung der Anwesenden war geteilt. Verwundert sah sich der Jarl um. Es schien ihm, als hätte jemand für den Siegtryg unter der Bevölkerung Stimmen gesammelt.

Und da die Zurückgebliebenen nach diesem Raubzug leer ausgingen, eigentlich war es Sitte die Beute unter allen im Dorf aufzuteilen, stand der Jarl in einem besonders schlechten Licht da.

Der Gefangene ergriff das Wort, und stellte die Frage über die Zufriedenheit, was die Beute betraf. Und die meisten der Wikingfahrer hielten sich zurück, was aber nicht für die Dorfbewohner galt. „Das Ziel für die Raubfahrt war schlecht gewählt", rief der Wikinger Siegtryg, und erhob sich. „Die Beute ist nur klein, und reicht nicht für alle!" Wütend rief der große Mann dem Jarl entgegen: „Du bist schwach, Jarl Einar! Und du bist nicht würdig, weiterhin der Jarl zu sein! Du hast dein Heil der Götter verloren!" Diese Beleidigung wollte und konnte Einar nicht auf sich sitzen lassen. „Du hast dich meinen Befehlen widersetzt, Siegtryg. Damit hast du deinen Eid gebrochen. Du bist ein ehrloser Lump, mehr nicht!"

Siegtryg war nicht dumm, und wegen einer ähnlichen Situation wurde er einige Winter zuvor, aus seinem Dorf im Norden verbannt. Dies sollte ihm nicht noch einmal wiederfahren. Laut rief er in die Jarlshalle: „Du bist ein schlechter Anführer! Ich will der Jarl von Askby werden, und darum fordere ich dich zum Zweikampf!"

Es wurde laut in der Jarlshalle!

Manche forderten den Siegtryg sofort zu erschlagen. Andere wiederrum stimmten ihm zu. Riefen laut in die Halle, der Jarl solle sich beweisen. Und nun brach großer Tumult aus, denn vereinzelt gingen die Bewohner von Askby aufeinander los. Es blieb dem Jarl keine andere Wahl, als die Krieger für Ordnung sorgen zu lassen. Und ein Blick in das grinsende Gesicht des Siegtryg zeigte dem Jarl dessen Zufriedenheit.

Wie konnte er es der Kerl wagen? Er, der ein Gefangener war! Er hatte kein Recht auf einen Kampf! Oder doch? Einar wusste was geschehen könnte, wenn er den Kampf ablehnen würde. Und er wollte in keinem Fall sein Ansehen verlieren. Schnell hatten Olaf und die anderen Krieger, die Streitereien beigelegt, doch es war immer noch laut in der Halle. So hob er seine Hände, um für Ruhe zu sorgen.

„Der Rat soll darüber entscheiden, ob Siegtryg ein Anrecht auf eine Herausforderung hat." Mit diesen Worten, gab er die Entscheidung aus der Hand. Und nun staunten die Anwesenden, denn dass der Jarl einem Kampf zustimmen würde, hatte keiner von ihnen geglaubt.

Der Rat erhob sich, und verschwand in den hinteren Teil des großen Gebäudes, aus dem nun Alma mit den Kindern heraustrat. Der Rat musste allein verhandeln, und zu einer einstimmigen Entscheidung kommen.

„Was ist geschehen?", fragte die schwarzhaarige Sächsin ihren Gemahl, und dieser berichtete ihr, was vorgefallen war. Alma erschrak, doch der Jarl beruhigte sie. Sein Vertrauen in den Rat war groß, und er glaubte nicht an einen Kampf. Der Rat würde die Herausforderung einstimmig ablehnen, da war sich Einar sicher.

Es dauerte eine Weile, bis die sechs wieder in die Halle traten. Während sich alle wieder auf ihre Plätze setzten, trat Olaf vor und sprach: „Der Rat konnte keine einstimmige Entscheidung gegen die Forderung des Siegtryg finden. Somit ist die Herausforderung des Siegtryg gültig, und entspricht unseren Gesetzen!" Überrascht sah Einar den großen blonden Freund an. „Es geht um nichts geringeres

als die Jarlswürde und die Herrschaft über Askby und seine
Gebiete. Nimmst du die Herausforderung an, Jarl Einar?"
Einar nickte, doch dies tat er wie in einem Traum. Der Rat,
sein Rat, hatte gegen ihn gestimmt. „Ja, ich nehme die
Herausforderung an!"

*

10. SPÄTE RACHE

Thoke hatte sich in seine Werkstatt zurückgezogen, und tat, was er der Dawina versprochen hatte. Zuerst baute er eine Truhe, in der sie all ihre Habe verstauen konnte. Die Truhe war sehr schön, da sie von Brok mit herrlichen Schnitzereien versehen worden war. Und dieses Möbel hätte sicher sogar bei einer Königin Neid geweckt. Auch ein neues Bett hatte Thoke gebaut, breiter als sein jetziges. Und auch dieses war wirklich schön geworden, und hätte sicher auch einem Jarl gehören können. Doch dies nützte wenig, denn die Sklavin schlief auf einem der Podeste, die zu beiden Seiten längs der Wände des Hauses standen. Natürlich hätte Thoke sich mit Gewalt nehmen können, wonach ihm war. Doch dies wollte er nicht. Er wollte das Weib für sich gewinnen, auf eine freiwillige Weise. Und es schien ihm, als würde die Sklavin sich tatsächlich an ihn gewöhnen. Und auch der Gebrauch der Sprache, schien ihr von Tag zu Tag leichter zu fallen. So ließ er ihr mehr und mehr Freiheiten. Dawina traf andere Sklaven. Sie bewegte sich frei im Dorf. Wohin sollte sie auch fliehen?

Doch was Thoke nicht bemerkte war, dass es Dawina oft in den Hafen zog. Dort saß sie, und besah sich die Schiffe der fremden Händler, die nun wieder in das Dorf kamen.

Der Zimmermann hatte natürlich seine eigene Truhe, in der er sein Hab und Gut verstaute. In dieser Truhe befand sich auch ein Kästchen, versteckt unter einem doppelten Boden. In diesem Kästchen bewahrte Thoke seinen Besitz auf. Gehacktes Silber und auch Münzen lagen darin. Einige Ambersteine, und etwas erbeuteter Schmuck. Alles in vielen Jahren zusammengetragen. Eigentlich war Thoke kein armer

Mann. Bisher hatte der Zimmermann immer darauf
geachtet, dass niemand davon erfuhr, doch an einem Tag
erweckte er die Neugier der Sklavin. Er hatte lange an seiner
Truhe herumgenestelt. Hatte sie fast leergeräumt, und den
Boden herausgehoben, um an sein Kästchen zu kommen.
All dies hatte Dawina beobachtet. Unbemerkt hatte sie an
der offenen Tür gestanden, hatte sich klein gemacht und
ruhig verhalten. So erfuhr sie von Thokes Geheimnis!

Und schon bald darauf, kam es dem Zimmermann so vor,
als würde etwas von dem Hacksilber aus dem Kästchen
fehlen. Wie war dies möglich? Fragen konnte Thoke nicht,
denn er wollte sein Geheimnis ja nicht verraten. So beschloß
er die Augen offen zu halten.
Und dann geschah es, dass einer der Händler, die mit ihren
Schiffen nach Askby kamen, in der Werkstatt auftauchte.
   „Du bist sicher Thoke", sagte er als er in die offene
Werkstatt trat. „Thoke, der an der Figur eines Vorderstevens
arbeitete, sah den Fremden an und nickte. „Ja, der bin ich.
Wie kann ich dir helfen?"
   „Ich brauche eine neue Rahe für mein Knarr. Die alte ist
angebrochen, und ich wage es nicht, mit dieser den
Rückweg anzutreten", erklärte der Mann. „Ein kräftiger
Windstoß und sie könnte brechen." Es kam nicht selten vor,
dass die fahrenden Händler die Arbeit des Zimmermannes
in Anspruch nahmen. „Wieviel wird es mich kosten?",
fragte der Händler, und Thoke nannte seinen Preis. „Gut,
damit bin ich einverstanden. Ich habe sowieso großes
Glück, denn ausgerechnet heute, hat mich ein junges Weib
um eine Überfahrt gebeten. Rüber ins Baltische!" Was
dieser Mann erzählte, war dem Thoke ziemlich egal. Bis er
eines erwähnte. „Sie scheint eine Freigelassene zu sein.
Denn für eine Sklavin war sie zu gut gekleidet. Aber ihre
Aussprache war wirklich schlecht." Der Händler grinste.

„Aber ihr Stück Hacksilber kam mir gerade recht." Nun
wurde Thoke hellhörig. Das war es, was ihn beim Anblick
des Inhaltes seines Kästchens gestört hatte. Es fehlte etwas!
„Sage mir, wie sie aussah!"
Und der Händler beschrieb die junge Frau, genau so, wie es
Thoke erwartet hatte. Ein schlechtes Gefühl überkam den
Zimmermann. Er trat vor die Werkstatt und rief nach der
Dawina. Denn diese war im Stall, um die Kuh des Thoke zu
melken. Und als sie in die Werkstatt trat, rief der Händler:
„Was macht die denn hier? Dies ist das junge Weib, das
ich mitnehmen soll!" Die Sklavin erstarrte beim Anblick des
Mannes, den sie für eine Überfahrt bezahlt hatte. Dann fiel
ihr Blick auf Thoke. Hatte sie einem Wutausbruch erwartet,
täuschte sie sich. Der Zimmermann blieb ruhig. „Dieses
Weib gehört zu dir", stellte der Händler fest. „Hör zu,
Zimmermann! Ich will keinen Ärger mit dir. Ich konnte ja
nicht wissen." Thoke schüttelte seinen Kopf. „Nein, es ist
allein meine Schuld!" Der Zimmermann versprach die
Arbeit auszuführen und dann in den Hafen zu kommen. Der
Händler verabschiedete sich, und ging.
Eigentlich hätte Dawina fortlaufen wollen, doch wohin
sollte sie laufen. Man würde sie sowieso schnell wieder
einfangen.
Enttäuscht sah Thoke das junge Weib an. Dann trat er auf
sie zu, und verlangte das Kleid. „Das Kleid?" Dawina sah
den bärtigenMann fragend an. „Gib es mir!", befahl er. Da
öffnete sie den Gürtel. Dieser, und die helle Schürze fielen
zu Boden. Nun zog sie das Kleid über den Kopf, und reichte
es Thoke. Der warf es achtlos zur Seite. „Das Unterkleid!
Gib es her!", befahl Thoke, und Dawina ahnte, was nun
kommen würde. Sie entledigte sich des Unterkleides, und
ließ dieses zu Boden fallen. Nun fasste Thoke die Sklavin
am Arm, und zog sie durch die Tür in das Haus. Dort warf

er sie unsanft auf das Bett. Und dann tat er, was er eigentlich nicht mit Gewalt tun wollte.

Sie hätte schreien, kratzen, beißen, um sich schlagen wollen, doch sie tat es nicht. Sie lag auf dem Schlaflager, und ließ es geschehen. Es war wie ein Gefühl von Schuld, dass sie überkommen hatte. Eines, das ihr sagte, sie hätte etwas gut zu machen.

Von nun an schwieg der Mann, der dieses Weib zu seinem Weib hatte machen wollen. Er sprach kein Wort mehr zu der Sklavin. Den ganzen Tag, und auch nicht in der Nacht, in der er sie noch zweimal nahm. Nackt musste sie die Nacht verbringen. Auch die Decken und Felle hatte Thoke ihr genommen, und erst am Morgen gab er ihr das Unterkleid. Mehr nicht!

Und nachdem er sein Morgenmahl eingenommen hatte, kam er und fesselte der Dawina die Hände. Dann legte er ihr eine Schlinge um den Hals, und setzte sie auf ein Pferd. Zitternd und frierend sah sie dem Thoke zu, wie auch er ein Pferd bestieg. So ritten sie durch das Dorf nach Westen, und so mancher, an dem sie vorbeiritten, konnte seine Schadenfreude nicht verbergen. Denn sie missgönnten dem Zimmermann die Sonderbehandlung bei der Teilung der Beute. Der baltischen Sklavin wurde nun bewusst, was ihr bevor stand. Sie begann zu betteln, der Zimmermann möge ihr verzeihen. Dann jammerte sie, und weinte. Doch es gelang ihr nicht den Mann zu erweichen.

Schweigend brachte Thoke die Sklavin nach Älvsborg auf den Markt, und verkaufte sie für zwei Stücke Hacksilber an einen Bauern.

*

Der Tag nach dem Thing in der Jarlshalle, war nicht besonders schön. Schon am Morgen waren Kjelt und Olaf gekommen, und saßen nun mit dem Jarl und seiner Familie an einem Tisch. Einar hatte am Abend zuvor nur noch wenig gesprochen. Er musste die Enttäuschung über den Treuebruch seines Rates, wie er es nannte, erst einmal verarbeiten. Und so waren die Blicke, die die beiden Krieger trafen, nicht die freundlichsten. Ilva hatte er als Verräterin ausgeschlossen, aber bei allen anderen war er sich nun nicht mehr sicher. Und es war auch die schöne rotblonde Frau, die das Geheimnis preisgab. „Ich frage mich immer noch, was Bogtyr dazu bewegt hat, gegen Einar zu stimmen." Dabei sah sie Olaf an, und dieser mutmaßte: „Vielleicht hat er die alte Fehde doch noch nicht vergessen, schließlich hat dein Gevatter Thorstein seinen Vater Bogi getötet! Und du hast seine Sippe beschämt, denn nicht nur Beda, sondern auch Bogtyr selbst, verloren im Kampf gegen dich."

„Es war also Bogtyr, dem ich den Verrat zu verdanken habe?" Nun wurde dem Jarl einiges bewusst. So lange hatte der Rotschopf sich schon in sein Vertrauen geschlichen, dass Einar keinen Verdacht mehr gegen ihn hegte. Sogar zu seinem Stevenhauptmann hatte er ihn gemacht. Und nun schien es, als sah Bogtyr den Zeitpunkt der Rache gekommen. Nicht nur, dass Einar sein Leben verlieren konnte, was Bogtyr wohl für mehr als möglich hielt, eine Niederlage könnte auch das Ende seiner Sippe bedeuten. Wie der neue Jarl mit der Alma, der Ilva und den Kindern verfahren würde, lag ganz und gar in dessen ermessen. Und Bogtyr würde sicher seinen Teil dazu beitragen, dass diese ihrem Gemahl und Vater folgen würden. Und dies wusste Einar nur zu genau!

„Bogtyr also hat mich hintergangen", murmelte er leise in seinen Bart. „Diese elende Ratte!" Dann sah er Olaf und Kjelt an. „Ihr seid nicht nur meine treuen Gefolgsleute, sondern auch meine Freunde. Ich bitte euch, falls ich den Kampf verlieren sollte", dies bedeutete für Einar, dass ihn

179

der Tod ereilen würde, „dann sorgt dafür, dass meine
Familie in Sicherheit gebracht wird. Nehmt den Wellenwolf
und geht fort von hier!"
Dies versprachen die beiden Krieger gerne, jedoch
wiegelten sie gleichzeitig ab. „Du wirst nicht verlieren", war
sich Olaf sicher, und Kjelt sagte: „Siegtryg ist ein schlechter
Schwertkämpfer." Da wiegte Einar skeptisch seinen Kopf.
„Aber er beherrscht die Axt umso besser." Da verzog Olaf
sein Gesicht. „Hast du etwa Angst?" Eigentlich hätte Einar
diesen Satz als Beleidigung verstanden, doch es war Olaf
der ihn ausgesprochen hatte. Der Jarl schüttelte seinen Kopf.
„Nein, Angst habe ich nicht! Mein Heil ist groß, und die
Götter stehen auf meiner Seite." Tage vergingen, und
Bogtyr machte keinen Hehl mehr daraus, auf wessen Seite
er stand. Es schien, als hätte er diesen Plan schon vor langer
Zeit mit dem Siegtryg ausgeheckt. Und nun war es ihm auch
gelungen, einige Männer auf seine Seite zu ziehen. Die
Gefolgschaft des Jarl Einar war plötzlich gespalten. Warum
war dies dem Jarl nicht aufgefallen?

Und dann kam der Tag des Kampfes. Dieser würde auf dem
Platz vor der Jarlshalle stattfinden. Nach den alten Regeln,
die seit hunderten von Jahren für den Kampf um die
Führerschaft galten. Doch auch Abseits des Kampfplatzes
gab es Leute, die mit Vorbereitungen beschäftigt waren.
Für den Fall, dass Einar den Kampf verlieren würde, stand
der Wellenwolf zur Flucht bereit. Fast unbemerkt hatten
Kjelt und Olaf das Schiff beladen. Der gesamte Reichtum
des Jarls befand sich nun in dem Laderaum unter dem
Heckstand. Dazu auch Truhen mit dem gefüllt, was die
Frauen für wichtig hielten. Neben Olaf und Kjelt, waren
noch Thoke, Thure und Raban in den Fluchtplan
eingeweiht. Sie hatten sich bereit erklärt die Familie des
Einar zu schützen.

Es war der Odinstag, und es war trocken, aber kühl. Zwar zogen graue Wolken über den Himmel, doch immer wieder fanden die Strahlen der Sonne einen Weg zwischen dem Grau hindurch. Zur Zeit der Mittagssonne füllte sich der Platz des Dorfes. Begleitet von Olaf, Thoke, Thure, dem Kjelt, sowie seinen beiden Frauen, trat Jarl Einar aus dem großen Langhaus auf den Kampfplatz vor der Halle. Olaf trug das Schwert Blutauge, und die kurzstielige Axt des Einar. Während die anderen Männer je einen Schild trugen. Gleiches sah man auch, als Siegtryg den Kampfplatz betrat. Hier war es Bogtyr der Schwert und Axt des Kämpfers trug, sowie drei Männer mit je einem Schild. Die beiden Kämpfer entledigten sich ihrer Tuniken. Harald, der Dorfälteste, trat in die Mitte des mit den Zweigen einer Birke abgesteckten Kampfplatzes. Er hob seine Hände, und es wurde ruhig in der Menge der Anwesenden. „Jarl Einar, du hast die Herausforderung des Siegtryg angenommen. Es geht um nichts geringeres, als deine Jarlswürde. Jedem Kämpfer stehen drei Schilde zu. Der Herausgeforderte wählt die erste Waffe." Harald zeigte auf Einar, und dieser wandte sich dem Olaf zu. „Ich wähle die Axt!" Er griff nach der Axt, und Kjelt reichte ihm einen Schild. Gleiches geschah auf der Seite des Gegners. Dann trat Harald zurück, und die beiden Kämpfer begannen den tödlichen Reigen.

„Heute wirst du sterben, Einar!", fauchte Siegtryg. „Dieses Dorf braucht einen neuen Jarl! Einen besseren als du es bist!" Doch Einar antwortete in dem er seinen Schild senkte, und auf den Siegtryg zu sprang. Seine Axt überraschte den Mann der aus dem Norden geflohen war, und er riss erschrocken seine Axt in die Höhe. Die beiden Äxte schlugen gegeneinander, und das Holz seines Schaftes erhielt einen Riss. Gleichzeitig schlug der Schild des Einar dem Siegtryg gegen die Brust. Dieser wich zurück, doch

Einar setzte nach, und schlug erneut zu. Diesmal war es der Schild des Siegtryg, der das scharfe Blatt der Axt abfing. Wenn der Wikinger aus dem Norden geglaubt hatte, mit Einar einen leichten Gegner zu haben, so wusste er nun ganz sicher, dass er sich täuschte. Also ging Siegtryg zum Angriff über, schließlich wollte er seine Überlegenheit beweisen. Wild wirbelte seine Axt, und Einars Schildrand litt mächtig unter den Schlägen. „Vielleicht übernehme ich auch deine Weiber! Aber deine Brut werde ich verkaufen!" Siegtryg konnte das Reden nicht lassen, und so geschah, was geschehen sollte. Einar warf dem Widersacher seinen Schild entgegen, was diesen den seinen hochreissen ließ. Gleichzeitig warf sich Einar vor dem Siegtryg zu Boden, und schlug mit der Axt nach dessen Beinen. Der Schrei des Wikingers bewies dem Jarl, dass die scharfe Klinge ihr Ziel nicht verfehlt hatte. Da trat Harald eilig zwischen die Kämpfer. Er besah sich die Wunde des wütenden Siegtryg, doch dieser bestand darauf weiterzukämpfen. Es war nur das Fleisch geschnitten worden, seine Knochen waren Heil geblieben.

„Bis jetzt hat er nicht viel von seiner Kunst mit der Axt zeigen können", stellte Olaf erfreut fest, während Einar sich einen neuen Schild holte. „Halte dich an sein verletztes Bein", riet Thure dem Jarl.

Nachdem man das Bein des Siegtryg verbunden hatte, rief Harald die Kämpfer zum weitermachen auf.

Diesmal humpelte Siegtryg auf den Kampfplatz. „Noch einmal gelingt dir das nicht", zischte der Verletzte verärgert, und stürmte kampfeslustig auf den Jarl zu. Und jetzt schien es, als würde sich Siegtryg in einen Rausch kämpfen wollen. Einmal traf er den Schildbuckel so heftig, dass dem Einar ein Finger brach. Nun schmerzte jeder Schlag, der gegen den Schild ging. Es fiel dem Jarl schwer, die kräftigen Schläge abzuwehren, zumal nun auch sein zweiter Schild zu zerbrechen drohte. So entschied er seine Deckung fallen zu lassen, und als Siegtryg wieder zuschlug, wandte er sich geschickt von dem Hieb ab, ließ die Axt sinken und schlug seinerseits zu. Wieder schlugen die Äxte gegeneinander, doch diesmal traf das Axtblatt des Einar den Riss im Holz von Siegtrygs Kurzstieliger. Dieses splitterte, und die Waffe brach entzwei. Da sprang Harald erneut zwischen die Kämpfer, und unterbrach den Blutreigen!

Einar wandte sich ab, ließ seine Axt fallen und trat zu dem Olaf. Dieser reichte ihm sein Schwert Blutauge. „Nun gib ihm, was er verdient!"

Es war kein Geheimnis, dass das Frankenschwert des Einar den Klingen der Nordmänner weit überlegen war. So war auch die Stimmung des Bogtyr nicht mehr die beste. Seine Hoffnung, den Mörder seines Bruders sterben zu sehen, war plötzlich verflogen. „Bist du närrisch geworden? Ich dachte deine Axt wird ihn töten!"

„Was glaubst du, habe ich gedacht? Aber er ist gerissen", fluchte Siegtryg, der jetzt spürte, dass ihm der Bogtyr den Sieg nicht mehr zutraute. „Los, töte ihn, sonst ist es um uns beide geschehen!" Mit diesen Worten schickte Bogtyr den Siegtryg zurück auf den Kampfplatz. Sofort stürmte der Herausforderer humpelnd auf den Jarl zu, und schlug mit aller Kraft auf diesen ein. Einar riss den Schild hoch, und versuchte sich zu schützen. Doch der Schlag, der den Schild traf, verursachte wieder heftige Schmerzen in seiner Hand. Da warf er kurzerhand den Schild von sich. Erstaunt sah Siegtryg seinen Gegner an. Er verstand nicht warum sein Widersacher dies tat. Doch er sollte es bald erfahren! Einar umfasste den Griff Blutauges mit beiden Händen, und ließ die Klinge durch die Luft wirbeln. Ein heftiger Schlag traf den Rand des Schildes, und ein Teil davon flog in hohem Bogen über den Kampfplatz. Da begannen die Anhänger des Jarls zu jubeln. Der Blick des Siegtryg zeigte,

dass dieser Jubel ihm gar nicht gefiel. „Haltet euer Maul!",
brüllte er wütend in die Menge, und warf seinen Schild nach
den Bewohnern von Askby. Dies brachte ihm aber nur
wütende Rufe und Hohn ein.
„Hier bin ich, Siegtryg. Wie du siehst, wollen sie dich
nicht als neuen Jarl!" Nun hatte Einar zum ersten Mal
während der Auseinandersetzung gesprochen. Der Kampf
wurde erneut unterbrochen, und Siegtryg konnte sich einen
neuen Schild holen. Nun war Siegtryg nicht mehr so
stürmisch, und näherte sich nur langsam dem Jarl. Den
bunten Rundschild hielt er vor der Brust, und mit dem
Schwert in seiner Rechten, wartete er auf den Angriff des
Einar. Doch auch dieser wartete ab. So umkreisen sich die
Kämpfer, und belauerten sich, wie zwei streitende Kater.
Doch dann plötzlich wagte der Herausforderer den Angriff.
Er sprang vor, hob den Schild und stach gleichzeitig zu. Für
einen Moment hatte Einar nicht aufgepasst, und so bohrte
sich die Spitze des Schwertes tief in seine linke Schulter.
Doch er senkte sein Schwert nicht, sondern verdrängte den
Schmerz und schlug seinerseits zu. Einar wusste, dass der
Blutverlust ihn bald schwächen würde. Es gab nur einen
Weg. Der Siegtryg musste sterben. Jetzt!
Doch noch war Einar damit beschäftigt, seine Angriffe
abzuwehren. So schlugen die Klingen aufeinander, was dem
Schwert des Siegtryg mehr und mehr Scharten bescherte.
Der linke Arm schmerzte, und auch der gebrochene Finger
machte es nicht einfach, den Griff des Blutauges zu
umschließen. Der Gedanke an seine Kinder ließ Einar den
Schmerz vergessen. Und nun nahm er wieder den Verlauf
des Kampfes in die Hand. Er tauchte unter dem Hieb des
Siegtryg weg, war mit einem großen Satz neben ihm, und
schlug zu. Der Hieb traf den Arm des Wikingers, und dieser
fiel mit dem Rundschild zu Boden. Die scharfe Klinge des
Frankenschwertes hatte das Fleisch und die Knochen

durchtrennt. Dem Siegtryg aber, blieb wenig Zeit dies zu erfassen, denn ein zweiter Hieb traf ihn gegen die Brust. Die Haut und das Fleisch platzten auf, und der Kämpfer sah erstaunt, wie sich sein Oberkörper rot färbte. Langsam sank er auf die Knie. Jarl Einar hob sein Schwert, und schlug ohne zu zögern zu. Der Kopf des Mannes der Jarl werden wollte, rollte über den Kampfplatz. Der Jubel der Anwesenden brach los!

Sofort eilten Olaf und Ilva zu dem Jarl, doch dieser schritt langsam auf den Bogtyr zu. Der Stevenhauptmann glaubte, dass ihn nun das gleiche Schicksal wie den Siegtryg erwartete. Doch er irrte sich. „Ich habe dir vertraut", sprach Einar ruhig. „Doch du wolltest nur Rache. Rache für den Verlust deines Vaters. Obwohl ich ihn nicht tötete. Soviele Winter hast du gewartet, und dann fehlte dir der Mut es selbst zu tun. Eigentlich sollte ich dich töten, doch das bist du nicht wert, Bogtyr Bogisson. Nimm deine Sippe, und verlasse mein Dorf!"

Keiner der Anwesenden hatte geglaubt, dass Bogtyr den Tag überleben würde, doch sie irrten sich.

*

Die Tage vergingen, und Jarl Einar legte sich auf das Krankenlager. Die Heilerin des Dorfes hatte alle Hände voll zu tun, denn die Wunde in der Schulter drohte sich zu entzünden. Leichtes Fieber deutete darauf hin, dass dem Jarl ein Brand in der Wunde drohte. Nach zwei Tagen verschlimmerte sich der Zustand des Jarls, und es schien, als würde es dem Siegtryg doch noch gelingen, sein Ziel zu erreichen. Da nahm sich Olaf ein Pferd, und ritt an einem kalten Morgen nach Westen. Niemand wusste was der große, blonde Krieger vor hatte. Nach vier Tagen kam er zurück, und brachte noch jemanden mit. Es waren Jarl

Borka, sein Sohn Gisli und sein Weib Sigve. Die Freude im Haus des Jarls war groß, und besonders der Anblick der rothaarigen Sigve erfreute die Alma und die Ilva sehr. Schließlich war Sigve einst die Heilerin in der Gefolgschaft des Jarl Einar gewesen. Und sie war die beste Heilerin, die sie kannten. Einar lag in tiefem Schlaf, als Sigve an sein Schlaflager trat. Sie fühlte seine Stirn, und begann den Verband zu entfernen. „Bring mir klares, sauberes Wasser", bat sie die Ilva. Diese nickte und ging. Nun trat auch der Borka zu dem Einar an das Schlaflager.

Der großgewachsene Gaute zählte inzwischen schon zweiundfünfzig Winter. Sein langes Haar und der Bart waren ergraut. Kein schönes Grau oder sogar Weiß, wie es manche Alten bekamen. Nein, es war ein schmutziges Grau, welches sich mit dem blonden Haar mischte. Ein Grau, das ihm keinerlei Würde verlieh, sondern ihn nur alt machte.

„Was denkst du?", fragte er sein Weib. Sigve sah ihn an, und sprach: „Seine Wunde brennt! Olaf tat gut daran mich zu holen. Ich hoffe nur, es war nicht zu spät!" Die Heilerin des Dorfes sah die rothaarige Jarlsgattin ein wenig beleidigt an. Musste sich aber eingestehen, dass sie nicht mehr wusste, was sie tun sollte. Sie war bei weitem noch nicht so erfahren, wie die Sigve.

Nachdem Ilva das Wasser gebracht hatte, reinigte Sigve zuerst noch einmal die Wunde. Und nun nahm sie eine Nadel und einen Faden, und begann die Wunde mit feinen Stichen zusammen zu nähen. Ein böser Blick traf die Heilerin des Dorfes, denn sie hatte die Wunde nur verbunden. Dann begann Sigve in ihrer Tasche zu kramen, und holte einen Tiegel aus Kupfer hervor. Sie öffnete den ledernen Deckel, und es entströmte diesem ein fürchterlicher Gestank. „Das soll ihm helfen?", fragte Jarl Borka zweifelnd. „Was ist da drin?"

„Die Galle des Ochsen", antwortete Sigve. „Und der Wein
der christlichen Priester. Dazu Knoblauch, und Zwiebel.
Und einige Kräuter." Da sah ihn sein Weib mit ernstem
Blick an, und der Jarl von Borkasvik schwieg. Sigve nahm
ein Stück Leinen und tauchte dies in den Tiegel hinein. Der
Tuchfetzen saugte sich mit dem Extrakt voll, und die
Heilerin legte den Fetzen auf die Wunde. Jetzt verband sie
die Wunde, und erhob sich. „Nun werden wir den Göttern
noch ein Opfer darbringen." Die Heilerin entschied, dass ein
Huhn reichen würde, und trat hinter das Haus, um das Ritual
zu vollziehen.
Täglich kümmerte sie sich um Einar, wechselte den
Verband und den Stofffetzen mit der Tinktur. Und es zeigte
sich, dass die Wunde heilte. Von all dem hatte Jarl Einar
kaum etwas mitbekommen. Er lag in tiefem Schlaf, anfangs
von Fieberschüben geschüttelt. Doch diese ließen schnell
nach. Und endlich erwachte Einar!

Es war am vierten Tag, nachdem Olaf aus Borkasvik
zurückgekehrt war. Einar schlug seine Augen auf, und
versuchte zu begreifen was Geschehen war. Er wollte sich
erheben, doch dabei schüttelte ein heftiger Schmerz seinen
Körper. Nun versuchte er es noch einmal langsam, und sah
sich um. War es Tag oder Nacht? Einar wusste es nicht
zuzuordnen. Es dauerte einen Moment, bis er begriff, dass
es hell um ihn war. Es war also Tag!
Jetzt kam langsam die Erinnerung zurück. Der Kampf mit
Siegtryg, und die Wunde, die er sich dabei geholt hatte.
Plötzlich trat Alma in die Schlafkammer. Freudig lächelte
sie, und rief dann laut: „Einar lebt! Er ist erwacht!"
Der Jarl verstand nicht. Hatte es so schlecht um ihn
gestanden?
Da traten mehrere Personen in den Raum. Er sah die Ilva,
mit dem kleinen Ulf auf dem Arm, und er sah seine Tochter

Thorvi. Aber er erkannte auch den Gauten Borka und sein Weib Sigve. Träumte er etwa? Doch Sigve trat an das Schlaflager, und legte ihre Hand auf seine Stirn. „Der Brand ist fort", stellte sie fest. „Du wirst leben, Einar!"

„Nicht, wenn mir niemand etwas zu trinken bringt. Ich habe Durst. Meine Kehle ist ausgetrocknet." Da war es Alma, die den Wunsch ihres Gemahls nur zu gerne erfüllte. Und nun erzählte Sigve dem Einar, warum Olaf sie geholt hatte.

„Dann hast du mir das Leben gerettet", stellte der Jarl erfreut fest. „Nun, eurer Völva fehlt die Erfahrung, und sie muss noch viel lernen. Ich werde ihr beibringen, was sie wissen muss." Da trat Borka an das Schlaflager. „Mein Freund, wir hörten von all dem, was in Askby geschehen ist. Umso mehr freut es mich, dass alles zum Guten gewendet wurde. Doch nun ist es Zeit für uns, in unser Dorf zurückzukehren." Sigve erhob sich vom Rand des Bettes, auf dem sie gesessen hatte. „Es ist wichtig, dass du noch ruhst. Mindestens noch für fünf Tage. Erst dann solltest du aufstehen. Und schone deine Schulter." Dies versprach der Jarl, und erst jetzt fiel ihm das Holzstück auf, das seinen gebrochenen Finger schiente. Noch eine Weile sprach Einar nun mit den Seinen. Erkundigte sich nach dem, was nach dem Kampf geschah, und fiel dann wieder in tiefen Schlaf. So bekam er von der Abreise des Borka und seiner Familie gar nichts mit.

*

Der Bogtyr hatte mit seiner Sippe das Dorf verlassen, und war über Land nach Westen gezogen. Nicht nur Olaf war der Meinung, den Rotschopf am Leben zu lassen sei ein großer Fehler gewesen. Doch der Jarl hatte sich gegen seinen Tod entschieden! „Ich trage keine Rachegedanken gegen den Bogtyr. Er soll in Frieden leben…, solange er mir nicht wieder über den Weg läuft."

Den Rotschopf zog es nach Älvsborg, und von dort wollte er zurück in die alte Heimat. Schon bald fand er einen Händler, der auf den großen Markt nach Kap Lindesnes segeln wollte. In der Handelsstadt wollte er dann nach einer Überfahrt in den Norden suchen. Bogtyr hatte sich vorgenommen, dem Jarl von Tautra den Gefolgschaftseid zu schwören. So konnte er in der alten Heimat wieder fußfassen. Doch vorher wollte er dem König des Trøndelag einen Besuch abstatten. Vielleicht würde es diesen ja interessieren, dass es mit der Freundschaft zwischen Jarl Einar und König Ragnar nicht zum Besten stand. Jeder wusste doch, dass das Bündnis der beiden Könige auf wackeligen Füßen stand. Hätte König Ragnar sich eine Vermählung seines Sohnes Björn mit der Prinzessin Eira durchaus noch vorstellen können, änderte König Grjotgard seine Meinung, sobald er seine eigene Halle betreten hatte. Er hatte seiner Tochter ganz und gar nicht verziehen. Im Gegenteil! Jetzt da er wieder auf seinem Hochstuhl saß, und die Fäden in den Händen hielt, sollte sie seine Wut und Strenge zu spüren bekommen. Erst hatte er sich überlegt, die Eira dem Borkell zum Weib zu geben. Aber über diesen hatte er sich geärgert. Warum sollte er ihn mit einem jungen Weib belohnen? Außerdem drohte ihm Königin Andur damit, ihn zu verlassen. Also musste ein anderer Freier her! Und es gab einen Jarl in Hardanger, mit dem er schon lange um einen Kupferhandel stritt. Dieser kam ihm gerade recht, denn man erzählte sich, dass dem Jarl erst kürzlich das Weib gestorben sei. So schickte Grjotgard einen Boten nach Hardanger, um dem Jarl seine Tochter anzubieten. Und dieser bereits ergraute Kerl, freute sich auf ein junges Weib in seinem Bett. So kam der Handel mit dem Jarl schnell zustande, was wiederrum den König von Hardanger ärgerte. Denn dieser provitierte vom Kupferhandel des alten Jarls. Würde dieser seine Minen an Grjotgard abtreten, müsste er wohl auf die Abgaben verzichten. Es sei denn, er würde sie mit Gewalt einfordern. Einen Krieg mit den Nachbarn im Norden, wollte er allerdings vermeiden.

All dies war dem Grjotgard egal. So dauerte es nicht einmal einen vollen Mond, bis in Lade Hochzeit gefeiert wurde.

*

11. VON EINEM WIEDERSEHEN

König Ragnar war wenig erfreut über die Nachricht, die ihn aus dem Trøndelag erreichte. Grjotgard Herlaugsson hatte seine Tochter Eira mit einem alten Jarl aus Hardanger verheiratet. Er hatte also gar nicht lange gewartet, bis er die Strafe für Eiras Ungehorsam wahr machte. Doch eigentlich sollte die Prinzessin das Bündnis zwischen Grjotgard und Ragnar festigen. Die Vermählung der Prinzessin bewies dem König von Ranrike, dass die Warnungen seines Jarls aus dem Osten, durchaus ernst zu nehmen waren. Grjotgard sollte man besser nicht vertrauen! So entschied sich Ragnar, dem König des Trøndelag, auf drängen seines neuen Weibes hin, die versprochenen Silberlieferungen vorzuenthalten. Die Königin, die man Kraka nannte, hörte eigentlich auf den Namen Aslaug, und behauptete von sich die Tochter der Königin Brunhild zu sein. Ihr Vater sei kein geringerer als der Drachentöter Sigurd selbst.

Nun war Ragnars Sohn Björn nicht mehr in Älvsborg, und der König wusste auch nicht, wo er sich jetzt aufhielt. Was eine Heirat mit der jungen Eira sicherlich erschwert hätte. Doch trotzdem ärgerte er sich über den Ladekönig, und stimmte der Aslaug zu.

So wartete Grjotgard Herlaugsson[45] vergebens auf den Reichtum aus der Mine in Haland. Und dies brachte ihn dazu, das Bündnis mit König Ragnar für nichtig zu erklären. Nun stand der König von Ranrike wieder ohne Verbündeten

---

[45] Grjotgard Herlaugsson – 790 – 867 König des Tröndelag, Tochter geb. 819, Sohn Sigurd geb. 820, Sohn Hakon geb. 838

da. Und es war durchaus zu erwarten, dass Grjotgard sich aus Rache dem Horik anbieten könnte.

„Warum versuchst du nicht dem Grjotgard zuvor zu kommen, und schließt mit König Horik Frieden?", fragte Aslaug ihren Gemahl, doch dieser winkte ab. „Es ist so, dass er meine Unterwerfung gefordert hat. Horik will ein Großkönig werden, und das gefällt mir nicht. Ich werde ihm nie die Gefolgschaft schwören!"

„Dann handele mit ihm etwas anderes aus", schlug die Königin vor. „So, was denn?", fragte Ragnar und begann sich langsam zu ärgern. „Er hat seine Bedingungen bereits dargelegt!"

„Dann biete ihm etwas", forderte Aslaug. „Und soweit ich weiß, hat Horik einige Töchter im heiratsfähigem Alter." Da sah Ragnar sein Weib an. „Du meinst, ich sollte sie mit Björn…?" Da nickte Aslaug, und vollendete den Satz ihres Gemahls. „…verheiraten. Ja, dass meine ich! Was mit der Tochter des Ladekönigs gegangen wäre, geht auch mit den Töchtern des Horik!" Zweifelnd sah Ragnar die Aslaug an.

„Ich weiß nicht. Björn könnte sich dagegen sträuben, und außerdem weiß ich gar nicht, wo er sich aufhält."

„Nun, zuerst solltest du mit König Horik verhandeln", schlug die neue Königin vor. „Dann wird sich zeigen, ob dieser überhaupt Frieden will!" Da nickte Ragnar zustimmend.

„Gut, segeln wir nach Jütland!" Doch da schüttelte das Weib mit dem Kopf. „Du wirst ohne mich reisen müssen, mein Gemahl", sprach sie lächelnd. Ragnar verstand nicht.

„Ich trage ein Kind, unter dem Herzen!" Sie schwieg einen Moment, um Ragnars Reaktion abzuwarten. Doch dieser sah sie nur mit großen Augen an. „Ragnar, der kleine Sigurd bekommt einen Bruder!" Nun erwachte der König aus seiner Starre. „Woher weißt du, dass es keine Schwester wird?"

„Oh, ich hatte eine Vision, und du kannst mir glauben, es wird ein Knabe!"

„Nein", sprach Ragnar stur. „Dann bleibe ich hier! Im nächsten Jahr wird noch Zeit genug sein, dem Horik einen Besuch abzustatten." Doch es sollte so kommen, wie es Aslaug vorgeschlagen hatte.

Nun war es endlich Frühling geworden. Die Wiesen zeigten sich wieder in ihrem satten Grün, und die Bäume trieben ihr Laub aus. Und auch in das Dorf des Jarl Einar war endgültig das Leben zurückgekehrt. Die Händler von allen Ufern des Vänern kamen in die Dörfer rund um den See, um ihre Waren anzubieten. Auch die Gauten kamen, denn die Feindschaft zwischen König Ragnar und König Hrotger schien zu ruhen. Auch Jarl Skögul, auf der anderen Seite des großen Waldes, wagte es nicht mehr, seine Männer in dem Teil des Waldes Holz schlagen zu lassen, das Jarl Einar für sich beanspruchte.

Viele Händler zog es nach Askby, denn nicht nur die beiden Zimmermänner Thoke und Brok hatten sich mit ihren Arbeiten rund um den See einen guten Namen gemacht. Die Fischgründe hier im Nordosten des Sees waren die Besten. So hatten die Fischer meist volle Netze. Manchmal kamen auch Fischer ins Dorf, die sich ihren Fang aus dem Meer holten, und die Dorfbewohner freuten sich über das Angebot an Hochseefischen. Schließlich nahm keiner der Fischer von Askby den weiten Weg auf sich, um im Kattegat zu fischen. Und über den Landweg kamen sogar Händler aus dem Norden. Und diese brachten Felle vom Ren, vom Elch und sogar manchmal vom Bären, sowie das begehrte Öl der Wale nach Askby. Dies wiederrum lockte die Leute aus dem Süden in das Dorf, denn Einar war so schlau, und hatte sich als einziger die Lieferungen der Händler gesichert. So wurde der Markt von Askby am Vänern zu etwas

193

Besonderem. Und bezahlt wurde meist in Silber oder mit den begehrten bunten Glasperlen, die geschickte Handwerker herstellten. Oder es wurden einfach Waren getauscht.

Mehr als ein voller Mond war vergangen, seit der Wikingfahrt zu den Balten. Und Jarl Einar wurde langsam wieder unruhig. Und an einem Abend, den er wie so oft mit seinen Männern in der Jarlshalle an einem der Tische verbrachte, schlug er vor: „Lasst uns wieder auf Raubfahrt gehen!" Der Vorschlag des Anführers fand natürlich großen Zuspruch. Und da es zurzeit keine kriegerischen Handlungen des Königs gab, schien es ein guter Zeitpunkt zu sein, um zu verschwinden. Einar war seit dem Fest zur Wintersonnenwende nicht mehr vom König gerufen worden. Die neue Königin kannte er noch nicht einmal von Angesicht. Obwohl Ragnar diese seinen anderen Jarls schon vorgestellt hatte.

„Wohin wollen wir segeln?", fragte Kjelt in bester Bierlaune. „Bloß nicht wieder zu den Balten", wandte Thoke ein, und dachte ein wenig wehmütig an die schöne Sklavin Dawina. Da begannen einige der Männer zu lachen, doch Olaf hieß sie zu schweigen. Er wollte nicht, dass sein Freund wegen seines Pechs mit dem Sklavenweib auch noch aufgezogen wurde.

„Segeln wir wieder zu den Ranen[46]", schlug der Sachse Raban vor. „Die sind reich. Holen wir uns ihre Ambersteine. Die sind immer etwas Wert, und jeder will sie."
Dieser Vorschlag wurde natürlich bejubelt, denn jeder wusste, dass ein Raubzug bei den Balten oder noch weiter östlich, kaum etwas einbrachte. Die Bauern dort, waren einfach zu arm.

---

[46] Insel der Ranen - Rügen

„Oder wir statten den Wilzen[47] einen Besuch ab." Raban wollte ja eigentlich nur etwas zum Besten geben, um eine Fahrt nach Osten zu vermeiden, stieß mit seinem Vorschlag aber auf offene Ohren. „Zu den Ranen, und dann weiter zu den Wilzen!", rief nun Olaf erfreut. Das gefiel auch Jarl Einar, denn es versprach gute Beute.

Mit nur einer Schiffsbesatzung kamen für sie als Angriffsziel sowieso nur einzelne Gehöfte und kleine Dörfer in Frage. So einigten sie sich auf eine Raubfahrt in der südlichen Ostsee. Und am nächsten Morgen gab Einar den Befehl, seinen Wellenwolf seeklar zu machen.

Sie durchsegelten den Vänern, holten das Segel ein und ruderten die Götaälv flussabwärts. „In den Hafen von Götaborg?", fragte Kjelt seinen Schiffsführer. „Natürlich! Wir haben Breka schon eine Weile nicht mehr gesehen." Und so steuerte der Wellenwolf in den Hafen, und suchte nach einem Anlegeplatz. Doch sie mussten eine Weile warten, bis ein solcher frei wurde. „Wo kommen bloß all die Leute her?", fragte Thure. „Bei unserem letzten Besuch, war es hier ruhiger." Und Thoke zeigte zum Ufer hinauf.

„Ja, und die Häuser werden auch immer mehr."

„Dann gibt es hier sicher auch was zu trinken!", rief Ubbe erfreut, und Helgi stimmte ihm zu.

Fünf Männer wurden von Olaf als Schiffswache eingeteilt, die anderen durften von Bord gehen. Jarl Einar, sein Schwager Thorberg, Olaf und Kjelt machten sich auf den Weg zur Burg.

Die Freude des Wiedersehens war wie immer groß. Es gab viel zu erzählen, und die beiden Freunde waren bester Laune. „Es scheint mir, als könnte man in deinem Hafen

---

[47] Wilzen – westslawischer Stammesverband, lebte im östlichen Mecklenburg, in Vorpommern und dem nördlichen Brandenburg

gute Geschäfte machen", stellte Einar fest, und Breka stimmte ihm zu. „Ja, ich weiß nicht wie es geschah, aber der Hafen wächst ohne mein zutun. Der Markt dort ist größer als der hier in der Burg."

„Dann sehen wir uns bei unserer Rückkehr", versprach Einar, denn er wusste, dass der gute Handel das Ansehen des Breka beim König festigte. Noch zwei Tage verbrachten sie in der Götaburg, dann nahmen sie Abschied.

Es war ein herrlicher Frühlingstag, als sie den Kiel in die Fluten des Kattegats steuerten. Alle waren bester Laune, denn ein leichter Nordwind trieb sie nach Süden. „Wieder dorthin, wo wir schon einmal waren?", fragte Kjelt, der die Gabe hatte, sich einmal zurückgelegte Routen in sein Gedächtnis einzubrennen. „Ich weiß nicht", zweifelte der Schiffsführer. „Wir sollten ihnen schon Zeit geben, einen neuen Reichtum anzuhäufen. Ich sage, wir segeln weiter an der Ostküste der Insel entlang. Vielleicht finden wir dort, wonach wir suchen." Dem stimmte der Steuermann zu, und so nahmen sie den Kurs, den Einar vorgeschlagen hatte. Sie umsegelten den nordöstlichen Zipfel der Insel und steuerten auf eine Küste in der Ferne zu. Dabei ließen sie ein großes Haff zu ihrer Steuerbordseite hinter sich. Dann passierten sie eine Küste mit hohen, weißen Klippen, denen sie folgten. Als diese abflachten dauerte es nicht lang, da sahen sie in der Ferne Rauchsäulen in den Himmel steigen. Olaf stand am Vordersteven, und sah zur Küste hinüber. Irgendwo hier musste ein Hafen oder eine Bucht sein, die zu diesem Dorf führten.

Immer wieder flogen seine Blicke an der Küste entlang, bis es ihm endlich auffiel. Eine Sandbank verdeckte die Einfahrt in eine Bucht. „Dort rüber!", rief er über das Schiff, und der Steuermann folgte seinem Ruf. Kaum hatten sie die Sandbank erreicht, drang auch schon der Klang der

Signalhörner an ihre Ohren. „An die Waffen!", rief Jarl
Einar den Kriegern entgegen. Und Olaf gab den Männern
der Schiffswache den Befehl das Segel einzuholen. So glitt
der Wellenwolf an den Strand. Es gab nur einen Anlegesteg,
was auf ein kleines Dorf schließen ließ. An diesem lagen
mehrere kleine Boote vertäut. Die Männer, die auf diesen
gearbeitet hatten, waren landeinwärts geflohen.
Thure war auf den Steg gelaufen und inspizierte die Boote
der Händler und Fischer. „Hier gibt es nicht fiel zu holen!",
rief er über den Strand. Um die Boote würden sich die
Männer der Schiffswache des Wellenwolfes kümmern. Olaf
blies in das Horn, und die Männer sammelten sich auf dem
Strand. Dann zog auch der Jarl mit seinen Wikingern
landeinwärts.

Es war bereits lange nach Sonnenuntergang, als die Männer
der Schiffswache in der Ferne eine leuchtende Schlange
entdeckten. Sofort griffen sie zu ihren Rundschilden und
den Waffen. Doch die Fackeln, die sie sahen, gehörten ihren
Gefährten. Als diese den Strand erreichten, gab Jarl Einar
den Befehl aus das Lager aufzuschlagen. Sie hatten damit
gewartet, denn niemand konnte vorher wissen, ob sie es
nach dem Überfall eilig haben würden. Da die Beute nicht
sehr groß war, und ihnen auch niemand gefolgt war, wollte
er eine Weile an diesem Ort bleiben.
Sie hatten es geschafft vier junge Dorfbewohner zu fangen.
Ein kleines Mädchen, eine junge Frau, und ein Paar das
nicht mehr als sechzehn Winter zählte. Gut verschnürt
hatten Thure und Ubbe sie an Bord gebracht. Dort saßen sie
nun, angeleint wie Hunde. „Ich habe die beiden in einem
Stall voll Heu gefunden." Ubbe begann lauthals zu lachen.
„Habe sie wohl beim Ficken gestört!" Und tatsächlich war
es so, dass die beiden jungen Dorfbewohner die
Alarmglocken aus genau diesem Grund missachtet hatten.

Außer den Sklaven hatten sie noch einiges an Eisenzeug erbeutet. Töpfe und Kessel, Messer und Äxte, dazu tatsächlich auch einige wenige Ambersteine. Diese waren scheinbar die persönlichen Schätze der Hüttenbewohner, welche sie ihrem Häuptling vorenthalten hatten. Einar wusste natürlich, wo er den eigentlichen Schatz zu suchen hatte! Und es war jedes Mal das Gleiche!
Im Haus des Häuptlings oder Ältesten des Dorfes fand er wonach er suchte. Diese ließen sich ihre Abgaben nämlich zu gerne in Ambersteinen begleichen. Nach denen die Dorfbewohner und auch die Bauern oder deren Kinder, am Strand suchten. Ein kleines Säckchen voll der honigfarbenen Steine, war nun der Besitz des Wikingerjarls. „Morgen suchen wir weiter", sprach Einar ein wenig unzufrieden.
„Irgendwo müssen ja hier noch Dörfer sein."
Als sie nach einem halben Mond die Insel der Ranen verließen, hatten sie neun Sklaven gefangen, einen Laderaum voll Beutezeug, und ein ledernes Säckchen voll mit Ambersteinen, bunten Glasperlen und Hacksilber. Diese Insel wurde für die Wikinger zu einer Schatzgrube.

*

Mit Kurs nach Süden erreichten sie bald schon die Küste des römisch-deutschen Reiches Ludwigs des Ersten. Doch dieses Gebiet beanspruchten einige Slawenstämme, wie die Abroditen, Liutizen, Milzener und Wilzen für sich.
Sie verweigerten standhaft die Taufe, und fielen so immer wieder bei dem Frankenkaiser in Ungnade. So kam es oft zu kriegerischen Übergriffen der Franken.
Die Sonne wurde nun von grauen Wolken verdeckt, aus denen auch bald wieder Regen zur Erde fiel. Sie suchten die Küste ab, und fanden die Mündung eines Flusses in die sie hineinsegelten. An einer dichtbewaldeten Stelle, an der die

Böschung besonders steil in den Fluss abfiel, legten sie den Wellenwolf an. Sie errichteten ein Lager, denn die Späher brachten die Nachricht, dass das nächste Dorf einen halben Tag entfernt war. Somit schienen sie hier sicher zu sein. Von hier aus wollten die Wikinger auf Beutezug gehen. Drei Männer ließ Einar im Lager zurück. Mit den anderen begab er sich an Bord, und segelte den Fluss landeinwärts. Ihre überraschenden Überfälle gaben den Verteidigern kaum Zeit sich zur Gegenwehr zu formieren. Die Schnigge legte an, und die Wikinger stürmten das Dorf. Hatten die Slawenhäuptlinge endlich ein Heer zusammengerufen, waren die Wikinger bereits wieder verschwunden. So verheerten sie das Ufer des Flusses, dessen Namen sie nicht kannten. Nach einigen Tagen wendeten sie den Wellenwolf, und segelten zum Lager zurück. Jetzt hatten sie neun Sklaven an Bord und mussten zusehen, dass sie die Beute veräußerten. Also beschloss Jarl Einar nach Hedeby zu segeln.

Als sie die Mündung der Slie erreichten, hatte der heftige Regen nachgelassen. So wie sie es schon öfter getan hatten, segelten sie in den Fluss, um die Handelsstadt zu erreichen. Doch kaum pflügte der Kiel die Wellen des Flusses, rief Olaf nach dem Jarl. Der blonde Wikinger stand an der Steuerbord Reling, und sah in eine kleine Bucht, in der sich ein Hafen befand.

„Kjelt, steuere dort hin!" schallten die Worte über das Deck des Wellenwolfes. Der Steuermann fragte nicht lang, und tat was der Stevenhauptmann befahl. „Was hast du gesehen?", wollte nun Jarl Einar wissen. „Dort drüben", zeigte Olaf mit dem Finger auf ein Schiff, das an einem Steg festgemacht war. „Kommt dir die Schnigge nicht bekannt vor?"

„Das ist der Blutdrachen!" Jarl Einar hatte die Schnigge seiner Schwester Thordis sofort erkannt. Verwundert sah er den blonden Krieger an.

„Was macht denn der Blutdrachen hier?", fragte sich Olaf laut. „Ich glaube wir haben gerade entdeckt, wohin es Königin Lagertha verschlagen hat", mutmaßte Jarl Einar grinsend. „Wo sind wir hier eigentlich?" Olaf zog seine Schultern hoch. „Ich kenne diese Gegend nicht. Keine Ahnung wer hier herrscht. Aber wenn wir dem Fluss folgen, kommen wir nach Hedeby."

„Ich glaube, wir sind im Gau der Holsten", sprach Thoke, der die Unterhaltung der beiden Freunde mitangehört hatte. Die beiden Männer sahen den Zimmermann erstaunt an. Woher wusste er das? Dieser zuckte nur mit den Achseln, denn er erkannte die unausgesprochene Frage in den Gesichtern der Freunde. „Fragt mich nicht, woher ich das weiß." Thoke begann zu lachen.

„Na gut, sehen wir uns mal um! Kjelt wir legen hier an!", rief der Jarl, und der Steuermann nickte. Bald darauf lag der Wellenwolf fest vertäut an einem der Anleger."
Auf dem Steg stand der Jarl, und mit ihm Thoke, Thure, Ubbe und Kjelt. „Und was nun?", fragte der Steuermann, und sah seinen Anführer an. „Tja…", der Angesprochene fuhr sich mit der Hand durch den Bart, „…ich würde vorschlagen, wir suchen in der Siedlung nach ihnen." Ohne zu zögern, setzte er sich in Bewegung.
Sie folgten einem breiten, holzbeplankten Weg, der sie in die Siedlung führte. Erst jetzt erkannten sie, dass diese doch größer war, als sie vermutet hatten. Und die Siedlung ähnelte dem Handelsplatz, der weiter die Slie aufwärts lag.
Sie erreichten einen kleinen Platz, von dem aus sie einen flachen Hügel sahen, auf dem die große Halle stand.
Plötzlich hörten sie eine Stimme in ihrem Rücken. „Jarl Einar? Bist du es wirklich?" Die Männer wandten sich um,

und sahen in das Gesicht eines Weibes, das in Männerkleidern steckte. Einar erkannte die Schildmaid sofort. „Arla", sprach er ihren Namen erfreut aus. „Was treibt euch denn hierher?" Die Schildmaid, die schon lange mit der Thordis segelte, kam näher, und begrüßte die Männer. „Der Zufall", antwortete Thoke. „Eigentlich wollten wir nach Hedeby, aber…!"

„…wir sahen den Blutdrachen im Hafen liegen", vollendete Jarl Einar den Satz des Zimmermannes. Da nickte Arla. „Ja, wir sind schon seit einiger Zeit hier. Der Jarl Sieghard gab uns ein Haus, damit wir hier bleiben. Es scheint, er hat ein Auge auf Lagertha geworfen!" Dies fanden die Männer recht erheiternd. „Und?", fragte Einar. „Wie stehen seine Aussichten auf Erfolg?" Da zuckte Arla mit den Achseln.

„Das weiß man nicht. Jedenfalls sind Lagertha und ihr Sohn Björn seit einigen Tagen Gäste des Jarls."

„Dann sieht es wohl vielversprechend für den Dänen aus", sprach Thoke grinsend. „Ach, das weiß man nie so genau", lachte Arla, und bot dann an, die Männer zum Haus der Schildmaiden zu führen.

Das Haus war nicht besonders groß, bot aber den einundzwanzig Schildmaiden der einstigen Königin von Ranrike Unterkunft. Arla ging voran, und die Männer folgten ihr. In dem Haus waren nur wenige der Frauen anwesend. Es gab einen abgetrennten, hinteren Bereich, wo mehrere Bettgestelle standen. Und auch die Podeste an den Wänden schienen ihnen als Schlaflager zu dienen. Einen Tisch oder Stühle gab es nicht, dafür aber einen schrecklichen Geruch. Dass auch Frauen so stinken konnten, überraschte die Männer schon. Thoke sah Ubbe an und verdrehte seine Augen. Da begannen die beiden Kerle zu lachen. Jetzt wurden die Frauen aufmerksam. Und einige erkannten den Jarl, der einmal ihr Jarl war, und sein Gefolge. „Wo ist Thordis?", wollte Arla wissen. Eine der Frauen zeigte in den hinteren Teil des Hauses. „Sie schläft!" Die Schildmaid war Gunnhild, und als Einar sie zum letzten Mal gesehen hatte, zählte sie gerade einmal neunzehn Winter. Arla wollte die Schlafende wecken, doch Jarl Einar hielt sie zurück. „Ich werde das tun", sagte er grinsend, und begab sich in den hinteren Teil des Hauses. Acht Liegen zählte er, und auf einer davon, lag seine Ziehschwester Thordis. Er trat langsam heran. Seine Augen lagen auf dem schlafenden Weib. Ihr rötlichblondes Haar war zerzaust, und ihrem Mund entfuhr ein leises Schnarchen.

Auf ihrem Gesicht prankte eine lange Narbe, die der einst doch sehr schönen Thordis, nun ein hartes und wildes Aussehen verlieh. Einar setzte sich auf das hölzerne Gestell neben die Schlafende. Ruhig sah er der Thordis zu. Seine Gedanken schweiften ab, in längst vergangene Zeiten. Gesichter erschienen vor seinem inneren Auge. Thord und Gerta, die Eltern der Thordis, und seine Zieheltern. Und auch das faltige Gesicht des alten Thorstein erschien. Einar musste Grinsen. Wenn der Alte wüsste, was aus ihm geworden war. Und schließlich fiel sein Blick wieder auf die Thordis, und er dachte an die Zeit, als sie ihm beibrachte, wie er am besten einem Weib beilag.

Plötzlich regte sie sich, hustete, und öffnete verschlafen die Augen. Doch sie erschrak nicht. „Was willst du denn hier?", brummte sie unfreundlich. „Oh, welch eine nette Begrüßung für deinen Bruder", grinste Einar die Frau an, die außer seine Ziehschwester, auch sein erstes Weib gewesen war. Von dieser war allerdings nicht mehr viel geblieben. Aus der Fischerstochter Thordis, war eine harte Kriegerin geworden. Kräftig, hart, und mutig!

Langsam richtete sie sich auf, und setzte sich, so wie ihr Bruder, auf die Kante des Bettgestells. Sie zeigte auf das rote Auge. „Das sieht schmerzhaft aus. Hast du es schon lange?" Einar nickte. „Eine Weile, und es schmerzt nicht mehr. Doch es will nicht wieder fortgehen. Darum nennt man mich jetzt Blutauge." Thordis beugte sich vor, und sah sich das Auge genauer an. „Der Anblick treibt einem die Tränen in die Augen. Also sprich, was willst du hier?", wiederholte sie ihre Frage. „Eigentlich nichts! Nun, es war Zufall. Wir sahen den Blutdrachen im Hafen liegen. Da haben wir uns gedacht, sehen wir nach, ob alles in Ordnung ist." Der Gedanke, dass ihr Einar in einem Notfall hätte zu Hilfe kommen können, kam dem rotblonden Weib nicht.

„Uns geht es gut, du kannst verschwinden!" Einar schüttelte nur den Kopf, erhob sich, und ging zurück in den großen Raum des Hauses.

*

Es waren bereits viele Tage seit der Hochzeit vergangen, und bis auf die Hochzeitsnacht, hatte der grauhaarige Jarl noch nicht viel von seiner jungen Frau gehabt. Sie weigerte sich strickt, mit dem Alten das Bett zu teilen.
Und so geschah, was geschehen musste. Eira hatte sich in eine Kammer zurückgezogen, in der die Mägde des großen Hofes schliefen. Sie, die Tochter eines Königs nächtigte nun mit den Sklaven. Doch dies war ihr lieber, als sich dem Alten hinzugeben!
In dieser Nacht, sollte sich dies aber ändern. Die Tür wurde aufgestossen, und drei Männer stürmten in die Kammer. Die Sklavinnen schrien auf, doch sie waren nicht das Ziel der Kerle. „Raus hier!", keifte einer, und die Sklavinnen liefen aus der Kammer. Einer der Männer, es war der Leibsklave des Jarls, hielt eine Fackel in den Raum, und die beiden anderen Kerle ergriffen die Eira. Unsanft zogen sie das junge Weib von ihrem Schlaflager und schleppten sie

hinaus. Eira versuchte sich zu wehren, doch die beiden
Kerle waren kräftig, und sie waren Willens ihren Auftrag
auszuführen. So schleppten sie die Jarlsgattin in die
Schlafkammer ihres Herrn. Dort wartete der Gemahl der
jungen Trøndnerin. „Auf das Bett mit ihr!", befahl er, und
die Kerle warfen Eira auf das Bett. Fragend sah der
Leibsklave seinen Herrn an. Und dieser verstand. „Na los,
packt sie!" Zu beiden Seiten des Bettes stand nun ein Mann,
der die Beine der Eira hielt. Der Leibsklave drückte ihre
Schultern auf das große Bett, so dass sie kaum noch Atmen
konnte. Dann trat der alte Jarl heran. „Du bist mein Weib,
und du hast mir zu gehorchen. Es ist wohl an der Zeit, dir
ein wenig Erziehung zukommen zu lassen. Und wir
beginnen mit der ersten Regel." Er trat heran, und zerriss
der Eira ihr Nachtgewand. „Wenn dein Herr dich in sein
Bett ruft, wirst du folgsam deine Beine spreizen!" Er nickte
den beiden Männern zu. „Ich hoffe du wirst mir einen Sohn
schenken." Die beiden Kerle taten nun, was Eira nicht
freiwillig tun wollte. Sie spreizten ihre Beine! Der Alte ließ
seine Beinkleider fallen, und nahm sich mit Gewalt, was er
für sein Recht hielt.

Lange hatte die Tortur nicht gedauert. War es das Alter oder
die Anwesenheit der anderen Männer, jedenfalls war der
Jarlö schnell fertig, mit seinem jungen Weib. Zufrieden
hatte er die Männer aus der Schlafkammer geschickt. Und er
hatte ihnen geraten zu schweigen. Dann wandte er sich der
Eira zu. „Du siehst, ich bekomme immer was ich will.
Merke dir, du bist mein Weib, und ich lasse mich nicht
zurückweisen!"
Mit diesen Worten legte sich der Jarl auf die Seite, und
schlief recht schnell ein. Eira lag schluchzend neben dem
Mann, mit dem sie ihr Vater König Grjotgard verheiratet
hatte. Als aber das leise Schnarchen des Mannes immer

lauter wurde, erhob sich Eira vorsichtig. Sie legte sich auf den Boden, und suchte nach dem Kästchen, von dem sie wusste, dass der Alte es meist unter seinem Bett vestaute. Und sie fand, wonach sie suchte!

Mit geschickten Fingern öffnete sie die kleine Truhe und griff beherzt hinein. Eine Handvoll Silberstücke nahm sie heraus, verschloß das Kästchen wieder, und schob es an die Stelle, an der sie es ertastet hatte. Nun verließ sie die Kammer. Ihr Entschluss stand nun felsenfest. Sie wischte sich die Tränen aus dem Gesicht, und ging, so leise sie konnte, zurück in die Kammer der Mägde. Dort raffte sie Kleidung zusammen, und schlich hinaus in die Halle des Langhauses. Hier erhellte der Brand in der Feuerstelle den Raum ein wenig, und sie kleidete sich an. Dann begann sie zu suchen, und sie fand, was sie in der Halle gesehen hatte. Ein Saxmesser und ein Gürtel hingen an der Lehne des Hochstuhls des Jarls. Diesen band sie sich um die Hüften. Und einen Bogen mit Köcher und Pfeilen hing an der Wand, neben den Rundschilden des Alten. Auch diesen nahm sie mit sich. So verließ sie in der Nacht, das Langhaus in Hardanger, und sattelte sich ein Pferd. All dies hätte sie nicht gekonnt, wäre da nicht der Sachse Raban gewesen, der aus der Prinzessin von Lade, eine mutige und wehrhafte Frau gemacht hatte.

So trieb Eira das Pferd zur Eile an, denn sie wollte diesen Ort so schnell es ging verlassen. Und sicher würde es nicht lange dauern, und die Schergen ihres Gemahls würden ihr folgen.

„Sie ist fort!" Mit diesen Worten weckte der Leibsklave seinen Herrn. Der alte Jarl öffnete seine Augen, und sah den Mann fragend an. Noch verstand er nicht, was der Sklave ihm sagen wollte. „Was? Wer?"

„Dein Weib, Herr, sie ist fort! Die Eira ist geflohen!" Da erst richtete sich der Jarl auf, und rief wütend: „Wie ist das möglich! Sucht sie, und findet sie. Sonst werdet ihr es bereuen!"

*

Die fünf Männer saßen auf den Podesten im Haus der Schildmaiden, und ließen sich von Gunnhild bewirten. Es ging recht lustig zu, und erst als Thordis in den Raum trat, wurde es ruhiger. Sie hatte inzwischen den Ruf, jede gute Stimmung zu töten. „Was schnattert ihr herum, wie närrische Gänse?" Da erhob sich Einar und reichte ihr seinen Becher. „Was ist dir für eine Laus über die Leber gelaufen? Ich erinnere mich an ein junges, gutmütiges Weib, die meine Schwester war", ranzte Einar die Thordis verärgert an. „Ach, rutsch mir doch den Buckel runter", bekam er von ihr zur Antwort. Doch da wurde Einar böse. Er zog sein Saxmesser, und ehe es jemand überhaupt richtig verstand, lag die Klinge auf der Brust des Weibes. „Es ist genug, Thordis!", sagte er wütend. „Ich bin nicht nur dein Bruder, und das Oberhaupt unserer Sippe! Ich bin auch ein Jarl und stehe weit über dir. Merke es dir ein für alle mal, ich werde keine deiner Frechheiten mehr ungestraft dulden." Ein wenig erschrak Thordis, doch sie verbarg es gut. „Ich gehöre nicht deiner Gefolgschaft an, Jarl Blutauge!" Nun wanderten alle Blicke zu dem Jarl, denn Thordis hatte recht, und jeder war auf die Antwort gespannt. „Das mag stimmen, aber ich bin dein Sippenoberhaupt, und dies wirst du anerkennen."

„Und wenn ich das nicht tue, was willst du dann machen? Jagst du mich dann von deinem Hof?" Thordis lachte überheblich, denn eigentlich gab es nichts, was er tun konnte. Doch ihr Bruder sah sie streng an. „Dann werde ich dich erschlagen, und an die Fische verfüttern. Lagertha, der du folgst, wird meinen Status als dein Sippenoberhaupt anerkennen! Und sie wird es verstehen!" Nun sah Thordis den Bruder nicht mehr so abfällig an. Dies war tatsächlich gut möglich, denn die Rotblonde kannte die Vorliebe der Schildmaid für den Einar. Es gab Regeln, an die sich jeder im ganzen Norden hielt. Und dazu gehörte auch der Rang in einer Sippe. Thordis war die Schwester, und somit ein Weib, also stand sie im Rang weit unter Einar. Hätte sie mehrere Brüder gehabt, stände sie auch unter diesen. So wie ein Knecht unter einem Bauern, ein Bauer unter einem Häuptling oder Jarl, und ein Jarl unter einem König stand. Daran hielt sich auch Lagertha, und würde dem Einar die Bestrafung seiner Schwester verzeihen. „Nimm es runter", forderte Thordis, dass Einar sein Messer von ihrer Brust nahm. „Du bist das Sippenoberhaupt!" Staunend sahen die Anwesenden wie Thordis, die schlechtgelaunte Kriegerin, klein beigab. Einar ließ sein Saxmesser langsam in der ledernen Scheide verschwinden, und zeigte sich zufrieden.

„Gut so, denn es soll kein Groll zwischen uns herrschen. Komm Schwester, setze dich zu uns", bat er die Thordis, und diese nahm Platz.

Nun erfuhren die Männer mehr darüber, warum Lagertha seit einigen Tagen als Gast bei dem Jarl dieser Gegend war. Natürlich war der Name der Schildmaid allseits bekannt, und dieser Jarl wollte es sich nicht entgehen lassen, die berühmte Schildmaid in sein Haus zu laden. „Ich denke, du willst Lagertha sehen", vermutete Thordis, und Einar stimmte ihr zu. „Natürlich will ich das! Vielleicht braucht sie unsere Hilfe!" Da lachte Thordis auf. „Das glaube ich zwar nicht, aber wenn du willst, bringe ich dich zur Jarlshalle!"

Thordis führte ihren Ziehbruder durch die Gassen, und dann auf den Weg zu dem großen Langhaus. „Dort finden wir Lagertha und Björn." Schon von weitem konnten die Wächter sehen, wer sich der großen Halle näherte. Aber als sie Thordis und Arla erkannten, warteten sie ab. Thordis sprach einige Worte zu dem Wächter an der Pforte, und dieser ließ die Besucher eintreten.

Ein Sklave kam herbeigeeilt. „Melde deinem Herrn, dass hier Gäste sind, die zur Lagertha wollen." Der Sklave nickte, und verschwand. Da trat Arla heran. Sie war zurückgeblieben und hatte mit den Wächtern gesprochen. Und sie hatte erfahren, dass der dänische Jarl die berühmte Schildmaid zu seinem Weib machen wollte. Noch aber, hatte die Lagertha nicht eingewilligt. Der Sklave kam zurück, und führte die Gäste in die Halle. Dort wies er ihnen einen Tisch zu, an dem sie warten sollten. „Bleibt hier, und macht keinen Ärger!", sprach Thordis, dann verschwand sie. Doch schon bald darauf erschien sie mit der Lagertha in der Halle, und diese freute sich, als sie den Jarl sah. „Einar Blutauge, wie schön dich zu sehen."

„Die Freude liegt ganz auf meiner Seite, Königin Lagertha", erwiderte Einar den Gruß. Da wiegelte die schöne Schildmaid ab. „Oh nein, mein Freund. Eine Königin bin ich nicht mehr!" Doch Einar widersprach. „Für mich wirst du meine Königin bleiben, Lagertha." Da lachte das Weib und schüttelte den Kopf. Kjelt erhob sich, damit Lagertha dem Einar gegenüber sitzen konnte. Er setzte sich auf einen anderen Platz. „Was führt euch hierher?", wollte sie wissen, und Einar erzählte, wie sie den Blutdrachen im Hafen erkannten, auf ihrem Weg nach Hedeby.

Sie sprachen lange, und irgendwann kam auch Björn an den Tisch. Nach einer Weile beugte sich der Prinz von Ranrike dem Einar entgegen, und flüsterte diesem leise zu: „Hörtest du etwas von Prinzessin Eira? Gibt es vielleicht irgendwelche Neuigkeiten, was unsere Vermählung betrifft?" Einar sah den jungen Burschen an, und schüttelte den Kopf. „Es tut mir leid, Björn", sagte er, „aber ich habe schon lange nicht mehr mit deinem Vater gesprochen. Er meidet meine Nähe, und aus Älvsborg kommen nur noch selten Nachrichten in mein Dorf." Enttäuscht sah Björn den Jarl an. „Aber ich weiß nun wo ihr seid, sollte ich etwas hören, schicke ich dir einen Boten", versprach er. Damit musste sich Björn zufrieden geben.

*

12. Am Hof König Horiks

So wie es Eira befürchtet hatte, dauerte es nicht lange und ihr folgten mehrere Reiter. Der alte Jarl hatte gezetert, und befohlen das Weib zurückzubringen. Koste es, was es wolle! Er schickte Männer in die nahen Häfen, und andere, die die Spur seines Weibes aufnehmen sollten. Etwa einen halben Tag hatte Eira Vorsprung vor ihren Verfolgern, und erst am Nachmittag wagte sie es eine Pause einzulegen. Auf einem Hof im Osten von Hardanger machte sie Halt. Sie stieg aus dem Sattel, und trat an die Tür des Hauses. Kräftig klopfte sie gegen das Holz. Ein Weib öffnet, und sah die junge Reisende fragend an. „Ich suche nach einer Mahlzeit, die ich gut bezahlen würde." Die Frau nickte. „Es ist noch etwas Grütze im Topf. Tritt ein."
Die Bäuerin führte die junge Frau an die Feuerstelle, inmitten des Raumes. Dort hing ein Topf an einem eisernen Dreibein über der Glut. Eira nahm auf einem der Podeste Platz. „Wie zahlst du das Essen?", wollte die Bäuerin wissen. Da zog Eira ein kleines Stück Silber aus ihrem ledernen Säckchen, das an ihrem Gürtel hing. Da lächelte die Bäuerin, ging in den hinteren Teil des Hauses, und kam mit einem Leinensack zurück. Aus diesem Leinensack nahm sie ein Stück Speck, dass sie in eine hölzerne Schüssel legte. Dann füllte sie die Schüssel mit der Grütze aus dem Topf. Gierig begann Eira zu Essen. „Woher kommst du?", fragte die Bäuerin neugierig. Doch Eira antwortete nicht, was die Bäuerin aber als Höflichkeit deutete, da sie den Mund immer wieder mit der Grütze füllte. „Und wohin willst du?", folgte auch schon die nächste Frage. Da hob Eira ihren Kopf. Sie überlegte kurz. „Nach Kap Lindesnes will ich!", quetschte sie die Worte an der Grütze vorbei. Da nickte die Frau zufrieden. „Dann musst du jetzt nach Süden reiten",

sagte sie wissend. „Wenn du dem Weg der Händler folgst, führt er dich direkt in die Stadt." Plötzlich wurde die Tür geöffnet, und ein Mann trat ein. Er war nicht besonders groß, aber er hatte breite Schultern. Sein Alter schätzte Eira auf dreißig Winter, so wie das der Frau. Brummig sah der Mann auf die essende junge Frau. „Wer ist das?"
Sein Weib trat heran, und zeigte ihm das Silberstück. „Sie hat es gut bezahlt!" Da nickte der Bauer und nahm auf dem Podest Platz. „Dein Grauschimmel wurde stramm geritten", sagte er ruhig. „Es braucht Ruhe." Eira hob ihren Kopf. „Ich weiß, aber ich habe keine Zeit!" Da zog der Mann die Schultern hoch. „Dann wirst du dein Pferd nicht mehr lange besitzen." Als Eira die Schüssel gelehrt hatte, sah sie den Bauern an. „Hast du ein Pferd, das du gegen meines tauschen kannst?" Und die geflohene Jarlsgemahlin fügte noch hinzu: „Eines, das gleichwertig ist. Keine Schindmähre!"
Sie schien die Gedanken des Bauern gelesen zu haben, denn dieser verzog sein Gesicht. „Ich besitze drei Pferde", sagte er, „du kannst dir eines aussuchen." Eira wandte sich ihrem Grauschimmel zu, strich ihm über die Stirn und küsste ihn.
„Es tut mir leid, mein Freund, wir müssen uns hier trennen." Und mit Tränen in den Augen suchte sie sich eines der Pferde des Bauern aus.
Es war das Beste der drei Pferde, auf dem Eira den Hof verließ. Sie ritt nach Süden, wie es die Bäuerin ihr vorgeschlagen hatte, doch nach einer Weile erreichte sie einen Abzweig nach Osten, dem sie nun folgte.

*

Die Gespräche an dem Tisch in der Halle des Holstenjarls wurden immer lauter, denn Lagertha hatte befohlen die Gäste zu bewirten. Und das Bier und der Met ließen nicht nur die Stimmung, sondern auch die Lautstärke steigen. Von dem Krach angezogen, erschien irgendwann Jarl Sieghard in der Halle. Er war ein ziemlich schmächtiger Kerl, auch nicht besonders groß oder kräftig gebaut, und sicher um zehn Winter älter als Lagertha. Sein blondes Haar war recht schütter, und an seinem Hinterkopf hatte er bereits eine kahle Stelle. Einar fragte sich, wie dieser Kerl es geschafft hatte ein Jarl zu werden. Und er fragte sich auch, wie dieser eine Frau wie die schöne und mutige Lagertha gewinnen wollte. Es musste wohl Reichtum sein, der ihm die Macht dazu verlieh. Die Lagertha erhob sich, und stellte ihre Gäste vor. Der Holstenjarl war recht freundlich, ließ noch einmal eine Menge zu Essen auftischen, und zeigte äußerst großes Interesse an den Männern aus Ranrike. So sprachen sie eine Weile, meist über den Krieg des letzten Sommers, an dem auch Männer des Dänen teilgenommen hatten. Er berichtete, dass er sich oft mit den Abodriten und Wilzen im Südosten herumschlagen müsse, die über die Ostsee seinen Gau erreichten.

Plötzlich wandte sich der Jarl der Holsten an den Gast. „Sag mir, Jarl Einar, welches sind deine Pläne?" Einar legte die Kaninchenkeule auf den Teller zurück, wischte sich das Fett an der Hose ab, dann sprach er ein wenig nachdenklich:

„Eigentlich wollten wir unsere Beute in Hedeby veräußern, und dann zurück auf das Meer. Denn gerade diesen Wilzen haben wir einen Besuch abgestattet."

„Also geht ihr weiter auf Wikingfahrt!" Der Däne wiegte nachdenklich seinen Kopf. „In wenigen Tagen breche ich nach Ribe[48] auf. König Horik ruft Krieger zu einer großen Wikingfahrt ins Friesenland auf. Wenn du willst, kannst du dich uns anschließen." Ein wenig überrascht war Einar

---

[48] Ribe – einstige Königsstadt der Dänen, im südwestlichen Jütland an der Nordseeküste gelegen, später von Roskilde auf Seeland als Königsstadt abgelöst

schon, denn er hätte sicher nicht gedacht jemals mit König Horik auf Wikingfahrt zu gehen. Diese diente ohne Zweifel dazu, seine Kriegskasse wieder aufzufüllen. Aber es war nun mal keine Kriegsfahrt gegen Ragnar, bei der er natürlich auf der Seite König Ragnars gestanden hätte. Aber eine Wikingfahrt mit einer Flotte erlaubte es auch größere Städte zu überfallen, also warum eigentlich nicht. Und so zeigte er sich durchaus bereit, dem dänischen Jarl zu folgen.

„Du wirst verstehen, wenn ich deinen Vorschlag mit meinen Männern berate, bevor ich dir zusage", sprach Einar, und der Jarl nickte. „Tue, was du tun musst, Jarl Einar!"

Bei den Männern des Wellenwolfes waren die Zweifel groß. Sogar Olaf war gegen diesen Vorschlag. „Er ist unser Feind", warnte er. „Überlege, was wohl Ragnar dazu sagen würde. Wir können nicht mit Horik segeln." Die Worte des blonden Kriegers, trafen natürlich zu. Das Verhältnis zu seinem König blieb gespannt, und Einar zweifelte inzwischen daran, dass es sich noch einmal verbessern würde. Doch mit einer großen Flotte zu segeln, reizte ihn zu sehr. „Ach, ihr vergesst, wie viel Beute auf uns wartet", versuchte der Jarl seine Männer umzustimmen. „Und die Aussicht auf einen lohnenden Raubzug überzeugte so manchen Krieger in der Gefolgschaft des Jarl Einar. So stimmte die Mehrheit für die Wikingfahrt mit König Horik.

Am nächsten Morgen regnete es leicht, doch die Männer hatten die Plane auf dem Schiff gespannt, und so einigermaßen trocken übernachtet. In zwei Feuerkörben brannten die Scheite, so dass es doch recht warm war, in dem Zelt.
Nachdem Jarl Einar sich gewaschen hatte, und nachdem er sein Morgenmahl eingenommen hatte, machte er sich mit Thure und Kjelt auf den Weg zur Jarlshalle.

Dort mussten sie lange warten, denn Jarl Sieghard schlief gerne lange, und kein Diener wagte es, ihn zu wecken. So dauerte es noch eine ganze Weile, bis der Jarl von allein erwachte. Derweilen saßen die drei Männer in der Halle, und warteten.

„Bist du dir ganz sicher, es zu tun?", fragte Kjelt und schien beunruhigt. „Ich muss zugeben, ich fürchte die Reaktion des Ragnar. Erfreut wird er sicher nicht sein!"

„Du magst recht haben, mein Freund, doch was, wenn es uns gelingt Frieden zu stiften." Es schien, als hätte Jarl Einar bereits Pläne, die Wut seines Lehnsherrn zu schmällern.

„Du meinst zwischen Ragnar und Horik?" Der junge Thure zeigte sich erstaunt. Noch ehe der Jarl antworten konnte, trat der Herr des Hauses aus dem hinteren Teil des Langhauses.

„Guten Morgen, Jarl Einar", rief er freundlich, was nicht der Fall gewesen wäre, hätte man ihn geweckt. „Nun, seid ihr Wikingfahrer zu einer Einigung gekommen?"
Einar nickte, während sich Sieghard setzte und nach seinem Morgenmahl verlangte. „Ja, das sind wir, Jarl Sieghard! Wir werden mit dir zu König Horik segeln!"

*

Es waren drei Männer die auf den Hof geritten kamen. Die Abenddämmerung hatte bereits eingesetzt, und der Bauer wollte gerade sein Tagwerk beenden. „He, du! Sag mir, kam hier ein junges Weib vorbei?" Da unterbrach ihn einer der Begleiter und zeigte auf den Grauschimmel, der mit zwei weiteren Pferden auf der Koppel graste. „Das ist eines von unseren!" Erstaunt sah der Mann seinen Gefährten an. „Bist du sicher? Die sehen doch alle gleich aus."

„Natürlich bin ich sicher", keifte der Gefährte zurück. „Es ist das Lieblingspferd der Eira. Sie nennt es Kopti!" Da wandte sich der Anführer wieder dem Bauern zu. „Woher hast du den Grauschimmel?"

„Ich wüsste nicht, was dich das angeht, Fremder", antwortete der Bauer, und legte sich die langstielige Axt in seiner Faust, über die Schulter. „Das werden wir dir gleich zeigen, Bäuerlein!", keifte der Gefährte angriffslustig, doch der Anführer hielt ihn zurück. „Warte, Sven, wir wollen doch nicht streiten." Stattdessen kramte er aus seiner Geldkatze eine bunte Glasperle hervor. Die Perlen waren begehrt, und meist von großem Wert. „Wenn mir deine Antwort gefällt, ist sie dein." Er hob die Perle, zwischen zwei Fingern in das Sonnenlicht. Da grinste der Bauer voller Vorfreude. Aber er war nicht dumm, und zeigte daher auf seinen Knecht, der mit gespanntem Bogen hinter den drei Reitern stand. „Das ist Knut, mein Knecht! Er ist ein sehr guter Bogenschütze, und er verfehlt nur selten sein Ziel." Da verzog der Anführer verärgert sein Gesicht. „Solltest du also erwägen mich zu betrügen…"

Da warf der Krieger dem Bauern die Perle zu, und forderte verärgert: „Nun sprich schon!"

„Das junge Weib war hier", begann der Bauer zu berichten. „Es war zur Mittagszeit. Sie wollte ein frisches Pferd, und ist dann nach Süden geritten. Meinem Weib hat sie erzählt, sie wolle nach Kap Lindesnes." Mehr wollten die Männer nicht wissen. Die Frage, ob sie ein Lager für die Nacht bräuchten, hörten sie nicht mehr.

Dieses hatte Eira auf einem Hof im Osten gefunden. Ein alter Bauer und sein Weib, gaben der Reiterin Unterschlupf für die Nacht. Sie waren freundlich, und die Erschöpfung ließ bei der jungen Frau alle Vorsicht schwinden.

Doch die Götter waren ihr gnädig, denn die Alten führten nichts Böses im Schilde. So konnte Eira ihren Weg am Morgen unbeschadet und ausgeruht fortsetzen. Tag um Tag verging, und noch zweimal tauschte Eira das Pferd, bis sie endlich den großen Fjord von Vestfold erreichte. Der Vorschlag eines Schäfers, führte sie in eine Siedlung mit einem großen Hafen. Hier verkaufte Eira das Pferd und fand einen Händler der in das Kattegat segelte.

Den Verfolgern war erst in der großen Hafenstadt Kap Lindesnes klar geworden, dass ihnen die Gemahlin des Jarls entkommen war. Sie hatten ihre Spur verloren, und mussten ihre Suche abbrechen. So begaben sie sich zurück auf den großen Hof des Jarls.

Über diesen Bericht war der alte Jarl sehr erbost. Und er überzog die Männer mit Spott und seinem Zorn. Noch am selben Tag schickte er einen Boten in das Trøndelag, denn König Grjotgard sollte erfahren, dass er ihre Abmachung für nichtig erklärte.

Einen vollen Mond später, erreichte der Reiter aus Hardanger den Gau im Norden des Landes, und suchte nach der Königsstadt Lade. Es war Mai geworden, als der Reiter bei der Königshalle des Grjotgard Herlaugsson ankam. Der Bote wurde vor den Hochstuhl geführt, und berichtete, was man ihm aufgetragen hatte. Dann führte ihn ein Diener hinaus, und sorgte für seine Bewirtung und Unterkunft. Äußerst wütend war der Ladekönig, als er von der erneuten Flucht seiner Tochter erfuhr. „Was ist bloß in das Kind gefahren? Was wagt sie sich? Elende Trollscheiße!", wütete der Trøndner. „Sie ist deine Tochter", sprach die Königin, und versuchte ihren Gemahl zu beruhigen. Doch dieser sah sein Weib Andur durch schmale Augenschlitze an. „Aber ich weiß, wo wir sie finden!" Andur tat unwissend, obwohl sie längst die Gedanken ihres Gemahls kannte. Es waren auch die ihren. „So, wo glaubst du, wird sie sich verstecken?"

„Wo schon? Natürlich zieht es sie zurück nach Ranrike, an den Hof König Ragnars", rief er höhnisch lachend. „Du meinst, sie will zu Björn Ragnarsson?", tat Andur immer noch unwissend. „Natürlich will sie zu dem Kerl! Er hat ihr den Kopf verdreht."

Da sah Andur Grjotgard mit eindringlichem Blick an, und sprach: „Vielleicht hätten wir sie doch mit Björn verheiraten sollen. Es hätte uns den Frieden gebracht."

„Den Frieden gebracht", äffte er sein Weib nach. „Es geht hier nicht um Frieden! Hier geht es um Gehorsam! Eira hat sich mir, ihrem Vater, widersetzt!" Nun aber wurde die Königin zornig. „Weil du sie bestrafen wolltest, wegen deines verletzten Stolzes, hast du sie einfach verschachert!"

„Ich habe ihr einen Gemahl gesucht", versuchte sich Grjotgard aus seiner misslichen Lage zu winden. „Und auch diesem Gegenüber ist sie ungehorsam!" Da stampfte Andur auf Grjotgard zu, und rief: „Einen Gemahl? Einem alten Bock, der nichts anderes im Kopf hat, als ein junges Ding zu bespringen, hast du sie überlassen. Du hast sie für ein gutes Geschäft aus dem Haus getrieben. Doch unsere Tochter ist keine Sklavin! Sie ist ein Sturkopf wie du! Hättest du sie Björn gegeben, hättest du jetzt deine Ruhe. Und eine Menge Silber dazu!" Nun reichte es dem König, und er hieß Andur zu gehen. Langsam und mit Schweißperlen auf der Stirn, setzte er sich beleidigt auf seinen Hochstuhl. „Hole mir sofort den Borkell her!", befahl er einem Sklaven, und dieser lief sofort aus der Halle.

Diesmal folgte der Borkell nur widerwillig dem Ruf seines Herrn. Er war immer noch über die Vorkommnisse in Ranrike verärgert. Und so ließ er den König erst einmal warten.

Als er aber später in die Königshalle trat, wo sich der Hofstaat um Grjotgard versammelt hatte, wunderte er sich, dass ihn kein Tadel erwartete. „Nimm drei Schiffe, und segele nach Ranrike!", befahl Grjotgard ohne Umschweife.

„Ich will, dass du meine Tochter zurückholst. Und ich will, dass du diesem Einar ein Ende bereitest!" Da leuchteten die

Augen des schwarzgelockten Hauptmannes. „Du meinst…?"

„…ja, ich meine, dass du in den Vänern segelst, und sein Dorf dem Erdboden gleichmachst!"

Obwohl dies ein sehr gefährliches Unterfangen war, denn nur zu leicht konnten die Schiffe König Ragnars ihnen den Rückweg abschneiden, ließ der Hass des Ladekönigs jede Vorsicht vergessen. „Ich werde die Brut ausräuchern, und ich bringe dir Einars Kopf", versprach Borkell grinsend, und König Grjotgard befahl: „Dann suche dir drei Schiffe aus, und verschwinde!"

*

Mit dem Pferd über Land zu reiten, wäre natürlich der kürzere Weg gewesen, um Ribe zu erreichen. Dies wollte Einar in Erwägung ziehen, bevor er sich mit seinem Schiff in die Königsstadt der Dänen wagen wollte. Einen tagelangen Ritt wollte Jarl Einar dann aber doch nicht auf sich nehmen. Denn auch die Besatzung stellte sich gegen den Vorschlag ihres Schiffsführers. Es sollte ja auf Wikingfahrt gehen, und sie wollten nicht hier an der Slie bleiben und warten. So entschied sich der Jarl also um.

„Gut, segeln wir nach Ribe!" Dies bedeutete durch das Kattegat nach Norden, dann durch das Skagerrak nach Westen, und dann durch das Nordmeer nach Süden zu segeln. Es würde, selbst bei gutem Segelwetter, einige Zeit in Anspruch nehmen. So änderte Einar seinen Plan die Beute betreffend, und verkaufte die Sklaven, sowie den Rest der Beute schon hier in der Siedlung. Die Laderäume waren wieder leer, und wurden mit Steinen gefüllt. Und zwei Tage später brachen sie endlich auf. Zwei Schniggen des Jarl Sieghard, der Blutdrachen der Thordis, auf dem auch

Lagertha und ihr Sohn segelten, und der Wellenwolf folgten dem Strom zur Mündung der Ostsee.

Ein halber Mond verging, bis sie den Hafen von Ribe erreichten. „Ich kann nicht sagen, dass ich mich besonders wohl fühle", gab Olaf seine Bedenken zum Besten. „Dieser Horik ist immer noch unser Feind, und wir segeln in seine Stadt, um in zu besuchen!"

„Ach was, wir sind nicht als Krieger hier, sondern als Wikinger", sprach Ubbe, „also, mach dir nicht in die Beinkleider!" Diese Anspielung auf Feigheit verärgerte Olaf natürlich, doch er hielt sich zurück, denn einen Streit wollte er nicht vom Zaun brechen. „Warte es nur ab! Du wirst noch sehen, dass es ein großer Fehler ist."

Olaf blieb misstrauisch, und nahm sich vor, keinen Schritt unbewaffnet zu tun.

Ribe war eine große Siedlung, die vom Hafen an der Nordsee, bis weit in das Landesinnere reichte. In König Horiks Stadt gab es einen großen Markt, der Händler von Norden und Süden gleichermaßen anlockte. Die Königshalle lag schon lange nicht mehr in der Mitte der Siedlung, denn diese hatte sich landeinwärts ausgebreitet. Zwölf große Anlegestege zählte Ubbe, die weit in das Meer ragten, denn die Bucht war nicht groß, dafür aber breit.

An den Stegen lagen unzählige Schiffe! Knarren und Skuder, Schiffe aus dem Saxland, welche von den Franken und den Friesen. Sogar Händler von den Angelsachsen schienen sich nach Ribe zu wagen. Und dann sah Ubbe nach Steuerbord. Dort lag eine Flotte vor Anker. Kriegsschniggen und eine große Skaid. Dies musste die Flotte König Horiks sein, und die Skaid war sicherlich sein Königsschiff, so vermutete Ubbe. Olaf stimmte ihm zu. „Der Kerl hat sich scheinbar schnell erholt, seit seiner Schlappe im letzten Sommer", sagte er beunruhigt, und spielte auf den Krieg in

Haland an. „Wohl wahr!", stimmte Ubbe zu, und zeigte auf die andere Seite des Hafens, wo auch bereits einige Schniggen ankerten. „Ich vermute, die sind aus dem gleichen Grund hier wie wir", sagte Olaf und blickte zu den Schniggen hinüber. Die Überlegung des blonden Kriegers traf durchaus zu, denn dies waren Schiffe der Jarls von Jütland und den dänischen Inseln. Auch Einar hatte die Schiffe gesehen, und vermutete dasselbe wie sein Steuermann. Aus diesem Grund ließ er den Kjelt genau dorthin steuern. Bald darauf lag der Wellenwolf neben einer anderen Schnigge vor Anker. Und auch die beiden Schniggen des Jarl Sieghard, und der Blutdrachen ankerten hier.

„He, woher kommt ihr?", rief ein Mann herüber, und Jarl Einar trat an die Reling. „Wir kommen aus Ranrike, um an König Horiks Raubfahrt teilzunehmen." Da lachte der Kerl auf. „Ranriki seid ihr, also! Männer von König Ragnar Sigurdsson! Ihr habt Mut hierher zu kommen. Das muss man euch lassen!"

„Der Krieg ist beendet, denke ich. Daher gibt es keinen Grund, nicht hier zu sein. Und woher kommst du?", fragte Einar zurück. „Wir kommen aus Schonen, und es ist der gleiche Grund, der uns hierher brachte." Der Mann setzte sich auf die Reling. „Du solltest wissen, dass es den Besatzungen nicht erlaubt ist an Land zu gehen", rief er dem Jarl zu. „Nur die Schiffsführer, und ein Begleiter dürfen nach Ribe übersetzen." Gleiches bekam Einar zu hören, als ein Mann in einem kleinen Boot herangerudert kam.

„Olaf, du hast das Kommando", befahl Einar, und entschied sich, den Ubbe mitzunehmen. Beide Männer stiegen in das Boot, während die Männer an Bord begannen, die Plane über das Deck zu spannen.

Auf dem Steg, trafen sie mit Jarl Sieghard und seinem Stevenhauptmann zusammen. „Warten wir auf Lagertha", schlug Sieghard vor, und Einar willigte ein. So standen sie schweigend auf dem Steg, denn viel zu sagen, hatten sie sich nicht. Scheinbar stand der Krieg des letzten Sommers immer noch zwischen den Männern. Es dauerte eine Weile, bis das Boot erneut anlegte. Lagertha und Thordis traten auf den Steg. Obwohl Thordis die Eignerin des Blutdrachen, und Lagertha keine Königin mehr war, hatte sich die rotblonde Trøndnerin bereit erklärt, weiterhin in den Diensten der Lagertha zu bleiben. Sie war schließlich eine Berümtheit, und versprach für gute Beute zu sorgen. Im Hafen warteten bereits Sklaven, die den Auftrag hatten, ankommende Schiffsführer zur Königshalle zu bringen. So trat ein junger Bursche heran. „Ihr könnt mir folgen", sagte er ruhig. „Ich bringe euch in euer Quartier."

Er führte die Wikinger durch die Gassen von Ribe, vorbei an der großen Königshalle, zu einem nicht viel kleineren Langhaus. Auf einer Wiese neben dem Langhaus standen Zelte. Horik hatte seinen Kriegern befohlen, das Langhaus für die Gäste zu räumen, und ließ sie auf der Wiese lagern. So führte der Sklave die Gäste in das große Haus. „Hier werdet ihr warten, bis euch der König ruft", sprach er und wollte gehen. Doch Jarl Sieghard hielt ihn zurück. „Melde dem König sofort, dass die berühmte Lagertha und Jarl Einar Blutauge in meiner Gefolgschaft sind." Der Sklave nickte und ging.

Obwohl die beiden Flügel der Tür weit geöffnet waren, roch es in dem Haus nicht gerade angenehm. Einar sah sich um, und schätzte die Zahl der Anwesenden auf sicherlich Hundert. Und unter ihnen war kein einziges Weib!

Er beugte sich dem Ubbe zu. „Wir müssen meine Schwester und Lagertha schützen", flüsterte er, und Ubbe nickte. Die Befürchtung des Einar sollte sich schnell bewahrheiten. Waren es Anfangs nur Blicke, so wurden einige Männer schon bald mutiger. Sie kamen näher, und sprachen die

Lagertha an. Ein Jarl aus dem Norden Jütlands, war der erste, der sich hervortun wollte. „Was hat sich König Horik nur dabei gedacht? Was sollen wir mit nur zwei Huren anfangen?" Er trat näher, und wollte nach dem Haar der Lagertha greifen, doch dies bekam ihm schlecht. Er jaulte auf, und zog seine blutende Hand zurück. Die einstige Königin von Ranrike, hatte ihr Messer gezogen, und es dem Kerl durch die Hand gestossen. Sofort zog der Begleiter des frechen Jarls sein Schwert, doch damit hatte Einar gerechnet, und so lag die Klinge des Blutauges am Hals des Mannes aus dem Norden. „Bewege dich, Kerl, und ich schneide dir die Gurgel durch!" Die Drohung half, denn er ließ sein Schwert sinken. Nun stellten sich auch Jarl Sieghard und sein Stevenhauptmann, den näher kommenden Kerlen entgegen. Einige waren nur neugierig, doch andere waren empört, und scheuten sich nicht Gewalt anzuwenden. Nun drohte die Stimmung vollends zu kippen, denn der Jarl mit der verletzten Hand, rief dazu auf, das Weib zu töten.

„Ihr elenden Narren", rief Jarl Sieghard wütend. „Ich werde jeden in Streifen schneiden, der es wagt näher zu kommen." Ein wenig erstaunt sah Jarl Einar den Dänen an, denn entgegen seiner eher schmächtigen Statur und seines Alters, schien Sieghard ein mutiger Mann zu sein, und auch nicht ungeschickt im Umgang mit dem Schwert. „Wisst ihr wen ihr vor euch habt? Dies ist die berühmte Lagertha!" Nun wichen einige zurück. Andere kamen erstrecht näher, denn die berühmte Schildmaid wollten sie sehen. An Kampf dachte niemand mehr, auch nicht der Kerl mit der verletzten Hand.

*

Es hatte ziemlich lange gedauert, und Einar, Sieghard und Lagertha waren sich einig, dass eine Übernachtung in diesem Langhaus nicht in Frage kam. Gerade als sie zum Hafen zurück gehen wollten, kam der Sklave. „Folgt mir! Der König will euch sehen! Sofort!" Unter den staunenden Blicken der Anwesenden, verließen die sechs Wikingfahrer das Langhaus.

Die Königshalle von Ribe war groß und beeindruckend. Feinste Schnitzereien zeugten von Reichtum König Horiks. Sie traten durch die große Tür in die Halle, die mit den engsten Freunden, Beratern und einigen Männern und Frauen aus dem Hofstaat gefüllt war. Die Nachricht, dass die Schildmaid Lagertha, und Jarl Einar Blutauge, der seit der Schlacht in Haland bei den Dänen kein Unbekannter mehr war, in Ribe weilten, hatte die Neugier der Leute geweckt. Das Wagnis einzugehen, sich dem Horik für die Wikinfahrt anzubieten, rang den Dänen tatsächlich Respekt ab.

Auf dem Hochstuhl saß ein Mann, dessen rotes Haar mit grauen und weißen Strähnen durchzogen war. Bei seinem langen Bart war es umgekehrt. Dieser war grau und von roten Strähnen durchzogen. Neben ihm saß eine blonde Frau. Sie war etwa gleichen Alters wie der König, und sicher seine Gemahlin Gunnhild. Ihre wertvollen Gewänder untermalten die Vermutung der Gäste. Dies konnte nur die Königin sein.

Horik der Erste zeigte sich durchaus freundlich, und winkte die Gäste heran. Der Sklave verschwand, und die sechs Wikingfahrer gingen durch die Halle, bis vor das Königspaar. „Ich grüße euch!", sagte der König mit ruhiger Stimme, und zeigte auf sein Weib. „Dies ist meine Gemahlin Gunnhild. Wen bringst du mir da, Jarl Sieghard?" Der Holstenjarl trat einen Schritt vor und zeigte auf Lagertha. „Diese hier, mein König, ist die einstige Gemahlin Ragnars und die Königin von Ranrike, Lagertha." Dann zeigte er auf Jarl Einar. „Und dies ist Jarl Einar, den man

Blutauge nennt." Der Genannte nickte kurz. Da beugte sich Horik vor, und sah auf das rote Auge. „Wir sind uns bereits begegnet, doch da achtete ich nicht auf dich, Jarl. Nun sehe ich, dass du tatsächlich ein rotes Auge hast. Ist es schmerzhaft?" Einar schüttelte seinen Kopf. „Jetzt nicht mehr!" Dann wandte sich der König der Dänen der Schildmaid zu. „Die berühmte Lagertha! Mutige Schildmaid und Kriegerin!" Er erhob sich, und trat vor die einstige Gemahlin des Ragnar. „Es freut mich dich wiederzusehen, Lagertha. Als wir uns zuletzt begegneten, da warst du noch eine Königin. Was ist geschehen?" Ein wenig überrascht sah Lagertha den König an, wollte aber nicht unhöflich sein, und beantwortete daher die Frage. „Mein Gemahl hat sich ein neues Weib erwählt. Und darum entschied ich, den Hof in Älvsborg zu verlassen."

„Dann sei in meinem Reich willkommen!", sprach der König, und sein Weib nickte. „Und auch du, Jarl Blutauge, sollst Willkommen sein." Nun stellte Sieghard auch die Thordis und den Ubbe vor. „Du bist bei den Schildmaiden der Lagertha der Hauptmann?", fragte Horik die Thordis, und zeigte sich erstaunt. „Und du bist auch die Schwester des Einar Blutauge?" Da nickte die rotblonde Kriegerin.

„Ist das ein Zufall?", fragte Gunnhild neugierig. „Das ihr euch hier getroffen habt, oder ist es Absicht?" Da antwortete Einar: „Vielleicht war es der Götter Wille! Aber gewollt war es nicht."

„Oh, nein", stimmte Thordis zu, und Horik begann zu lachen, denn er verstand sofort, dass es mit dem Verhältnis der Geschwister nicht zum Besten stand. „Nun, wenn ihr mir für den Raubzug die Gefolgschaft schwört, sollt ihr mich begleiten. Die Anteile an der Beute werden wir noch aushandeln." Damit zeigten sich Lagertha und die Jarls einverstanden. Königin Gunnhild rief eine Dienerin heran, und befahl dieser, die neuen Verbündeten in einem

Gästehaus unterzubringen. Die Dienerin nickte und ging voran.

Die Unterkunft in dem Gästehaus war natürlich viel angenehmer, als in dem Langhaus mit all den stinkenden Kerlen aus dem ganzen Dänenreich. Und es war natürlich nicht zu verachten, wenn man sein Schlaflager nicht mit anderen teilen musste. Denn dies war in dem Langhaus der Fall. Breite Podeste dienten als Bettstatt, und gaben fünf oder mehr Männern einen Platz zum schlafen.

Das Gästehaus dagegen, war in zwei Räume geteilt. In dem kleineren, einer Kammer gleich, schlief der Dänenjarl Sieghard mit seinem Stevenhauptmann. Er hatte den Platz der Lagertha angeboten, doch diese hatte dankend abgelehnt. In dem größeren Raum hatten Thordis, Lagertha, Ubbe und Einar ein Schlaflager gefunden.

Schnell war Einar eingeschlafen. Ein Feuer in der Feuerstelle verbreitete wohlige Wärme in dem Raum, so dass es Einar vorgezogen hatte, seine Kleidung abzulegen. Dies kam für Ubbe nicht in Frage, denn er war voller Scham. Dafür schnarchte er laut, dass man ihn nach kurzer Zeit aus dem Haus jagte. So schlief er im Vorraum auf einer Bank. Nun herrschte Ruhe in dem großen Raum, und alle fanden Schlaf.

Nach einer Weile aber, spürte Einar wie eine Hand über seinen nackten Rücken strich. „Los, rück ein wenig", flüsterte eine weibliche Stimme in sein Ohr. „Aber…"

„Pst!" Ein Finger legte sich über seinen Mund. Er wandte sich auf den Rücken, und sie glitt wie eine Schlange auf seinen Körper. Nun fühlte er ihren Körper, ihre Brüste die sich nun gegen seinen muskulösen Brustkorb drückten. Und er spürte, dass ihn die Nähe der nackten Frau nicht kalt ließ. Sie küsste ihn, und fand, wonach sie suchte.

Als Einar erwachte, lag er wieder alleine auf dem Schlaflager. Hatte er das nur geträumt? Er sah zu dem Schlaflager der Lagertha hinüber, und erkannte, dass sie, wie er auch, nackt war. Er erinnerte sich, dass dies nicht so war, als sie sich zum Schlafen hingelegt hatte. Die Tunika, die sie getragen hatte, lag nun vor dem Bett. Also hatte er wohl doch nicht geträumt.

Als sie dann gemeinssam ihr Mordenmahl einnahmen, suchten Einars Blicke die schöne Frau, doch es geschah …nichts! Lagertha verhielt sich wie immer. Sie hatte sich geholt, wonach ihr Körper verlangte, und damit schien die Angelegenheit erledigt zu sein. Und da niemand etwas bemerkt hatte, beließ es Einar dabei.

Es vergingen noch einige Tage, bis König Horik alle Schiffsführer und Jarls in die große Halle rief. Er verkündete den Tag der Abreise, und gab bekannt, wer welchen Anteil an der Beute erhielt. Aus den Anteilen mussten die Jarls und Schiffseigner dann ihre Mannschaften entlohnen. Wie sie das taten, überließ der König ihnen selbst. Und danach begann ein großes Fest.

*

Über dem Trøndelag zeigte sich das Wetter von seiner schlechtesten Seite. Graue Wolken hatten sich besonders über dem großen Fjord zusammengezogen, und öffneten immer wieder ihre Schleusen. Anstatt sich für die Fahrt vorzubereiten, waren die Männer damit beschäftigt das Wasser aus den vor Anker liegenden Schiffen zu schöpfen. Und dies musste schnell geschehen, denn die Schniggen drohten bereits zu sinken. Die Laune des Borkell war in diesen Tagen nicht die Beste, und auch König Grjotgard ärgerte sich, dass seine Schiffe noch im Hafen in der Nidälv lagen.

Erst als die Unwetterfront nach Westen abgezogen, und die Flotte vom Wasser befreit war, konnte der Hauptmann daran gehen, seine drei Schiffe seeklar zu machen. So war es ein grauer, windiger Frühlingsmorgen an dem drei Schniggen des Trøndnerkönigs Grjotgard Herlaugsson den Hafen von Lade verließen, und über die Nidälv in den großen Fjord segelten. Am Vordersteven der einen Schnigge stand mit wehendem Haar, der Krieger den man Borkell den Schwarzen nannte.

*

13. BEI DEN FRIESEN

Ein warmer Frühlingstag neigte sich seinem Ende zu, und langsam sank die Sonne dem Horizont entgegen. Es wurde Zeit einen Platz zum schlafen zu finden, und Hunger verspürte das junge Weib auch. Sie war die Küste des großen Fjordes von Vestfold[49] entlang geritten, hatte immer darauf geachtet, diesen zu ihrer Rechten im Blick zu behalten. Und endlich sah sie in der Ferne die Rauchsäule eines Hauses in den Himmel aufsteigen. So wie an den meisten Abenden, hoffte sie, auch an diesem ein Schlaflager auf einem Hof zu finden. Sie ritt den Hauptweg entlang, direkt auf den Hof vor das Haus. Ein Mann trat heraus, und sah die junge Reiterin schweigend an. „Sei gegrüßt", sagte Eira. „Hast du einen Platz für die Nacht und ein Mal für mich?" Der Mann trug sein braunes, glattes Haar lang, und zu einem Zopf gebunden. Sein Bart war ungepflegt, und reichte fast bis auf die Brust. „Wer bist du, und wohin willst du?", fragte er mit tiefer Stimme.

„Ich bin das Weib eines Jarls, und mein Weg führt mich nach Osten", antwortete Eira, und sah sich um. Es schien ihr, als lebe der Mann allein auf dem Hof, und dies machte ihr unbehagen. „Sag, wo sind dein Weib und die Kinder?"

„Wer sagt dir, dass ich ein Weib und Kinder habe?" Der Mann strich sich über seinen langen Bart. „Aber du hast recht, sie sind im Wald um Pilze und Beeren zu suchen." Er trat vor und ergriff das Pferd am Halfter. „Dann komm herein, es ist noch etwas vom Mittagsmahl im Topf." Er wartete bis Eira abgestiegen war, und band das Pferd dann an einem Pfosten einer Koppel an. Gemeinsam betraten sie

---

[49] Vestfold – Gau in der Mitte des alten Norwegen am (heutigen) Oslofjord gelegen

das Haus. In dem Gebäude sah es so aus, wie in fast jedem Haus in dem sie in den letzten Wochen genächtigt hatte. Eine große Feuerstelle, und an den Wänden Podeste. Eine aus Weidenästen geflochtene Trennwand, hinter der ein Bettgestell stand. Dann ein Teil für das Vieh, welches jetzt aber draußen zu sein schien. Es roch unangenehm in dem Haus. „Setz dich", bot der Bauer der Eira einen Platz auf dem Podest an. Er suchte derweil nach einer hölzernen Schüssel und einem Löffel. Aus dem ehernen Topf, der an einem Dreibein hing, schöpfte er Grütze in die Schüssel und reichte sie der Fremden.

„Sag, Bauer, wo bleiben dein Weib und die Kinder? Machst du dir keine Sorgen, es wird bereits dunkel?", fragte Eira den Mann, der ihr gegenüber saß, und an einem Holzscheit schnitzte. „Müssten sie nicht längst zurückgekehrt sein?"

„Mach dir darüber mal keine Gedanken", sagte er mit einer Kälte in der Stimme, die Eira erschaudern ließ. Und nun überkam sie das Gefühl, einen großen Fehler begangen zu haben. Und ihr Gefühl sollte sich schnell bewahrheiten. Denn der Bauer erhob sich, und ohne ein Wort zu verlieren, schlug er mit dem Holzscheit zu. Es blieb Eira nicht einmal die Zeit zu begreifen, was um sie geschah, denn sie verlor das Bewusstsein und fiel zur Seite.

Als sie mit schmerzendem Schädel erwachte, lag sie auf dem Podest. Ihre Hände waren gefesselt, und auch um die Knöchel hatte der Bauer ein Seil gelegt, so dass er dem jungen Weib unmöglich war zu fliehen. Nur langsam kam die Erinnerung zurück. Sie hob die gefesselten Hände an ihren Kopf und ertastete eine verkrustete Blutspur, die sich von der Stirn über ihre Wange schlängelte. Wie lange war sie wohl bewusstlos gewesen?

Ihr Blick fiel auf den Bauern, der ihr immer noch gegenüber saß. Aus dem Holzscheit, der sie in das Reich der

Bewusstlosigkeit befördert hatte, war inzwischen ein Löffel mit einem langen Stiel geworden. „Warum tust du das?", fragte Eira leise. „Das ist mein Willkommensgeschenk! Jetzt weißt du, wie es dir ergeht, wenn du dich mir widersetzt. Du bist nun mein Weib, und wenn du gehorsam bist, wird es dir an nichts fehlen." Langsam schloss Eira ihre Augen. Nun wusste die Prinzessin von Lade, was sie hier zu erwarten hatte.

Zwei Tage waren vergangen, und der Eira ging es wieder besser. Der Kopf brummte nicht mehr, und der Schmerz ließ nun auch nach. Der Bauer hatte sich urplötzlich gewandelt. Er zeigte sich nun von einer führsorglichen Seite, reinigte die Wunde mit kaltem Wasser, und wusch das junge Weib. Er gab ihr zu essen, und behandelte sie gut. Nur wenn Eira darum bat, ihre Notdurft zu verrichten, schlang er ihr ein Seil um den Hals, und begleitete sie hinaus.
Und längst arbeitete es im Kopf der Prinzessin, denn sie hatte nicht vor, sich in ihr Schicksal zu ergeben. Dieser Kerl hatte den Verstand verloren, und sie kannte fortan nur ein Ziel.

*

An einem verregneten Frühlingstag sammelte sich die Wikingerflotte des König Horik im Hafen von Ribe. Der Däne hatte nun lange genug gewartet, und er befand die Flotte als groß genug. Aus allen Teilen seines Reiches waren die Krieger mit ihren Schiffen gekommen, um an einem großen Raubzug teilzunehmen. Das Ziel waren die Rheinlande!
Auch zahlreiche Söldner hatten sich dem Dänenkönig angeschlossen. Nicht nur die Krieger aus dem Reich,

welches unter König Harald Klak[50], der sich sogar taufen ließ und ein Lehnsmann Karls des Großen wurde, den Namen Dänemark erhalten hatte, sondern auch Männer aus dem Reich am Nordweg. Krieger von den Inseln auf der anderen Seite Jütlands, und Schiffe der Swea hatten sich eingefunden. Sie alle erhofften sich große Beute zu machen.

Mit einer Flotte von weit über hundert Schiffen, segelte Horik in die Nordsee hinaus und nahm Kurs nach Süden. Und die Anwesenheit einer Wikingerflotte auf der Nordsee blieb natürlich nicht unbemerkt. Wie ein Lauffeuer verbreitete sich die Nachricht in den Küstenstädten des Friesenlandes, und wer dazu in der Lage war, versuchte sich gegen einen Überfall zu wappnen.
Nach jedem zweiten Tag steuerte die Flotte die Küste an. Sie errichteten ein Lager, um an Land zu übernachten. So mussten sie nicht jede Nacht auf See verbringen. Dabei fielen die ersten Dörfer und Höfe den marodierenden Wikingern zum Opfer. Vieh wurde gestohlen, und Sklaven gefangen. Dies aber gefiel Horik nicht, denn sein Ziel war ein größeres. Sich jetzt schon mit Gefangenen zu belasten, machte für ihn wenig Sinn. Doch die Wikinger waren in einem Beuterausch, dem der König nachgeben musste. Sklaven und kleinere Beutestücke gaben die Krieger sowieso nicht mehr her. So saßen auf manchem Schiff bereits Sklaven, die mit Seilen um die Hälse an den Mast gebunden waren.
Bald schon erreichten sie ein Haff, welches sie in das Landesinnere führte. Mehrere Flüsse mündeten in diesem

---

[50] Harald „Klak" Haldansson - (* um 785; † um 846) war von 812 bis 814 und von 819 bis 827 König in Jütland, erbitterter Gegner König Horik Gudfredssons

Haff, doch Horik wusste genau wohin er wollte. So wählte er einen der Flüsse aus, und gab den Befehl aus, in diesen hinein zu segeln.

Segel neben Segel zogen die Schniggen und Großsegler der Wikinger den Lek flussaufwärts, bis das Spähschiff ihnen die „Stadt voraus" meldete. Zur Steuerbordseite erblickten sie eine große Wiese, die der König zum Lagerplatz erklärte. So kam es, dass die Schiffe am Ufer des Lek anlegten. Aus Ermangelung an Bäumen trieben sie Pfähle in den Boden, an denen sie die Schiffe vertäuten. Bald schon standen die Zelte auf einer Wiese, soweit das Auge reichte.

Bei Kerzenschein saßen drei Männer in einem Haus in Dorestad, einer Stadt an der Gabelung des Niederrheins in den Lek und den Krummen Rhein. Diese ausgesprochen gut gewählte Stelle hatte die Friesenstadt von einem Dorf zu Zeiten der Römer, zu einem großen Handelsplatz anwachsen lassen. Drei wichtige Handelsrouten trafen hier zusammen, die die Franken und Sachsen über Land, sowie die Britannier und auch Dänen über die See nach Dorestad brachten.

Weitausholend lagen im Süden viele Gehöfte um die Stadt verteilt. Im Norden, nach einer großen Ansammlung von Häusern und Hütten, lagen der Hafen und das Handwerkerviertel. Und obwohl Dorestad viele Reichtümer erahnen ließ, war die Stadt der Friesen nur wenig befestigt.

„Sag mir, Häuptling Radbodo, beunruhigen dich die Nachrichten von den Wikingern denn überhaupt nicht?", fragte einer der Männer, dessen Kinn geschoren war, dessen Schnauzbartenden aber lang herunter hingen.

„Warum soll es mich beunruhigen, Onneken?", antwortete der Mann, dessen Gesichtsbehaarung ähnlich der seines Gegenübers war. Doch im Gegensatz zu dem schwarzen Bart des Onneken, war der des Radbodo hellblond. Dazu kam, dass der Blonde lange Zöpfe trug, der Onneken dagegen hatte einen gänzlich kahlen Kopf. „Es waren viele Schiffe auf dem Meer. Soll ich deswegen etwa Angst und Schrecken schüren?", fuhr der Herse Radbodo den Onneken an. Da nickte der dritte Mann an dem Tisch. „Ja, das sollst du", rief er wütend aus. „Die Nordmänner lagern bereits an der Mündung des Lek. Was glaubst du wohl, wo die hin wollen?"

„Es wundert mich nicht, dass du deinem Bruder nach dem Munde redest, Popko" zeigte sich der Häuptling verärgert.

„Sie werden es nicht wagen, denn auch Händler aus Haithabu[51] kommen hierher. Die Dänen werden sich nicht ihre Geschäfte versauen!" Doch die beiden Brüder gaben nicht nach. „Die Dörfer und Höfe im Haff wurden bereits verheert, und wir werden die Nächsten sein", sagte Onneken zornig. „Wie kannst du so blind sein, Radbodo?" Popko hatte sich erhoben. „Rufen wir die Krieger zusammen, bevor es zu spät ist!"

Da atmete Radbodo tief ein. „Du Popko, reitest den Lek abwärts, und wirst die Wikinger im Auge behalten. Aber gehe kein Wagnis ein!" Radbodo fuhr sich mit dem Finger über den Schnauzer, und sprach leise. „Nein, das werden sie nicht wagen."

„Doch sie werden!" Onneken hatte die Worte seines Hersen wohl gehört. „Ich werde jedenfalls meine Familie fortschaffen." Da sah Radbodo ihn zornig an. „Das wirst du schön bleiben lassen, Onneken! Sobald du mit deiner Familie die Stadt verlässt, wird es Unruhen geben." Da erhob sich der Glatzkopf wütend, und rief: „Ich werde selbst entscheiden, was ich tue. Da brauche ich dich nicht zu!" Verärgert verließ der Mann das Haus.

---

[51] Haithabu – von den Dänen Hedeby genannt

Und Onneken tat, was er angekündigt hatte. Schon am Abend hatte er ein Pferd vor einen Wagen gespannt, hatte eine Truhe mit Wertgegenständen und alles was der Familie wichtig war darauf geladen. „Du bringst sie zu meinem Bruder Trak nach Utrecht. Dort werden sie sicher sein!", sprach Onneken zu seinem Knecht, und dieser versprach den Befehl auszuführen. So stiegen Onnekens Weib und seine vier Kinder auf den Wagen, und verließen die Stadt. Und wie es der Herse vorhergesehen hatte, sprach sich die Flucht schnell herum. Zuerst nur bei den Nachbarn des Onneken, dann aber auch in der ganzen Stadt. Schon bald machten sich weitere Bewohner auf den Weg, und auch der Hafen leerte sich, denn die Händler überkam die Angst. Die einen vor den Wikingern. Die dänischen Händler vor der Bevölkerung von Dorestad!

Popko war nicht lange fort gewesen, als er aufgeregt in das Haus des Hersen stürmte. „Sie sind da!", rief er laut. „Sie lagern nicht einmal einen halben Tag von hier." Der Herse schob seinen Teller von sich, denn er hatte gerade das Mittagsmahl eingenommen, und sah den Popko an. „Wie bei allen Heiligen ist das nur möglich? Warum hat man uns ihre Ankunft nicht früher gemeldet?"

„Und was nun?", wollte der jüngere Bruder des Onneken wissen. „Alle sollen sich bewaffnen. Der Angriff wird nicht lange auf sich warten lassen", befahl der Herse der Stadt.

Schon von weitem sahen sie den Schein der Fackeln. Es waren tausende leuchtende Punkte, die flussabwärts den Lek, und von Westen die flachen Wiesen erhellten. Der Marsch auf die Stadt hatte begonnen!

Die Schiffe der Wikinger erreichten als erste den Hafen. Sie ließen die Schniggen an die Stege gleiten und sprangen voller kampfeslust über die Reling. Mit ohrenbetäubendem Lärm begann der Überfall auf Dorestad.

Auch der Wellenwolf war unter den Seglern, und Jarl Einar führte seine Krieger an. Nur fünf Männer beließ er an Bord, die anderen folgten dem Jarl. Doch weit kamen sie nicht, da flogen den Angreifern die Pfeile der Friesen entgegen. Hinter einer Barrikade aus Fässern, Kisten und Säcken hatten sich die Verteidiger des Hafens verschanzt.

„Schildwall!", brüllte Einar, und seine Männer rückten zusammen. Auch von den anderen Schiffsbesatzungen hörte man diesen Befehl, und auch diese suchten den Schutz hinter ihren Rundschilden. Immer wieder schrien Krieger auf, und mancher fiel von Pfeilen getroffen den Steg hinunter in das kalte Nass. So starben auch zwei Krieger der Besatzung des Wellenwolfes. Die meisten Pfeile aber schlugen in das Holz der Schilde ein. „Vorrücken!", rief Einar aus der Deckung seines schwarz-roten Schildes, und der Wall bewegte sich langsam in Richtung der Barrikade. Und dann waren sie so nah, dass Einar den Befehl zum Angriff gab. Seine Krieger stürzten sich auf die Friesen hinter den Barrikaden, und ein wilder Kampf entbrannte. Als aber auch die anderen Schiffsführer zum Angriff bliesen, gaben die Friesen die Barrikaden auf, und liefen in das Hafenviertel. Die Krieger des Wellenwolfes folgten ihnen, und fielen über die Hütten und Häuser her. Menschen die sie dort antrafen, erschlugen sie ohne Gnade. Die meisten Häuser beherbergten die Werkstätten der Handwerker, und so gab es viel zu rauben. Olaf trat aus einer Tür, und rief seinen Jarl: „He, Einar! Komm her!" Der Jarl hatte gerade einem Angreifer sein Schwert gegen den Kopf geschlagen, und als ein weiterer Friese ihn mit der Axt angriff, stürmten ihm Kjelt und Thure zu Hilfe. Nun folgte Einar dem Ruf des Olaf in das Haus. Was ihm zuerst auffiel, waren ein Weib und ihre Kinder, sowie ein Greis, die sich ängstlich in einer Ecke des Hauses hinter einem Schlaflager verschanzten. Verwundert sah

Einar den Olaf an. „Deswegen hast du mich gerufen?",
fragte er ärgerlich, doch Olaf schüttelte mit dem Kopf. „Ach
was! Hier, sieh dir das an!" Er zeigte auf einen Anbau, in
dem sich die Werkstatt des Hausbesitzers befand. Eine
große Feuerstelle, wie die in einer Schmiede, stand da. Dazu
fielen dem Jarl einige große Kellen auf, an denen noch
Reste von Silber und Gold klebten. Er trat an einen groben
Klotz auf einem hölzernen Gestell. In diesen waren eckige
Aushöhlungen geschnitzt.

„Hier sieh dir das an." Olaf zeigte auf eckige Formen, die
auf einem Tisch lagen. Einar nahm einen dieser hölzernen
Klötze auf, und erkannte darin die Form von fränkischen
Münzen.

„Weißt du was das ist?", fragte er grinsend. Der große
Blonde schüttelte den Kopf. „Das sind Gussformen für
Münzen. Wir sind in der Werkstatt eines Münzenmachers."
Er nahm das Gegenstück der Form und legte die beiden
Hälften zusammen, dann steckte er diese in die Aussparrung
in dem groben Klotz. Sie passten haargenau hinein. Einar
zeigte auf das Loch, welches nun an der Oberseite der Form
sichtbar war. „Hier füllt er das flüssige Silber oder Gold
ein." Da lachte auch Olaf. „Dann muss es hier irgendwo
Silber und Gold geben", stellte er fest, und begann sofort
danach zu suchen. Doch Einar zog sein Saxmesser, trat zu
den ängstlichen Hausbewohnern, dessen Ernährer sich
sicher im Kampf mit den Wikingern befand, und griff nach
einem der Kinder. Er zog den kleinen Jungen zu sich heran,
und fragte: „Wo ist das Gold?" Keiner gab Antwort!
Noch einmal fragte er in der Sprache der Sachsen, dabei hob
er sein Messer und legte es dem Knaben an die Kehle. Nun
war es die Mutter, die um das Leben ihres Kindes bangte,
und sie sprang auf, und schrie: „Nein, töte nicht mein Kind!
Ich gebe dir, was du suchst!" Da ließ Einar den Knaben
gehen, und das Weib führte den Jarl zu einem Versteck im

Boden. Unter einer großen Truhe fanden sie eine Klappe, die ein großes Loch in der Erde abdeckte. Darin lagen mehrere Leinensäcke. Große und kleinere! Die größeren Säcke waren mit Hacksilber und Goldstücken gefüllt. Die Kleineren mit fertigen Münzen! Dazu gab es noch Säckchen mit anderen Metallen, die Einar aber nicht kannte. Sie wurden wohl mit dem Silber und Gold zusammen verschmolzen, vermutete der Jarl.

„Und was nun?", fragte Olaf, und Einar begann ohne zu Antworten die Säcke mit den Metallen auszuschütten. Dann füllte er sie mit der einen Hälfte des Hacksilbers und der des Goldes. „Wir wollen doch nicht, dass unser Feind Horik zu Reich wird." Er zeigte auf die Säcke. „Dies ist für alle! Das ist für uns!" Der Jarl begann zu lachen, und Olaf verstand. Es war schon eine beträchtliche Beute, die sie da in ihren Säcken hatten, und so entschied der Jarl, dass König Horik bereit war zu teilen, ohne es je zu erfahren.

Auch das Heer, welches sich von Westen näherte, hatte den Stadtrand erreicht. In einer breiten Front hatten sie Stellung bezogen, und ihre Fackeln tauchten die Krieger in ein unheimliches Licht. Auch die Verteidiger der Stadt hatten ihre Posten bezogen, überall hatten sie Barrikaden errichtet, hinter denen Friesenkrieger auf den Angriff warteten. Und dann erhob König Horik seine Stimme!

*

Jene Krieger die den Hafen eingenommen hatten, setzten sich dort auch fest. Die Friesen hatten erbittert gekämpft, und zeigten sich als ebenbürtige Gegner. So waren die Verluste der Angreifer nicht gering. Doch als ihnen die Pfeile ausgingen, und die Wikinger vorstürmten, blieb ihnen nach einem heftigen Kampf, nur noch die Flucht.

So hatten Jarl Einar und die anderen Schiffsführer den Hafen eingenommen und auch geplündert. Nun waren die Friesen vertrieben. Sie hatten sich in den Stadtkern zurückgezogen. So brannten jetzt die Feuer der Wikinger, an denen sie sich wärmten, mitten in dem Hafen und Handwerkerviertel von Dorestad. Sie hatten hier gute Beute gemacht, die sie an den Feuern zusammentrugen. So auch die Säcke, die Olaf und Einar in der Werkstatt des Münzmachers erbeutet hatten. Ausgenommen des großen, den der Jarl zu seinem Eigentum erklärt hatte, denn dieser war im Laderaum unter dem Heckstand des Wellenwolfes verschwunden. Die Freude unter den Jarls über die Beute, die die Männer des Wellenwolfes anschleppten, war natürlich groß. Sie selbst hatten gegen diesen Schatz eher wertloses Zeug erbeutet.

Auch einige Bewohner des Viertels waren ihnen in die Hände gefallen, und die Jarls begannen diese untereinander aufzuteilen. Die meisten stritten um die jungen Weiber der Friesen, und dachten nur mit ihrem Schwanz. Doch Jarl Einar suchte seine Sklaven mit Bedacht aus. Einen großen stämmigen Kerl fragte er in der Sprache der Saxländer. „Sage mir, welches Handwerk ist das deine?" Der Mann sah den Wikinger erstaunt an, und antwortete: „Ich bin ein Schmied." Da nickte der Jarl zufrieden. So wählte Jarl Einar den Schmied, und auch einen Zimmermann fand er, von dem er auch die Familie als Sklaven nahm. Diese wollte er mit nach Askby nehmen. Dazu kamen noch einige Sklavinnen und deren Kinder, die er für seine Besatzung verkaufen wollte.

Am Abend saßen die Anführer um ein Feuer. Dort besprachen sie, wie sie weiter vorgehen wollten. Jarl Einar bestimmten die anderen Jarls dazu, die Beute zu König Horik zu bringen, was dieser gerne tat.

Nachdem ersten Angriff in der Nacht, zog sich das Hauptheer der Wikinger recht schnell zurück, denn die Verteidiger waren stark und mutig. Sie hielten den Angriffen lange stand, und zwangen den Dänenkönig zum Rückzug. Nur der Hafen und das Handwerkerviertel hielten sie besetzt, und nur dort hatten sie bereits Beute gemacht. Nicht weit der Stadt errichteten sie ein neues großes befestigtes Lager. So zeigten sie dem Feind, dass sie nicht gewillt waren, so schnell wieder zu gehen. Von hier begannen sie Dorestad zu belagern, denn es war abzusehen, dass dies kein leichter und schneller Raubzug werden würde. Dazu teilte Horik sein Heer auf. Einige Schiffe blockierten den Fluss zu beiden Seiten, um einen Nachschub für die Friesen über das Wasser zu verhindern. Eine große Abteilung des Heeres hatte sich in südliche Richtung abgesetzt, und belagerte die Stadt von der Landseite im Süden und Osten. König Horik selbst blieb im großen Heerlager im Westen. So war die Stadt zu allen Seiten abgeschnitten.

Auf ein Entsatzheer der Friesen, warteten die Bewohner vergebens. Nach einem halben Mond der Belagerung, wagte sich ein Reiter aus der Stadt zum Lager des Dänenkönigs. Er war selbst ein Däne, der als Händler in Dorestad seinen Geschäften nachging. Ihn hatte der Herse Radbodo, wegen der Sprache in das Lager der Wikinger geschickt. „Halt!", rief einer der Krieger, die an dem aus Ästen zusammen gebundenen Zaun Wache hielten. „Nicht weiter Mann! Was willst du?"

„Ich bin ein Bote des Hersen der Stadt", rief der Däne, und die Wachen wunderten sich, dass er ihre Sprache konnte.

„Bist du etwa Däne?", rief der eine, und der Bote nickte.

„Ich bin aus Hedeby!"

„Was machst du bei den Friesen?"

„Nun, ich bin Händler, und tätige hier meine Geschäfte. Und bis ihr ankamt, war dies eine Freude", antwortete der Jütländer bissig. Da ergriffen die Wachen das Gatter, und schleppten es zur Seite, so dass der Reiter in das Lager hinein konnte. „Dort hinten, das große Zelt, es gehört König Horik!" Der Bote nickte und trabte an. Vor dem Zelt trat ihm ein großer, schmächtiger Kerl entgegen. Der Bote stieg aus dem Sattel, und der Mann fragte: „Was willst du?" Er griff nach der weißen Fahne, die man dem Dänen mitgegeben hatte, und warf diese unachtsam in den Dreck.

„Ähm... mich schickt Radbodo der Herse der Stadt", sprach der Bote. „Er fragt, wie hoch eure Lösegeldforderung ist? Was muss er bezahlen, damit ihr Dorestad aus eurer Umklammerung entlasst?" Plötzlich wurde die Plane des Zeltes zur Seite gerissen, und mehrere Personen traten heraus. Darunter befanden sich, neben dem König selbst, die Schildmaid Lagertha und auch Jarl Einar, sowie noch weitere Jarls aus der Flotte. Abschätzend sah der König seine Gefolgschaft an. „Geh beiseite, Sven!" Er trat vor den Boten. „Was müssen die Friesen uns zahlen? Ich denke dies ist eine reiche Stadt. Ich hörte sogar davon, dass sie hier für die Franken Münzen herstellen." Horik grinste maßlos, denn schließlich besaß er schon einige Säckchen mit den begehrten Münzen. Doch er war sich sicher, es gab noch mehr davon.

„Zweitausend Münzen in Gold und Silber, und zweitausend Stück Silber halte ich daher für angemessen", sprach König Horik gierig, und der Bote schüttelte seinen Kopf, denn er bezweifelte das Radbodo bereit war, solch eine hohe Summe zu zahlen. Sogar Lagertha und Einar sahen sich ungläubig an, denn dies war wirklich ein sehr hohes Lösegeld.

„Ich werde deine Forderung überbringen, König Horik." Den dänischen Händler überkam ein Gefühl von Scham, als er sich abwandte, und auf sein Pferd schwang. „Ich werde sie überbringen!"

„Was?", rief Radbodo voller entsetzen. „Dieser elende Halunke! Dieser dänische Dreckskerl! Woher soll ich soviel Geld nehmen? Hättest du ihn nicht herunterhandeln können?" Da sah der dänische Händler den Hersen verärgert an. „Ich bin nur dein Bote! Mehr nicht! Willst du mit Horik verhandeln, musst du dies selbst tun!"
„Ich bin es, der seine Hand schützend über dich hält, Mann", drohte der Herse. „Sonst hätte man dich längst am Hafen aufgehängt!" Doch jetzt mischte sich Popko in das Gespräch. „Du bist ungerecht, Radbodo! Er hat die Forderung nur überbracht! So wie du es wolltest!" Da strich sich der Herse mit dem Finger über den Schnauzbart. Mit finsterer Miene sah er die Brüder Popko und Onneken, und auch die anderen Männer die zugegen waren an. „Also, dir Popko, übertrage ich die Aufgabe dafür zu sorgen, dass jeder in der Stadt an Geld gibt, was er geben kann. Und das sofort!" Der Angesprochene nickte, und zeigte sich einverstanden. „Und vergiss die Münzpräger nicht!" Doch da sprach Onneken: „Bei denen wirst du kein Glück mehr haben. Das Viertel der Handwerker ist längst von den Wikingern geplündert. Außerdem halten sie es besetzt. Da kommen wir nicht mehr hin." Zornig schlug Radbodo auf den Tisch, und wandte sich dann dem Dänen zu. „Und du wirst den König dazu bringen, mit mir zu verhandeln!" Dann sah er Onneken an. „Du wirst alle die noch kämpfen können auf dem großen Marktplatz zusammenrufen. Und sammelt an Waffen, was ihr finden könnt"

*

Schleichend waren die Tage vergangen, und Eira hatte sich ruhig verhalten. Schnell war ihr bewusst geworden, dass dieser Bauer nicht bei normalem Verstand war. Ihre Hoffnung wuchs, dem Kerl mit Schläue beizukommen. So begann sie ihrem Entführer ihre Zuneigung vorzugaukeln. Doch dies führte nur dazu, dass in der Nacht geschah, wovor sich Eira insgeheim gefürchtet hatte. Er trat, nur mit seiner Tunika bekleidet, an das Podest auf dem Eira lag. Strich ihr über das Haar. Ohne ein Wort zu sagen, versuchte er das Weib zu entkleiden. Doch da Eira gefesselt war, bereitete ihm dies Schwierigkeiten. Der Bauer schnaufte, und atmete immer schneller. Er riss an dem Seil, bis dieses endlich zu Boden fiel. Nun war der Zeitpunkt gekommen, vor dem sich die Prinzessin von Lade am meisten gefürchtet hatte. „Los, hoch mit dir!", befahl der Bauer schwer atmend, und Eira setzte sich auf. Für sein Vorhaben musste er ihre Fußfesseln entfernen, und dies nutzte Eira zur Gegenwehr. Ein kräftiger Tritt traf den Bauern zwischen seine Beine. Er jaulte auf, und senkte sich auf die Knie hinab. „Du…", schnaufte er wütend. Den Versuch einer Flucht konnte er vereiteln, indem er das Weib bei ihrem Knöchel packte. Eira fiel ebenfalls zu Boden, und der massige Kerl warf sich auf sie. Einige schwere Schläge trafen Eira in den Nacken, dass sie der Bewusstlosigkeit nahe war. Das Gewicht des Kerls drückte das Weib nieder, und dann spürte sie, wie der Bauer versuchte in sie einzudringen. Doch ihr Tritt hatte bewirkt, dass ihm seine Lanze den Gehorsam verweigerte.

Das Gewicht, welches auf ihr lastete, hatte der Prinzessin den Atem geraubt. Langsam fühlte sie, wie ihre Sinne schwanden. Dass der Bauer sich von ihr hoch wuchtete, und sich heulend auf sein Schlaflager zurückzog, bemerkte sie nicht mehr.

Als Eira am Morgen erwachte, lag sie wieder bekleidet und gefesselt auf dem Podest. Hatte sie alles nur geträumt?

„Ich brauche dich bei der Arbeit, Weib", sprach er, als sei in der Nacht nichts geschehen. „Du hast genug gefaulenzt. Jede Krankheit hat einmal ein Ende." Fragend sah Eira den Mann an. Langsam verstand sie, dass dieser Mann an Wahnvorstellungen litt. Es schien, als sei sie in seinem Kopf längst sein Weib, und so sponn er sich eine Geschichte zusammen. Sie setzte sich auf, und hielt ihm schweigend die gefesselten Hände entgegen. „Ach ja", sagte er mit leerem Blick, und löste das Seil. Auch die Fessel an den Beinen entfernte er. Dann reichte er dem Weib ein Stück Brot, etwas Speck und Käse. Auch einen Becher mit Wasser stellte er neben sie auf das Podest. „Iss etwas, damit du wieder zu Kräften kommst. Die Arbeit auf dem Hof wartet." Nach einer Weile stand er auf, und holte ein Bündel unter seinem Schlaflager hervor. Dieses warf er der Eira zu. „Du kannst ja nicht nackt arbeiten", sagte er wirr kichernd. Es waren ihre Schuhe, ihr Übergewand, ihr Gürtel, an dem sogar noch das Messer befestigt war, und alles war in ihren Umhang eingeschlagen. Eira nickte nur! Nur nichts sagen, dachte sie, damit er es sich nicht noch anders überlegte.

„Gut! Wenn du gegessen hast, komm auf die Koppel. Die Kuh muss gemolken werden", sprach er, und trat auf die Tür zu. Dann lächelte er freundlich, und sagte, alös sei dies eine Selbstverständlichkeit: „Und heute Abend, mein Weib, mache ich dir ein Kind." Dann verließ er pfeifend das Haus.

Als Eira hinaus trat, wehte ihr ein kühler Wind in ihr Gesicht. Sie sah sich um, und erblickte ihr Pferd, das immer noch an dem Zaun der Koppel angebunden war. Vor seinen Füßen lag noch etwas Heu, und einen Kübel sah sie auch. Langsam trat sie auf den Hof, und ging auf das Pferd zu, da erklang eine Stimme. „Nimm den Kübel, und tränke das Pferd, danach kannst du die Kuh melken!" Aus einem

Verschlag reckte der Bauer seinen Kopf zur Tür heraus. Er kicherte und verschwand wieder.

Eira tätschelte dem Braunen liebevoll den Hals. „Hast du auf mich gewartet", flüsterte sie leise. „Für uns wird es Zeit zu gehen!" Erstaunt entdeckte sie den Sattel und das Zaumzeug, welches über dem Zaun hing. Sogar ihr Bogen und der Köcher mit den Pfeilen hingen noch daran. All dies hatte der Bauer in seinem Wahn nicht wahr genommen, so schien es. Eira schüttelte nur noch verwundert den Kopf.

„Was ging in diesem Mann nur vor sich?" Er tat ihr schon fast Leid. Sie begann dem Pferd das Zaumzeug anzulegen. Auch so etwas, dass sie ohne den Raban sicher nicht gekonnt hätte. Schließlich hatte man solche Arbeiten der Prinzessin von Lade stets abgenommen. Sie legte dem Pferd die Decke auf den Rücken, und als sie das Pferd satteln wollte, trat der Bauer aus dem Verschlag. „He, was tust du da?", rief er böse. „Ich sagte du sollst ihn tränken, nicht satteln." Doch in diesem Moment verschwand seine Wahnvorstellung, und er war wieder der Mann, der die junge Frau gefangen hielt. Plötzlich begriff er, was vor sich ging. „Glaubst du etwa, ich lasse dich entkommen?", rief er zornig, doch Eira hatte bereits nach dem Bogen und einem Pfeil gegriffen. Schnell legte sie den Pfeil an die Sehne, und noch ehe der Bauer das Weib erreichte, schlug der Pfeil in sein rchtes Bein ein. Er jaulte auf, und blieb stehen. Mit aufgerissenen Augen glotzte er auf den Schaft mit den Federn daran, welcher aus seinem Oberschenkel ragte. Doch wenn Eira geglaubt hatte, dieser eine Pfeil würde den kräftigen Kerl aufhalten, hatte sie sich geirrt. Humpelnd setzte er seinen Weg fort!

Schnell griff sie an den Köcher. Sie legte einen zweiten Pfeil an die Sehne, und rief drohend: „Bleib stehen, und geh zurück! Oder ich werde dich töten!" Doch der Bauer missachtete die warnenden Worte, und humpelte weiter.

„Ich werde dich…“, weiter sprach er nicht, denn der Pfeil schlug ihm in die Brust. Röchelnd fiel er auf den Rücken. Für einen Moment blickte Eira auf den Sterbenden, doch dann besann sie sich, und widmete sich wieder dem Sattel, der noch auf dem Gatter lag. Kurz darauf schwang sie sich auf den Braunen und ritt von dem Hof.

*

14. BORKELLS ANGRIFF

Lange Zeit war vergangen, seit Eira den Hof des alten Jarls, der ihr aufgezwungener Gemahl und Vergewaltiger war, verlassen hatte. Und endlich hatte sie die Grenze Vingulmarks[52], zum Reich König Ragnars erreicht. Nun stellte sich ihr die Frage: Wohin sollte sie gehen? An den Hof des Königs, wo sie hoffte auf Björn zu treffen, oder nach Askby, wo man sie mit offenen Armen empfangen würde. Bestand nicht die Gefahr, dass der König von Ranrike sie zu ihrem Gemahl zurückschicken würde? Des Friedens mit ihrem Vater wegen!
Ja, diese Gefahr bestand zweifellos. So entschied sich Eira dafür, nach Askby zu reiten, denn dort wäre sie sicher. Ihre Lager für die Nacht wählte sie, nach dem Erlebnis mit dem irrsinnigen Bauern, jetzt sorgsamer aus. Es sollten ältere Leute sein, die sie nach einer Unterkunft für die Nacht fragte. Waren es jüngere, oder sah sie kein Weib, fragte sie nur nach dem Weg, und ging. Dies hielt Eira für eine sichere Methode, erneutem Ärger aus dem Weg zu gehen.
Es vergingen noch viele Tage, bis sie endlich ein Dorf erreichte, das ihr bekannt war. Es war Borkasvik, und nun endlich fühlte sich Eira sicher.

Sie begab sich zum Haus des Jarls, und wurde mit großer Freude empfangen. Die Jarlsgattin Sigve selbst, kümmerte sich um die Prinzessin aus dem Trøndelag. Und endlich konnte sie sich satt essen, und richtig ausschlafen. Nicht mit offenen Augen und einer Hand am Saxmesser.

---

[52] Vingulmark, Ranrike – Gaue in Südnorwegen (heute zu Schweden gehörig)

Man hatte Eira lange schlafen lassen, und als sie erwachte, fühlte sie sich gut. Sigve, und auch Jarl Borka, waren freundlich und fürsorglich zu ihrem Gast. Und auch Gisli, der jüngere Sohn des Borka, der inzwischen zwanzig Winter zählte, zeigte sich der hübschen Eira zugeneigt. Und sie schien diese Zuneigung durchaus zu erwidern. So blieb sie weitere zwei Tage auf dem Hof des Jarls.

Herzlich ging es zu, als sich Eira verabschiedete, um nach Askby zu reiten. Und als sie ihr Pferd bestieg, kam Gisli um die Ecke des Hauses, seinen schwarzen Hengst am Zügel.

„Wenn es dir recht ist, werde ich dich begleiten", sprach er, und schwang sich, ohne die Antwort abzuwarten, in den Sattel. So verließen die beiden Reiter Borkasvik.

Ein kräftiges Klopfen ließ die Alma ihren Kopf heben. Sie saß auf der Bank, und hatte den kleinen Ulf auf dem Arm.

„Sif öffne die Tür", befahl Alma der Magd, und diese erhob sich und ging zur Tür. Erstaunt sah sie in das Gesicht der Prinzessin aus dem Trøndelag. Es dauerte einen Moment, bis sie wirklich begriff, wer da vor ihr stand.

„Eira!", rief sie laut aus.

„Dürfen wir eintreten?", fragte das junge Weib, wartete die Antwort der Sklavin aber nicht ab, und trat in den großen Raum ein, der sich im hinteren Bereich der großen Methalle befand. Der Gisli folgte ihr, und lächelte die Sif freundlich an, worauf diese ein wenig errötete. Schließlich war Gisli kein hässlicher Mann, und konnte bei den Frauen durchaus gefallen finden.

„Wie kommst du denn hierher?", rief nun auch die hochschwangere Alma überrascht, denn daran hatte sie nicht geglaubt, die Eira noch einmal wiederzusehen. Die Frauen fielen sich in die Arme, und die Eira weinte heiße Tränen des Glücks. Es dauerte eine Weile, bis Alma auch den Sohn des Borka begrüßte, und sie sich alle gemeinsam an den

Tisch setzten. Und dann trat auch Ilva in die Räume, die die Familie des Jarls bewohnte. Auch sie begrüßte die Trøndnerin herzlich, und wandte sich dann dem Gisli zu. Nun musste Eira berichten, was sie nach Askby geführt hat. Und die Prinzessin, die nun eine geflohene Jarlsgattin war, berichtete von dem was in Lade und Hardanger geschehen war. Ilva legte Eira die Hand auf die Schulter, nachdem diese ihre Erzählung geendet hatte, und sie sagte: „Hier bist du sicher, Eira. Und ich denke, du solltest hier in Askby bleiben. Einar wird sicher bald von seiner Wikingfahrt zurückkehren, und auch er wird sich über deinen Entschluss hierher zu kommen freuen."

*

Viele Tage vergingen, in denen Dorestad wie eine Leiche danieder lag. Nur die Krieger streiften durch die Gassen, immer bereit den Kampf gegen die Wikinger aufzunehmen. Zu allen Seiten der Stadt waren die Barrikaden mit Verteidigern besetzt. Von den Bewohnern der Stadt, wagte sich kaum jemand aus seinem Haus. Und der Herse und sein Rat trafen sich immer wieder in dessen Haus, um die Lage zu besprechen. „Es reicht immer noch nicht", ergriff Popko das Wort. Er saß an dem Tisch, und zählte die Münzen, die er sorgsam vor sich aufstapelte. „Es sind noch nicht einmal Tausend! Und mit dem Silber ist es dasselbe." Wütend sah der Herse den Popko an. „Ich hatte dir einen Auftrag erteilt, und du hast versagt!"

„Versagt?", rief der Gescholtene erzürnt. „Jeder gab was er hatte. Aber was ist mit dir, Radbodo? Es geht um nicht weniger, als unser aller Leben!"

„Ja, was hast du in der Truhe?", rief einer der Männer fordernd. „Wo ist die Stadtkasse?" Da wiegelte der Herse ab. „Ich habe bereits gegeben, was die Stadtkasse herzugeben hatte!", verteidigte sich Radbodo verärgert, und zeigte auf den Tisch. „Mehr ist nicht da!" Jedoch der Blick des Onneken zeigte große Zweifel. Er trat langsam auf den Hersen zu. „Höre mir gut zu, Radbodo! Wenn ich dir dahinter komme, dass du uns angelogen hast, sorge ich dafür, dass du hängen wirst!" Die umstehenden Männer stimmten dem Onneken zu, und der Herse schwieg erschrocken.

Noch einmal vergingen einige Tage, bis ein Reiter mit einer weißen Fahne vor den Barrikaden im Westen der Stadt erschien. „Wo ist euer Anführer!", rief er den Kriegern in der Stadt entgegen. Doch diese verstanden ihn nicht, daher schickten sie einen Mann zum Haus des Hersen, der diesen holen sollte. „Ein Reiter mit weißer Fahne", sagte dieser keuchend, als er vor dem Radbodo stand. „Schnell, holt den Dänen!", befahl der Herse und machte sich auf den Weg. Nach einer Weile kam auch der dänische Händler an die Barrikaden, und Radbodo befahl diesem: „Frage ihn, was er will!" Der Däne schüttelte ungläubig seinen Kopf. „Was wird er schon wollen? Das Lösegeld natürlich!"

Und er behielt Recht. „Wie ich sagte, der König wartet auf die Erfüllung seiner Forderung!"

„Er muss uns noch einige Tage Zeit geben. Er fordert eine große Summe", ließ Radbodo dem Reiter übermitteln, und dieser wandte sein Pferd herum, und ritt fort.

Verärgert nahm König Horik die Nachricht zur Kenntnis.

„Nicht mehr als zwei Tage gebe ich ihnen, dann greifen wir an!"

Wieder traf der Rat im Haus des Hersen zusammen, und am nächsten Tag verließ ein Karren mit einer großen Truhe darauf, die Stadt.

Wie tollwütige Hunde, stürtzten sich einige Krieger auf den Karren, der in der Nacht vor das Lager der Wikinger gebracht worden war. Sie durchsuchten die Truhe, und schafften den Karren dann in ihr Lager.

„Mein König", sprach Sven, der schmächtige Berater und Leibsklave des Dänenkönigs, nach dem er den Inhalt der Truhe gezählt hatte. „Es ist nicht einmal die Hälfte unserer Forderung in dieser Truhe!"

„Dieser elende Herse! Glaubt er ich bin ein Narr? ", rief Horik erzürnt. „Rufe sofort meine Jarls und Hauptmänner zusammen! Wir greifen an!"

Noch bevor an diesem Tag die Sonne im Zenit stand, zog das Wikingerheer vor die Stadt. Die Nachricht, dass der Feind aufmarschiert war, erreichte den Hersen recht schnell. Und dieser verschanzte sich mit seiner Familie in seinem Haus. Onneken dagegen übernahm das Kommando, und befahl den Bewohnern im Stadtkern eine weitere Barrikadenwehr zu errichten. Während die Krieger hinter den Barrikaden am Stadtrand, auf den Angriff warteten. Und dies mussten sie nicht lange!
Eine Abordnung von Bogenschützen waren diejenigen, die im Westen den Reigen eröffneten.
Branntpfeile flogen in die Stadt, und gegen die Barrikaden. Doch die Friesen erwiederten den Beschuß, was die Wikinger ohne Deckung zum Rückzug zwang. Nun näherten sie sich in ihrer bekannten Formation. Hinter ihren Schilden, die sie zu einer Wand aufgestellt hatten, rückten die Raubfahrer vor. Genauso geschah es an den Barrikaden im Süden!
Hier aber hielten die Friesen stand. Unter dem Befehl des Friesen Popko erwehrten sie sich ihrer Haut, und schlugen die Angriffe der Wikinger zurück. Nicht endende Pfeilhagel trieben die Angreifer immer wieder zurück und forderten viele Opfer unter den Nordmännern. Popko hatte auf die Bogenschützen gesetzt, und für einen großen Vorrat an

Pfeilen gesorgt. So beschossen auch die Friesen ihre Gegner mit Branntpfeilen, die die Schildwälle der Wikinger in Flammen aufgehen ließen. Im Westen waren die Raubfahrer erfolgreicher, denn hier gingen den Verteidigern die Geschosse schnell aus, und die Schildwälle rückten bis an die Barrikaden vor. Und dann begann der Strum auf die Stadt.

Erbittert verteidigten die friesischen Krieger ihre Stadt, doch die Wikinger drängten immer weiter vor. Da blieb dem Onneken keine andere Wahl, als die Verteidigung des Viertels aufzugeben. „Zurück in die Stadt!", befahl er, und seine Worte sorgten für den Rückzug der Friesen, bis hinter den zweiten Barrikadenwall.

Dies wiederrum bewirkte, dass die Disziplin unter den Wikingern schwand, und sie damit begannen, die Häuser zu plündern. Der Sturm auf Dorestad geriet plötzlich ins stocken. König Horiks Ärger über die Geschehnisse war zwar groß, doch konnte er kaum etwas dagegen tun. Er musste sogar froh sein, wenn die Jarls ihm die Beute aushändigten. Er als Anführer des Raubzuges, hatte zwar das Recht die Beute aufzuteilen. Nur wusste Horik nicht, wer was, und wie viel erbeutet hatte. Allein die Androhung von Strafen, brachte die Jarls dazu, ihre Beute abzugeben.

Jetzt war der Sturm auf die Stadt der Friesen vollständig zum erliegen gekommen. Horik blieb nichts anderes übrig, als seine Jarls zusammen zu rufen. So gelang es ihm noch einmal einige Jarls zum Kampf zu rufen, mit denen er zum Stadtkern zog. Und so gelang es ihnen das Haus des Hersen einzunehmen. Dieser hatte sich jedoch kurz vorher mit der Stadtkasse aus dem Staub gemacht. Was ihm nicht gut bekommen sollte, denn er lief dem Onneken direkt in die Arme. „Was schleppst du da fort?", rief der Mann mit dem kahlen Schädel, und zwei seiner Krieger traten dem

Radbodo in den Weg. „Nun, Herse, lass sehen, was du da Schönes hast", befahl der eine. „Du hast hier gar nichts zu sagen", maulte der Friese den Mann verärgert an. Doch Onneken, hatte bereits eine Ahnung. „Los, Radbodo, mach die Truhe auf!" Der Herse sah sein Weib an, und sprach:

„Nimm die Kinder und lauf!" Zuerst wollte das Weib widersprechen, doch dann folgte sie doch dem Befehl ihres Gemahls. Und Onneken ließ die Gemahlin des Hersen gehen. „So, und nun runter mit der Truhe!" Onneken hob sein Schwert, und hielt dem Hersen die Klinge entgegen. Da stellte der Herse die Truhe ab, und einer der Männer verlangte, dass er den Deckel öffnen sollte. Widerwillig zog Radbodo einen Schlüssel hervor, und öffnete damit das eherne Schloß. Der Krieger beugte sich herab, und öffnete den Deckel. Es funkelte und glitzerte den Männern entgegen. Bis zum Rand war die Truhe mit Münzen gefüllt, was der Grund dafür war, dass Radbodo so schwer zu schleppen hatte. Mit bösem Blick sah der Ratsherr Onneken den Hersen der Stadt an. „Ich vermute, dass ist die Stadtkasse", sprach er, und zischte dem Radbodo entgegen.

„Das ist mehr als genug, um die Forderung der Wikinger zu erfüllen!"

„Heißt das, wir hätten den Angriff vermeiden können?", fragte einer der beiden Krieger, und Onneken nickte.

„Du gierige Schlange, hast uns für deine Habsucht geopfert!", zischte Onneken zornig, und ohne zu zögern, trieb er dem Hersen sein Schwert in den Bauch. Mit weit aufgerissenen Augen sank dieser auf die Knie, und fiel dann zur Seite. „Elender Verräter!", spuckte Onneken vor dem Leichnam aus. „Nehmt die Truhe, wir verschwinden von hier. Das Viertel ist sowieso nicht zu halten!"

Der Angriff auf die Barrikaden im Inneren der Stadt dauerte auch nicht lang, so dass König Horik es vorzog, die Krieger nach Beute suchen zu lassen.

Nachdem Dorestad brannte, und die Wikinger sich in ihr Lager zurückgezogen hatten, bestimmte Horik, dass alle Beute auf sein Schiff zu bringen sei. Zwar zeigten sich einige Jarls verärgert über diesen Befehl, doch gehorchten sie, um nicht in Ungnade zu fallen. Verteilt wurde die Beute erst, wenn der König den Raubzug für beendet erklärte. Einige Tage später machte sich die Flotte auf den Weg, und fuhr den Lek flussaufwärts. „Es gibt eine Stadt im Norden", hatte Horik verkündet. „Sie nennen sie Utrecht!"

*

Ein Diener König Ragnars trat eilig vor den Hochstuhl in der großen Halle von Älvsborg. Es war ein Mann, der schon lange in den Diensten des Königs stand. Er war zwar ein Sklave von der Insel der Angelsachsen, doch als solchen sah Ragnar den Mann schon lange nicht mehr. Der Sklave hatte mehr als einmal seine Treue bewiesen. Darum durfte er es auch wagen, den König direkt anzusprechen. „Herr, es gibt Nachrichten von unserem Spitzel am Hof König Horiks." Da horchte der König auf, und wandte sich von Aslaug, seinem Weib ab. „Der Jütländer rüstete vor einiger Zeit zu einer Wikingfahrt", erzählte der Diener, doch Ragnar wiegelte ab. „Was geht mich das an?"

„Der Spitzel behauptet Lagertha und ihre Schildmaiden seien dabei", fuhr der Angelsachse fort. Da winkte Ragnar wieder ab. „Auch das geht mich nichts an. Sie ist schließlich eine freie Frau, und kann tun und lassen was sie will!" Doch der Diener war noch nicht fertig mit seinem Bericht. „Einer deiner Jarls wurde auch am Hof Horiks gesehen." Nun horchte Ragnar auf. „Was redest du da?"

„Der Spitzel berichtet davon, dass sich auch Jarl Einar Blutauge dem Dänen angeschlossen haben soll. Wenn das

stimmt, dürfte er jetzt mit König Horik auf Raubfahrt sein!"
Da verfinsterte sich das Antlitz des Königs. „Das wird er
nicht wagen!"

„Nun, er kann auf Wikingfahrt gehen, mit wem er will",
verkündete der Diener durchaus richtig. König Ragnar aber
zeigte sich beleidigt, und auch verärgert. „König Horik ist
mein Feind, und Einar ist mein Jarl. Ich gab ihm eine neue
Heimat! Ist das der Dank dafür? Du wirst nach Askby
reiten, und in Erfahrung bringen, ob die Nachricht unseres
Spitzels zutrifft."

„Aber Ragnar, es ist keine Kriegsfahrt", versuchte der
Diener den Zorn des Königs zu mindern. „Und schließlich
wirst du nicht leer ausgehen, denn bei jeder Beutefahrt die
deine Jarls unternehmen, steht dir ein Anteil an der Beute
zu." Diesem Argument konnte der König nichts erwiedern.
Er nickte, und überlegte sich, ob er selbst auf Raubfahrt
gehen sollte.

Es war nun Sommer geworden. Der Sommer des Jahres 834
n. Chr. und die Sonne schien warm auf den Hafen der
Götaburg. Es herrschte reges Treiben an den Anlegestegen,
die in die kleine Bucht ragten. Mehr und mehr hatte sich der
Hafen der Burg an der Götaälv zu einem großen Marktplatz
entwickelt. Die Nähe zum Kattegat, sowie auch die
Siedlungen am Fluss zogen immer wieder Händler in den
Hafen. Immer wieder wurden neue Hütten und Häuser
gebaut, und Menschen siedelten sich an. Darüber zeigte sich
Jarl Breka äußerst erfreut. Die Wiesen, auf dem Weg
zwischen dem Hafen und der Burg, auf denen das Vieh
weidete, mussten den Hütten der Handwerker und Siedler
weichen. Die neuen Weiden wurden immer wieder an den
Rand der neuen Stadt gedrängt.
Es war einer der Männer Jarl Brekas, der die drei Schiffe
bemerkte, die den Hafen passierten, und flussaufwärts

ruderten. Er erkannte die eine Kriegsschnigge und auch das Banner an ihrem Mast. „Das ist Borkell, der Schwarze", brummte er. „Was will dieser Hundsfott im Vänern?" Er ahnte, dass dies nichts Gutes zu bedeuten hatte. Sofort schickte er einen Boten zur Burg, dieser sollte Hauptmann Asgrim aufsuchen, und ihm berichten.

„Borkell, der Schwarze?" Asgrim sah den Boten überrascht an. „Mit drei Kriegsschniggen, sagst du?" Mit diesem Wissen machte sich der Hauptmann auf, um Jarl Breka zu berichten.

„Das kann nur eines bedeuten", rief Breka verärgert, und auch besorgt. „Einar ist noch nicht von seinem Beutezug heimgekehrt, sonst hätte er hier Halt gemacht." Sofort schickte er einen Berittenen nach Älvsborg, um dem König von den Vorgängen zu informieren. So kam die Nachricht von den drei Kriegsschiffen mit dem Banner des Trøndnerkönigs auch an den Hof von König Ragnar. Doch schnell zeigte sich, dass nicht Älvsborg ihr Ziel war, denn sie Namen direkten Kurs nach Osten. „Was wollen die Kerle hier?", fragte der Krieger Thorsten seinen König.

„Sie segeln nach Osten, sagst du?" Ragnar schien zu ahnen, wohin es die Trøndner zog. Thorsten nickte. „Dann kenne ich ihr Ziel", sprach der König. „Es ist das Dorf Askby!"

„Immer noch die alte Fehde zwischen Grjotgard und Einar?" Thorsten wunderte sich, denn er hatte geglaubt, die Sache wäre erledigt. „Ich denke, nachdem unser Bündnis gescheitert ist, könnte der Ladekönig sich seines Hasses auf den Jarl erinnert haben." Da strich sich Thorsten über seinen Bart. „Ich muss zugeben, dass es mir gar nicht gefällt, wenn die Kerle hier auf unserem See herumsegeln. Soll ich unsere Schiffe seeklar machen?" Da sah der König nachdenklich zu Boden. „Du zögerst?", wunderte sich Thorsten. „Ist es dir egal, wenn die Kerle hier auf Raubfahrt gehen?"

Der Krieger konnte seinen Ärger, über die zögerliche Haltung seines Königs kaum verbergen. Und er verstand es auch nicht. „Ich weiß nicht, ob Jarl Einar genügend Krieger zurückgelassen hat, um sein Dorf zu verteidigen." Immer noch schwieg König Ragnar, denn eigentlich gab er Einar die Schuld am scheitern des Bündnisses mit dem Ladekönig. Und dann sprach er ruhig: „Nein, Thorsten, unsere Schiffe bleiben im Hafen!" Die Entscheidung erschreckte den Krieger, doch er konnte nichts dagegen tun.

„Aber…", weiter sprach Thorsten nicht, nickte nur und ging.

*

Die große Flotte des Dänenkönigs hatte die Rheinlande verlassen, und segelte nun auf dem Meer Richtung Norden, entlang der Friesenküste. Die Wikingfahrt hatte Horik für beendet erklärt, und doch hielten sich die Schiffsführer nicht zurück, wenn sie an der Küste Dörfer erspähten. Dem Einar aber reichte die Beute, die sie gemacht hatten. Sie hatten den Laderaum des Wellenwolfes gut gefüllt, so würde Horik sicher zufrieden sein. Und schließlich war da ja noch die Beute aus der Münzwerkstatt, von der der Däne nichts wusste. Ihren Anteil an der Kriegsbeute hofften sie in Ribe von König Horik in Empfang nehmen zu können. So war die Königsstadt der Dänen ihr Ziel. Gemeinsam mit dem Blutdrachen, hatte sich der Wellenwolf aus der Flotte gelöst, und nahm direkten Kurs auf Jütland. Die Schiffe des Holstenjarls Sieghard, blieben allerdings an der Seite des Dänenkönigs.

So erreichten die Schiffe des Jarls und seiner Schwester, den Hafen von Ribe, drei Tage vor der Flotte des Dänenkönigs. Sie suchten sich einen geeigneten Platz am Strand, zogen die Schiffe an Land und schlugen ein Lager auf.

Als dann endlich der König eintraf, ließ er die Jarls und Wikingerführer noch einmal warten, bis er sie endlich, Tage später in die Königshalle von Ribe rufen ließ. Jeder Jarl und Schiffsführer bekam einen Anteil an der Beute der Raubfahrt. Diesen musste er dann unter seiner eigenen Gefolgschaft aufteilen. Dabei entschied er selbst, wie groß sein eigener Anteil war.

Da Einar ja bereits dafür gesorgt hatte, dass er nicht zu kurz kam, würde er bei der Verteilung des Anteils an seine Besatzung sicher großzügig vorgehen. Doch dies taten sie natürlich erst in Askby bei einem Fest.

Der Abschied von Lagertha war wesentlich herzlicher, als der von seiner Schwester Thordis. Und auch von Ragnars Sohn Björn verabschiedete sich Jarl Einar, und hoffte diesen, wie dessen Mutter bald wiederzusehen. Nach mehr als einer Woche, verließ der Wellenwolf die jütländische Königsstadt Ribe, und nahm Kurs auf das Skagerrak.

*

Der Tag hatte schön begonnen. Die Sonne schien an einem wolkenlosen, blauen Himmel, und es war angenehm warm. Im Hafen und am Strand herrschte reges Treiben. Kinder spielten zwischen den Skudern und kleineren Booten, die kieloben auf dem Strand lagen. Fischer waren damit beschäftigt ihre Netze zu ordnen oder zu flicken, um für den nächsten Morgen gerüstet zu sein. Junge Burschen saßen auf dem Steg und angelten. Alma ging zu dieser Zeit bereits hochschwanger, und sie hoffte das Einar vor der Geburt des Kindes heimkehren würde.

Mit neugierigen Blicken folgten die Bewohner von Askby dem Reiter, der im Galopp von Westen in das Dorf ritt. „He, wo ist das Haus des Jarls?", rief er einem Mann zu, der vor seiner Hütte saß und Weidenruten zu einem Korb flechtete. Dieser sah auf und zeigte in die Richtung der großen Halle. „Versuch es in der Methalle!" Der Reiter nickte, und schlug dem Pferd die Hacken in die Flanke.

Vor dem großen Langhaus sprang er aus dem Sattel, und stürmte durch die offene Tür in die Halle. Er sah sich um, konnte aber niemanden entdecken. Langsam ging er auf den Hochstuhl zu, und vernahm plötzlich Stimmen hinter der geschlossenen Tür seitlich des Podestes, auf dem die Hochstühle standen. Er trat an die Tür und klopfte kräftig dagegen.

Ilva saß mit dem Dorfältesten Harald am Tisch, um einige Vorgänge im Dorf zu besprechen, während Alma mit Sif das Gemüse für das Mittagsmahl schnitt. „Geh, und sieh nach wer da ist", befahl Alma der Sklavin. Diese erhob sich und ging zur Tür. Ein junger Kerl sah der Sif in ihr Gesicht, als dies die Tür öffnete. „Wer hat hier das sagen?", fragte er ein wenig dreist. „Ich suche nach der Frau des Hauses!" Da ließ Sif den Mann eintreten, und zeigte zum Tisch. „Bist du das Weib Jarl Einars?", fragte er die Alma, und diese nickte.

„Ich bin fünf Tage geritten, um dir eine wichtige Nachricht von Thorsten zu bringen."

„Welcher Thorsten?", fragte nun Ilva erstaunt. Der Reiter sah die rotblonde Frau an. „Der Hauptmann des Königs. Dieser Thorsten!" Da nickte die Schildmaid wissend.

„Und was gibt es so Wichtiges zu berichten?", fragte nun der alte Harald. „Drei feindliche Schiffe sind auf dem Weg zu euch. Es ist Borkell, den man den Schwarzen nennt." Der Mann sah zu der jungen Frau, deren Alter und Aussehen, der Beschreibung der Prinzessin von Lade recht nahe kam.

„Man erzählt sich, er sucht schon wieder nach der Prinzessin aus dem Trøndelag. Doch dies hält Thorsten nicht für den alleinigen Grund, dass der Kerl hier mit drei Schniggen auftaucht." Da sah Alma den Boten fragend an.

„Wieviele Krieger hast du mitgebracht?" Da schüttelte der Mann seinen Kopf. „Ich bin allein!"

Ilva sah den Harald an, und Alma fragte: „Warum schickt uns König Ragnar keine Hilfe, wenn er doch weiß, was Borkell im Schilde führt?"

„Das kann ich dir nicht sagen", antwortete der Bote aus Älvsborg. „Doch Thorsten denkt, er ist zornig über Jarl Einars Raubfahrt mit König Horik. Er hat nämlich davon erfahren!"

Da drang plötzlich der dunkle Ton des Signalhornes an ihre Ohren. Zuerst sahen sich alle überrascht an, dann sprang Ilva auf, griff nach ihrem Wehrgehäng mit dem Schwert. Sie nahm ihre Axt und den Schild, und lief aus dem Haus. „Ilva, warte, ich begleite dich!" Eira packte ihren Gürtel, den Pfeilköcher und ihren Bogen, und lief der Schildmaid hinterher. Gleiches wollte auch Harald tun, doch dafür musste er erst zu seinem Haus laufen. Der Mann aus Älvsborg sah die schwangere Jarlsgemahlin an. „Ich habe meinen Befehl ausgeführt." Er wandte sich um, und ging. Ohne seinem Pferd Ruhe zu gönnen, oder sein Schwert anzubieten, verschwand der Bote des Haupmannes aus Askby.

Als Ilva und Eira durch die Gassen des Dorfes liefen, waren sie nicht allein, denn alle Wehrfähigen erkannten in dem dunklen Ton des Hornes natürlich, dass sich eine Bedrohung näherte. So sammelten sich alle kampfbereit im Hafen.

Da Ilva nun wusste mit wem sie es zu tun hatte, konnte sie die entsprechenden Befehle geben. Sofort begannen die Bewohner von Askby damit im Hafen Barrikaden zu errichten. Pfeile und Speere wurden herangebracht, und diejenigen die nicht Kämpfen konnten, weil sie zu alt, zu jung oder krank waren, versammelten sich in der Jarlshalle. Hier hatte die Alma den Befehl übernommen, dies aber wurde jäh unter brochen, als sich die schwarzgelockte Sächsin vor Schmerzen krümmte. „Das Kind", sagte sie mit schmerzverzehrter Stimme. Sofort kamen einige Frauen, die Alma in ihre Kammer brachten und auf das Bett legten. Auch die Heilerin war zugegen, und ein Weib, dass immer bei den Geburten half. Und während im Hafen die drei Schiffe näher kamen, verschlechterte sich der Zustand der Alma von Moment zu Moment.

„Laßt sie herankommen!" Ilva hatte die Bogenschützen im Hafen verteilt. Die meisten standen hinter den Barrikaden, doch auch auf dem Turm hatte sie vier Männer postiert. Und auf den Dächern der Hütten und Häuser warteten ebenfalls einige Krieger auf den Angriff.

„Elender Dreck!", fluchte Borkell, der am Vordersteven seiner Schnigge stand. Er sah was im Hafen vor sich ging, und erkannte, dass er die Überraschung nicht auf seiner Seite hatte. Außerdem konnte er die Schnigge des Jarls nicht erblicken, woraus er schloss, dass dieser nicht im Dorf war.

„Sie haben uns erwartet!", brüllte er über das Deck. „Also, macht sie nieder!"

Nicht weit der Anlegestellen rutschten die drei Schniggen auf den Strand. Die Krieger des Trøndners sprangen über die Reling, ließen sich Schilder und Speere anreichen, und machten sich auf den Weg. Angeführt von Borkell, dem Schwarzen, marschierten sie über den Strand, und schlugen dabei mit den Äxten und Schäften der Speere auf die Schilde. Dieser Krach sollte den Bewohnern gehörig Angst einjagen.

Doch der erste Angriff der Trøndner wurde von den Pfeilen der Verteidiger schnell zum Stillstand gebracht. So auch der Zweite! Doch dann gingen ihnen die Pfeile zur Neige, und die Angreifer kamen näher heran. Nun flogen die Speere den Kriegern des Borkell entgegen. Und dann begann der Kampf! Schon die erste Welle der Angreifer ließ die Ilva sehen, dass sie den Kriegern aus dem Ladefjord unterlegen waren. Sie waren weniger als vierzig Verteidiger, hatten es aber mit fast hundert Angreifern zu tun. Schwerter und Äxte schlugen auf beiden Seiten tiefe Wunden, doch es fielen mehr Krieger aus dem Dorf, als von den Angreifern. „Wir müssen uns zurückziehen", rief Harald der Ilva entgegen, doch den Befehl dazu, warteten die meisten nicht ab. So ließen sie den Hafen den Angreifern, und liefen zurück in das Dorf. Doch die Trøndner folgten ihnen, und trieben sie durch das Dorf. Durch mehrere Kämpfe wurden sie von ihrem Ziel, der Jarlshalle, immer weiter fortgedrängt. Und letztendlich mussten sie aus Askby fliehen.

*

Nachdem die Angreifer die große, zweiflügellige Tür aufgebrochen hatten, stürmten sie in die große Jarlshalle hinein. Das Geschrei unter den Frauen, Kindern und Alten war groß, als die Trøndner sie zusammentrieben. Borkell trat langsam auf das Podest, und setzte sich auf den Hochstuhl des Jarls. Einer der Krieger trat zu einem alten Mann. „Du bist nichts mehr Wert", sprach er abfällig, und schlug den Mann mit seinem Schwert nieder. So erging es auch noch einigen anderen. Und dabei machten sie auch nicht vor den alten Frauen halt. Die Jüngeren und die Kinder trieben sie zusammen, und einer brachte ein langes Seil. Nun begannen die Wikinger aus dem Norden das Dorf zu plündern, und schleppten alles was für sie einen Wert darstellte zum Hafen.

„He, was ist hinter dieser Tür?", fragte ein Krieger ein junges, weinendes Weib. „Das sind die Gemächer des Jarls.

antwortete diese schluchzend. Der Mann öffnete die Tür, und trat ein. Plötzlich drang seine Stimme in die Halle.

„Borkell, das solltest du dir ansehen!"

Der Schwarzhaarige Hüne erhob sich von Einars Stuhl und trat in den hinteren Bereich der großen Methalle ein.

In einer der Kammern, fand er ein Weib auf einem breiten Bett, die, wie es aussah, vor nicht allzu langer Zeit ein Kind entbunden hatte.

„Dich kenne ich doch", sprach Borkell böse grinsend. „Du bist die Sachsenhure des Einar." Er sah auf das Weib mit dem Säugling an der Brust. Da hob der Krieger sein Schwert. „Soll ich sie erschlagen?"

„Nein, du Narr!", brüllte der Borkell den Krieger an, und sah dann zur Alma hinüber. „Das ist ja eine wahre Freude", lachte er, und wandte sich wieder seinen Kriegern zu. „Da der Dreckskerl Einar nicht hier ist, geben wir ihm einen Grund zu uns zu kommen. Die nehmen wir mit, und ihr darf nichts geschehen!"

„Was ist mit der Brut?", wollte der Krieger wissen, der bereits einmal in Ungnade gefallen war. Er zeigte auf die Thorvi, die neben der Magd mit dem kleinen Ulf auf dem Arm, in einer Ecke der Kammer stand.

„Die auch, Mann!"

Der Anführer, der von König Grjotgard gesannten Krieger, stand auf der Schwelle der großen Halle. „Hat jemand die Prinzessin gesehen?", fragte er mit düsterer Stimme, denn diese war ihm wieder eingefallen. In seinem Hass auf Einar, hatte er Eira ganz vergessen. Aber niemand gab ihm Antwort!

Bis auf einen seiner Krieger, den Borkell nicht einmal mit Namen kannte. „Ich glaube, ich sah sie beim Angriff im Hafen. Sie war eine Bogenschützin!"

„Das hieße, sie wäre unter den Toten oder bei den
Geflohenen", wandte sich der Stevenhauptmann von
Borkells Schnigge dem Anführer zu. „In beiden Fällen ist
sie fort!"
Leise brummte Borkell etwas, dass keiner der Männer in
seiner Nähe verstand. Doch alle wussten, dass der
Hauptmann nicht erfreut war. Den verhassten Jarl hatten sie
nicht angetroffen, und die Prinzessin war ihnen auch nicht
in die Hände gefallen. Dies würde dem König der Trøndner
sicher nicht gefallen.

Eine Karawane von Gefangenen zog von der Jarlshalle zum
Hafen. Mit großem Entsetzen sahen sie die vielen Toten, die
dort lagen. Ihre Blicke wanderten suchend über die Leichen
der Freunde, Verwandten und Nachbarn! Einars Tochter
Thorvi ging eng an die Alma gedrängt, die den Säugling
trug. Man sah ihr die Anstrengung natürlich an, denn sie
hatte nur kurze Zeit vorher ein Kind geboren. Sif ging neben
der Alma und trug den kleinen Ulf. Auch Polk, der Knecht,
trug ein Seil um seinen Hals, hielt sich aber bei der Alma,
um diese zu stützen, sollte es bei der geschwächten
Jarlsgemahlin von Nöten sein. Da flüsterte plötzlich die
Frau, die hinter der Alma ging. „Ich habe die Ilva nicht
gesehen, und den Harald auch nicht." Da sprach auch Polk
leise. „Ja, es fehlen viele Krieger und Schildmaiden.
Vielleicht gelang ihnen die Flucht."
„He, haltet das Maul!", schnauzte da einer der
Trøndnerkrieger böse, und führte die Gefangenen auf eines
der Schiffe. Zufrieden sah der Anführer die Karawane an
sich vorbeiziehen. „Los, brennt alles nieder!", rief er laut,
und einige Krieger entzündeten Fackeln, und machten sich
auf den Weg durch das Dorf.
Als sie wieder im Hafen ankamen, stiegen dunkle
Rauchwolken in den Himmel, und es gab kaum noch ein

Haus in Askby, das nicht den Flammen übergeben worden war. „Los, alle an Bord!", befahl Borkell. „Zurück in die Heimat!"

*

Raban saß am Vordersteven und sah nachdenklich auf die See hinaus. „Was geht dir durch den Kopf, mein Freund?" Es war Einar der an den Sachsen herantrat. Er lehnte sich mit beiden Händen auf die Reling, und folgte dem Blick des Kahlkopfes. „Ich weiß nicht, was mich umtreibt", sprach der Raban betrübt. „Seit Tagen quält mich ein ungutes Gefühl." Da lachte Einar auf. „Aber warum das? Wir haben noch all unsere Glieder! Wir haben auf dieser Wikinfahrt gute Beute gemacht. Es gibt also keinen Grund zum Trübsal blasen!" Er klopfte dem großen Kerl auf die Schulter, und ging zum Heckstand zurück. Der Sachse aber seufzte. „Ich hoffe es!"

Kleine, weiße Wolken zogen über einen blauen Himmel, an dem die Sonne ihre wärmenden Strahlen zur Erde entsannte. Es wehte nur ein leichter Wind, doch dieser kam von Westen, und trieb den Wellenwolf voran. Spätestens nach jeder dritten Nacht auf dem Meer, ließ Einar eine Küste ansteuern, um auf festem Boden zu nächtigen. Dies tat den Männern gut, und besonders die Verwundeten dankten dem Jarl dafür.
Bis auf Raban waren die Männer bester Laune. Sie freuten sich auf ein Wiedersehen mit ihren Familien, und besonders freuten sie sich auf die Verteilung der Beute.
„Wenn wir weiter so gut voran kommen, werden wir in einem halben Mond die Götaälv sehen", sprach Kjelt, der Steuermann zuversichtlich. Und wie es Kjelt vorausgesagt hatte, geschah es auch!

Das Wetter blieb ihnen gewogen, und ein kräftiger Wind brachte sie in das Kattegat. Bald schon erreichten sie die Küste von Ranrike, und die Mündung der Götaälv.

Noch vor Sonnenuntergang neigte sich der Kiel der Schnigge in die Fluten des Flusses, der sie in den Vänern bringen würde.

„Wollen wir dem Breka einen Besuch abstatten?", fragte Olaf seinen Jarl, doch dieser hatte Sehnsucht nach seinen beiden Frauen und den Kindern. Außerdem ging ihm die Schwangerschaft der Alma durch den Kopf. Ob das Kind schon geboren war?

So passierte der Wellenwolf den Hafen der Götaburg, ohne dort Halt zu machen.

„Was wird wohl Ragnar zu unserer Raubfahrt mit dem Dänen sagen?", fragte Thoke ein wenig misstrauisch. „Er wird sicher längst davon erfahren haben, und ihm wird es ganz bestimmt nicht gefallen haben." Da zuckte Einar mit den Schultern. „Und wenn schon! Ich werde ihm seinen Anteil an der Beute bringen, dann wird er nachsichtig sein." Dies schien dem Thoke durchaus möglich, denn sie hatten ihre Stauräume gut gefüllt. Alles was die Männer beim Sturm auf den Hafen und das Handwerkerviertel von Dorestad, sowie bei dem Überfall auf Utrecht an Gegenständen erbeutet hatten, war in den Laderäumen der Schnigge verschwunden. Und dies waren nicht immer nur Eisenwaren, sondern auch Gegenstände aus Silber. So hatten die Krieger des Einar in Utrecht eine Kirche geplündert, und in dieser gab es Kreuze, Kerzenständer, Becher und vieles mehr. All dies, war, an König Horik vorbei, in den Bauch des Wellenwolfes gewandert. Jeder würde also seinen Anteil an der Wikingfahrt erhalten. Auch König Ragnar!

Zufrieden sahen die Männer über das Wasser des Vänern, als der Wellenwolf in den riesigen See segelte. Bald würden sie Daheim sein, und würden ihre Liebsten in die Arme schließen können.

Es war bereits Dunkel geworden, als sie noch die Götaälv flussabwärts befuhren. Doch Einar wollte nicht mehr Lagern. „Nach Älvsborg?", fragte Kjelt, als der Jarl neben ihn auf den Heckstand trat. „Oder nach Askby?"

Da grinste Jarl Einar. „Kannst es nicht erwarten dem Ragnar in sein Gesicht zu sehen, was?" Da schüttelte Kjelt belustigt den Kopf. „Oh, nein! Also, nach Askby!"

„Nach Askby!"

Einar schätzte die Zeit auf Mitternacht, als er an der Reling stand. Und er hatte keine Sorge im Dunkeln zu segeln, denn Kjelt war ein herausragender Steuermann. Die meisten Wikinger lagen, in ihre Schlafsäcke gerollt, auf den Planken und schliefen. Nur Olaf stand vorne am Vordersteven. Er konnte genauso wenig schlafen, wie sein Jarl.

Noch bevor der Tag zu dämmern begann, weckte er den Thure, und dieser kletterte den Mast hinauf, wo er sich auf die Rahe setzte, und so recht weit blicken konnte.

Und dann wurde es hell. Nach und nach erwachten die Männer, bis Olaf die letzten Schlafenden aus ihren Träumen riss. Zu ihrer Backbordseite sahen sie die Halbinsel Hammarön, die nur durch einen schmalen Streifen festen Grundes mit dem Land verbunden war. Nun war es nicht mehr weit, und sie würden den Hafen von Askby erblicken.

Thure, der die besten Augen hatte, konnte schon von weitem erkennen, dass etwas nicht stimmte. Neben dem Anlegesteg, ragte der Mast des Knarrs Asenzorn in die Höhe. Doch er konnte den Schiffskörper nicht sehen. „Da stimmt etwas nicht!", rief er von der Rahe herunter. Sofort gingen Einar und Olaf zum Vordersteven. „Es hat gebrannt!", schallte die

Stimme von der Rahe. Da wandte sich der Jarl dem
Stevenhauptmann zu. „Blase das Signalhorn, Olaf!" Und der
große blonde Krieger tat, was ihm befohlen worden war.
Jetzt würden die Menschen in Askby wissen, dass der
Wellenwolf heimkehrt. Sie würden in den Hafen stürmen,
um die Seefahrer zu begrüßen.
Doch es geschah nichts!
Der Jarl sah den Mast hoch, und Thure rief: „Keine
Menschenseele!"
    „Was ist hier geschehen?" Einar sah den Raban an, und
nun überkam auch den Jarl ein ungutes Gefühl.

*

FORTSETZUNG FOLGT!

Bisher in der Jarlsblut – Saga erschienen:

Der erste Band
Der zweite Band
Der dritte Band
Der vierte Band
Der fünfte Band
Der sechste Band

Weitere historische Bücher:

Die Saga von Sigurd Svensson - Das Schwert des Wikingers
Die Krieger Odins
Die Saga von Erik Sigurdsson - Das Blut der Wikinger
Die Wölfe des Nordens
Der Krieg der Könige

Wikingerwelten (Historische Geschichten) - Band I
Band II
Band III

Der Skalde
Der Skalde II – Odins Wille

Pakt der Barbaren

Die Science Fiction/Fantasy Saga:

Die Lupan Chroniken